外国剧作新选

主编◎宫宝荣

奇迹大院

Η Αυλή των Θαυμάτων

希腊戏剧家卡班奈里斯剧作选

本册主编、翻译◎罗彤

著◎[希腊]雅克沃斯·卡班奈里斯

上海戏剧学院外国研究中心/策划

中国戏剧出版社

CHINA THEATRE PRESS

图书在版编目（CIP）数据

奇迹大院：希腊戏剧家卡班奈里斯剧作选 / 宫宝荣
主编；罗彤译. — 北京：中国戏剧出版社，2019.12
（外国剧作新选）
ISBN 978-7-104-04857-2

Ⅰ. ①奇… Ⅱ. ①宫… ②罗… Ⅲ. ①剧本－作品集
－希腊－现代 Ⅳ. ①I545.35

中国版本图书馆CIP数据核字(2019)第162739号

奇迹大院——希腊戏剧家卡班奈里斯剧作选

分册主编：罗　彤
责任编辑：肖　楠　齐　钰
责任印制：冯志强
校　　对：张爱华

出版发行：中国戏剧出版社
出 版 人：樊国宾
社　　址：北京市西城区天宁寺前街2号国家音乐产业基地L座
邮　　编：100055
网　　址：www.theatrebook.cn
电　　话：010－63381560（发行部）　010－63385980（总编室）
传　　真：010－63383910（发行部）

读者服务：010－63387810
邮购地址：北京市西城区天宁寺前街2号国家音乐产业基地L座

印　　刷：鑫海达（天津）印务有限公司
开　　本：787mm×1092mm　1 / 16
印　　张：17
字　　数：260 千字
版　　次：2019年12月　北京第1版第1次印刷
书　　号：ISBN 978-7-104-04857-2
定　　价：88.00 元

为世界戏剧之林培育坚实的根本

宫宝荣

日月如梭，此说不假。一晃，我们的外国戏剧研究中心已经成立将近10年，我们的“外国剧作新选”丛书亦已诞生5年有余。外国戏剧研究中心成立的宗旨之一，是系统翻译和出版当代外国优秀戏剧代表作，以“孕育一片世界戏剧之林”。迄今为止，丛书已经先后出版了《渴求》《迷失》《一种地狱》《戏剧的毒药》和《幽灵的困境》等英国、美国、瑞典、西班牙及拉丁美洲、非洲等国家和地区的当代戏剧代表作。虽然其中有的国内已经有过出版，但更多的是首次问世，例如后三本，分别填补了我国在这方面的空白，为国内戏剧界和学术界打开了一扇了解和研究当代世界各国戏剧的窗口。这个窗口虽然不是太大，但却是国内外同行交流不可或缺的所在。可以说，外国戏剧研究中心在“孕育世界戏剧之林”的道路上已经迈出了十分坚实的步伐。

也许有人会说，现在国际演出舞台已经进入了“后戏剧”时代，“剧场”已经取代了“戏剧”，剧本不仅不再是“一剧之本”，在一些人的创作中成为可有可无的鸡肋，在个别人那里甚至消失得无影踪。如此情形之下，我们岂不是在逆潮流而动、背时代而行？此说看似不错，其实不然。殊不知，“后戏剧”(post-drama) 也好，“剧场”（theatre）也好，本来既不与文本相互抵触，更不相互抵消。但如今在一些人的眼里，两者似乎成了水火不容的对立面，实在是一大误会。事实上，theatre 本来就是一个大概念，翻译成“戏剧”才是，而 drama 是个小概念，它只是指西方戏剧历史进程中某个阶段的戏剧样式而已。把它译成“剧场”的人士振振有词：因为 theatre 指的是“看的地方”，而drama则是指文学戏剧或剧本的概念。此话不假，但这是西文的问题。而在中文里，“戏剧”并不具有这种将“剧场”与“剧本”对立起来的涵义，相反地，是将所有相关元素都包含在其中。如果一定要强调“剧场”更突出演剧空间的话，那么试想一下，在这个词出现之前，当我们在说“戏剧”的时候，难道它不包括剧场吗？早在20世纪80年代，一些前辈已经提出了“大戏剧观”的概念，此时的“戏剧”不仅突破了文学，更突破了不同演出艺术的界限。再说，任何一部戏剧演出，任何一部剧本被搬上舞台的时候，不都是在剧场里进行，都要涉及时间、空间与舞美等“剧场”问题吗？不同的只是程度问题，而不是本质问题。

回到西方戏剧，广义而言，drama只是指文艺复兴以来一种遵照传统定义创作的、以文学剧本为旨归的戏剧样式。狭义而言，它是指18世纪法国启蒙思想家和戏剧家狄德罗、博马舍等人鼓吹的资产阶级“正剧”。因此，一般而言，以drama作为“戏剧”代名词的国家往往是罗曼语系的国家，而像法国这样的拉丁语国家则历来都是以theatre来指称的。其实，从文艺复兴直到19世纪，各国在称呼剧本和演出时也不是笼而统之地叫theatre，更多是以“悲剧”或“喜剧”命名，去看戏是具体地去“看一部悲剧”或“看一部喜剧”，甚至演员也是有“悲剧演员”或“喜剧演员”的行当之分的。在莫里哀死后，他的剧团便被命名为“法兰西喜剧院”而不是“法兰西剧院”，其中的道理是一样的。如今的法兰西喜剧院早不专演喜剧，但谁也不会去将这块金字招牌改成“法兰西剧院”。只不过，法国人去看戏时也不再说去看悲剧还是看喜剧，而只是说去看戏（Je vais au théâtre）。而就这一句，德国人的意思完全不同，这样也从一个侧面表明：即使是在西方，不同国家、不同语种和文化中的theatre的涵义也并完全一致。

确实，西方戏剧在进入20世纪以来，尤其是下半世纪之后，无论是观念上还是形式上都发生了根本性的转折。对当代西方的大致形式而言，国人通过观摩最近10年大量引进的国外原版演出，已经有了比较明确的认识。但就观念而言，情形远非如此，毕竟需要一定的积累。毋庸讳言的是，在目前阶段，不少人的认知还是比较混乱的，在theatre和drama的区别上尤其如此。

就笔者在担任《戏剧艺术》主编工作中的观察，在一些港台学者或实践家以及大陆个别译作的影响下，将“剧场”与“戏剧”对立起来、“文学剧本”与“剧场演出”对立起来的大有人在。为此，学术界还经常会产生一些争论。之所以会产生这些矛盾，除了上述客观原因之外，在一定程度上还有学术界自身的因素。我们或受限于自身的经验，或满足于人云亦云，因而难免会得出不太科学的结论。事实上，早在20世纪40年代，我们的前辈已将theatre和drama两个概念理解得十分透彻。也许有人会说在当代“剧场”还没有出现的时候，前人自然无法预料这门艺术的未来。然而，如果我们认真思考的话，就会发现无论如何，“剧场”都是不应该也不能够取代“戏剧”而成为当代这门演出艺术的新名词。

主张西方当代戏剧应该由“剧场”所取代的最为主要的理由，无非是认为“剧场”艺术已经不再以文本为中心，而是以表演、空间、舞美甚至导演艺术为中心，其中的主人不再是剧作家，而是导演。其实，这也是一种似是而非的论点，传统戏剧虽然是以文本为中心，但是如果文本没有被搬上舞台，这些剧本也只能算作是“案头剧”，而不能称之为真正意义上的“戏剧作品”。所谓“戏剧作品”，必定是被搬上舞台、由演员当着观众之面在剧场空间里演绎呈现。当代“剧场”演出作品无论如何变化，无论剧本在其中所起作用的多寡，导演无论多么霸道，都没有改变也不可能改变它是一门由演员在有限的时间与空间里与观众一起完成的本质。而这些本质特点，难道不正是“戏剧”艺术与生俱来的特点吗？“剧场”艺术所具有的特点、它所运用的元素，可以说是任何时代、任何国家或地区的“戏剧”艺术都具有的特点和元素。也正因为如此，将“剧场”看作是“后戏剧”或取而代之的一门艺术显然难以站得住脚。更为客观的是，“戏剧”作为一门演出艺术永远都处在变化状态之中，它在各个国家或地区、各个时期的内涵与外延从来不是整齐划一的。当代欧美戏剧的变化，其实只是其历史长河中的一个阶段而已，正如音乐、美术、电影等也始终处于不断变化与发展之中，但却少有人提出什么“后音乐”“后美术”或“后电影”等过于吸人眼球的概念一样。

写了上述这么一大段，似乎有点离题。其实不然，因为厘清这些概念与我们的丛书编纂工作息息相关。如果真的以为在“后戏剧”时代剧作家及其剧本可以退出的话，那么我们又何必如此劳心费力呢？然而，我们认为的“后戏剧”也好，“剧场”也好，其实它们只是“戏剧”的变异而已的时候，情形便完全不同。当“剧场”艺术仍然是“戏剧”艺术的时候，包括文学在内的某些元素的比重、地位会有变化，甚至一度消失，但是它们都依然存在，隐性的或显性的。而在当代欧美导演中，即使在同一国度，不同人对待剧本的态度也是大相径庭的。安•维泰兹表示自己并不囿于现成的剧本，小说、随笔、历史文献等任何形式的文本都可以成为其导演工作的起点，而帕•谢倏在贝—玛•科尔代斯眼里则是一个真心实意为剧作家服务的罕见优秀导演。笔者注意到，凡是戏剧文学传统深厚的国家或地区，其导演艺术就显得相对保守，而文学剧本传统不那么源远流长的国家或地区，其导演就显得随意洒脱，在创作中对别人的文本就敢于大刀阔斧，这种解构重构使得剧本面目全非。这些导演在重创了传统文本的同时，也大大打击了当代剧作家们的创作热情，进而伤害到了戏剧本身。也因此，在戏剧历史悠久的法国，即使“导演戏剧”之风甚嚣尘上的时候，剧作家们也勇于纷纷反抗。米•维纳威尔坚持认为“剧本不可溶化”，而科尔代斯则相信导演这门职业在半个世纪之后必然消失。

面对如此纷争的世界，作为戏剧学的学者，我们并不认同导演将要消失的极端观点，但却十分赞成“剧本不可溶化”的中肯主张。半个多世纪的西欧戏剧实践表明，戏剧的形式已经今非昔比，戏剧的概念已经脱胎换骨，但戏剧的基本元素依然稳定如初。虽然“后现代戏剧”的鼻祖阿尔托认为言词阻碍沟通、经典可以休矣，但其实他在自己的实践中并没有抛弃剧本与言词，只是一些后人片面理解之后才将剧本弃如敝履，或成为任意解构的对象。然而，几千年的西方戏剧历史告诉我们，真正能够经受住时间考验的其实依然只是剧本。没有剧本，我们就不可能了解古希腊戏剧是如何的辉煌；没有剧本，我们就不可能发现莎士比亚戏剧是何等的恢宏；没有剧本，我们就欣赏不到拉辛“戴着脚镣跳舞”的姿态是何等的优美；没有剧本，我们就品味不到易卜生的社会问题剧是何等的深刻；没有剧本，我们甚至无法把握现当代戏剧的蜕变；没有剧本，甚至所谓的“剧场”艺术也会成为无源之水、无根之木，有一半以上的作品完全不可能出现；没有剧本，戏剧将只是转瞬即逝的一次性“行为表演”而已……

正是基于以上信念，我们才如此孜孜不倦地翻译、编辑和出版这套丛书，以期以让国人能够有机会了解、认识和欣赏当代外国优秀戏剧，让大家能够发现当代世界戏剧并非像这些年见到的或以肢体表演为主、或以舞台画面为主、或以言词音响为主的种种景象。相反，作为戏剧艺术中不可溶化的元素，优秀剧本依然存在。不仅各国文学家、戏剧家依然坚持在剧本创作，而且无数导演也依然坚定地为剧作服务。我们也正是同样的信念，始终不渝地坚持孕育着这一片世界戏剧之林。终有一天，一株株幼苗将长成一棵棵参天大树，一片片森林将形成一道道美丽无比的风景线……

（作者为法国巴黎第三大学戏剧学博士、上海戏剧学院教授、外国戏剧研究中心主任）

目　录

导读：历史与当代的共鸣与碰撞

一、卡班奈里斯

作为希腊著名的剧作家，卡班奈里斯享有“当代希腊戏剧之父”之称，是20世纪末希腊戏剧的杰出代表。同时，他也是位散文作家、记者和歌词作者，除戏剧、电影剧本外，一生创作了大量的文学作品以及脍炙人口的词曲作品。

1921年12月2日，卡班奈里斯出生于希腊爱琴海南部的纳克索斯岛（Naxos），父亲是一位药商，母亲来自于君士坦丁堡的贵族家庭。初中二年级后，他迫于生计随全家迁到雅典，一边打工，一边在夜校学习设计。与此同时，他还利用业余时间，大量地阅读历史及文学书籍。“二战”开始后，卡班奈里斯与朋友计划自奥地利逃往中立国瑞士。1943年在奥地利西南部城市因斯布鲁克（Innsbruck）被捕，并被送往维也纳接受审讯，之后被关押在毛特豪森集中营，直至1945年5月5日集中营被美军解放。

“二战”结束后，雅典仍面临着接连不断的政治跌宕，在这样的政治及社会背景下，卡班奈里斯无意间观看了希腊艺术剧院（Art Theatre）上演的话剧，从此对戏剧产生了深深的热爱。但由于没有相关的文凭，他没能如愿进入戏剧学校学习表演艺术，于是选择了戏剧文学创作，并于1950年夏季成功地上演了自己的第一部剧作《麦穗上的舞蹈》（*Dance upon the Cobs*）。

与青年演员梅丽娜·迈勒古丽（Melina Merkouri）的结识使卡班奈里斯产生了灵感，创作了戏剧作品《戴红手套的斯泰拉》（*Stell with the Red*

Glove)，随后这部剧被希腊著名电影导演米哈里斯·卡果扬尼斯（Michalis Kakogiannis）搬上了荧幕。影片《斯泰拉》(*Stella*，1955）在各大国际电影节上取得了很好的成绩，也使主创人员享有了不凡的国际声誉。1956 年卡班奈里斯为电影导演尼格斯·贡多罗斯（Nikos Koundouros）创作了剧本《龙》(*The Dragon*)，该剧成为希腊电影史上的里程碑，并在世界电影史上占有重要的一席之地。

20 世纪 50 年代末期开始，卡班奈里斯的戏剧作品着重描写现实生活中的人生百态,《创世纪的第七日》(*Seventh Day of Creation*，1956）由希腊国家剧院上演，得到了观众与评论界的普遍好评。而《奇迹大院》(*The Courtyard of Miracles*，1957）及《无名的童话》(*A Fairy Tale without a Name*，1959）更是为作者带来了良好的口碑。《奇迹大院》由库恩（Karolos Koun）导演，于艺术剧院上演，讲述了 20 世纪 50 年代雅典的一座平民大院里发生的故事，描写了“二战”后希腊的市井生活，展现了城市平民在动荡的时代过去之后，迎接新时代到来时所显现出的彷徨、无奈与孤独。演出取得了巨大的成功，成为当年颇具影响的文化事件，并使卡班奈里斯赢得了“当代希腊戏剧之父”的美誉，也使该剧成为作者被搬上舞台最多的作品之一。

1960 年至 1963 年间卡班奈里斯移居伦敦。在此期间，他考察了戏剧以及艺术领域的新趋势，回国后便以“民族歌剧”的全新风格创作了《天使的街区》(*Neihborhood of Angels*，1963）一剧。1966 年上演的《回家吧，奥德修斯》(*Ulysses, Return to the Home*）是其又一代表作，内容荒诞幽默，极具讽刺意义，讲述了特洛伊战争结束后，奥德修斯与他的同伴在回乡的航行中搁浅于女巫喀耳刻的海岛。他的英雄事迹在岛上一直被传颂。可是，这时的奥德修斯早已年老体迈，不是传说中的样子。于是他不得不与自己的神话“做一把交易”，抛开纯洁而高尚的形象，以及曾经拥有的梦想，变成了一个“职业英雄”，以顺应政治的需要。

早年在毛特豪森集中营的生活给卡班奈里斯留下了不可磨灭的印象。1961 年他发表了纪念性的文章，立刻受到读者欢迎，并成为反战文学领域的重要作品。而《蚕豆和鹰嘴豆》(*Broad Bean and Chickpea*，1974）以及《敌对的人民》（*The Rival People*，1975）等剧，则使其成为反独裁、反法西斯作品的代表人物。

1978年卡班奈里斯开始筹备自己的全集，其中最先出版的头8卷由他本人亲自编辑，收集了其早期上演的剧目，并配以大量的图片以及评论文章。1981年至1987年间，卡班奈里斯出任希腊国家电视台EPT总监。任期结束后，重新回到戏剧舞台，为国家剧院创作了《看不见的剧团》（*Invisible Company*，1989）等剧。这一阶段中，新型社会关系中小市民的生活、机会主义者的挑战、腐败等社会问题引起了卡班奈里斯的关注。

三部曲《晚餐》（*The Supper*，1993）根据古希腊悲剧题材创作，包括《给俄瑞斯特斯的信》（*Letter to Orestes*）、《晚餐》（*The Supper*）和《通往忒拜之路》（*Byway of Thebes*）三部单本剧。该剧由卡班奈里斯本人亲自导演，于希腊国家剧院上演。剧本从一个全新的角度诠释了阿伽门农家族的血亲诅咒，并重新审视了战争、生死等问题，为其后期的创作打开了一个新的篇章。单本剧《晚餐》于2010年由北京人民艺术剧院在北京上演，罗锦鳞导演，至今已公演11轮，受到中国观众的普遍欢迎。剧组曾期望邀请卡班奈里斯本人前来北京观摩该剧在中国的上演，但无奈作者年事已高，未能成行。2011年3月29日卡班奈里斯于雅典逝世，终年90岁。

卡班奈里斯的一生，经历了希腊当代史上最动荡且最具有代表性的时代，从“一战”“二战”到希腊内战，从废除君主制到独裁军政府，从希腊进入资本市场到希腊加入欧盟，每一次时代的变迁，都牵动着普通百姓的生活与日常。因此，他的作品深入地揭露了现实生活中的政治、社会、人类学问题，并以现实主义、诗意的象征以及讽刺的手法，对战争、仇恨、生命与死亡等主题进行了深刻的反思。他曾经写道：“假如有人问我，作为作家，我的期望是什么，我将这样回答他：‘我要尽可能地用我们这片土地上发生的真实生活进行创作。’假如又有人问我，我对戏剧的期望是什么，我会说：‘我希望用一系列的作品，去发现作为现代人的希腊人。’我想说的是，我希望通过人物与当下现实社会的关系，真实地再现我们这片土地上、我们这个时代里最典型的人物性格。”（《关于〈奇迹大院〉在艺术剧院演出的说明，1957—1958》）

为表彰他在文学领域的成就，卡班奈里斯被授予诸多奖项，塞浦路斯大学哲学院（1996）、萨洛尼卡亚里士多德大学艺术学院（1999）、雅典大学哲学院戏剧学系（1999）均授予卡班奈里斯荣誉博士头衔，希腊共和国总统亲自授予他凤凰勋章、最高指挥官勋章。

卡班奈里斯生前对中国充满了向往和敬重，他曾慷慨地将《晚餐》三部曲的版权免费地提供于我，并欣然同意我们在中国上演他的作品。老人过世后，其作品的所有事务交由他的女儿卡特琳娜·卡班奈里处理。当得知国内要出版《卡班奈里斯戏剧集》时，卡特琳娜·卡班奈里依旧免费提供了作品的版权，并写下："致我所敬仰的遥远的中国，期待有一天我能近距离地结识这个国家，我想，这也是父亲曾经的愿望。"在此，谨允许我对卡班奈里斯父女表示深深的感谢！

二、《奇迹大院》

四幕话剧《奇迹大院》是本戏剧集中收录的唯一一部以现实主义题材为基础的作品，也是作者最优秀的代表作之一，创作于 1957 年，同年由希腊艺术剧院首次上演，库恩导演。

剧本描写了 20 世纪 50 年代雅典的一座平民大杂院里发生的故事。大院里住着来自不同职业的平民阶层的人物和家庭。尤尔达尼斯大叔一家来自小亚细亚，他喜欢喝酒，成天躲在屋顶上数星星，沉浸在自己的世界里。寡居多年的寡妇阿奈托太太是一个刀子嘴豆腐心的老妇人，女儿远嫁英国，自己始终憧憬着英国式的生活。雅典小伙子斯泰里奥斯痴迷于赌牌，成天做着白日梦。他的妻子奥莉嘉来自苏联，对丈夫既爱又恨。还有从早到晚打闹拌嘴的小夫妻乌拉和巴比斯、海员的留守妻子玛丽娅、不甘寂寞的年轻未婚女子朵拉、暗暗喜欢着朵拉的大男孩儿扬尼斯……众多的人物构成了一幅活生生的市井生活画卷。而水暖工斯特拉托斯的到来，却给大杂院里这看似一成不变的生活掀起了不小的波澜……

《奇迹大院》描写了 20 世纪战后希腊的人生百态，展现了城市平民在动荡的时代过去之后，迎接新时代到来时所显现出的彷徨、无奈与孤独。剧中的人物各自生活在一种不安和躁动之中，但他们无时不希望在未来可以找到安稳的家园、安稳的生活。他们之间有冲突，也有亲情；有绝望，也有对新生活的憧憬。旧的大院就要被拆除了，取而代之的将是机器时代建造的高楼大厦。然而，在这飞速变换的“新世界”里，大院中的每一个人又将去向何方？

1957 年《奇迹大院》的演出取得了巨大的成功，成为当年颇具影响的文化事件，并使卡班奈里斯赢得了“当代希腊戏剧之父”的美誉。该剧也成为作者被搬上舞台最多的作品之一，除艺术剧院外，希腊国家剧院（1982 年）、希腊北方国立剧院（1983 年、2017 年）等均有上演。

《奇迹大院》之所以一经上演便得到了广大观众的喜爱，源于它真实地揭露了那个时代人们所处的社会环境与政治环境。“二战”结束后，1946 年希腊内战爆发，共和党人与保皇党人之间展开了异常艰苦的斗争，直至 1949 年才宣告结束。这段时间里，希腊的经济陷入停滞，社会发展严重滞后。在本剧《有关色萨利剧院演出的说明，1975—1976》中，卡班奈里斯写道：“战争留下的巨大创伤、政治上的动荡、内战后人们内心的迷失，使国家在整个 40 年代都遍体鳞伤。”“20 世纪 50 年代及以后的一段时间，是希腊遭受了巨大的经济动荡及社会变革的时代，各方面都受到重创。”战后的时代没有给人民带来稳步的发展，资本市场的进入使原本并不健康的经济面临到更加不安的前景，普通民众与有钱阶层的差距日益加大。《奇迹大院》描写的就是那些处于最底层的劳动人民的日常生活，以及他们面对大规模开发将带来的“好日子”的彷徨与疑惑。

普通人一直是卡班奈里斯最关注的对象，他也十分擅长对普通人生活细节的描写与展现。《奇迹大院》里充满了生活的细节，每一个角色都具有鲜明的时代特色及多侧面的人物个性。他们生活在充满泥泞的街道上，居住在拥挤的大杂院里。在这里，他们共同分享着酸甜苦辣甚至鸡飞狗跳的日子，在狭窄的空间里，有时连隐私都成为了一种奢侈品。但他们却不是没有梦想的人；恰恰相反，他们每个人都有着自己对未来的憧憬和期盼。

20 世纪 50 年代是希腊的移民大潮，战后疾苦的百姓们纷纷离开祖国，去往他乡寻找更美好的生活。德国和澳大利亚是希腊侨民最多的国家。《奇迹大院》中的巴比斯和斯泰里奥斯便把希望寄托于澳大利亚，那里是他们心目中的乐土，似乎所有在大杂院里遇到的麻烦和问题，到了那里，便会迎刃而解。尤其是斯埃泰里奥斯，这个典型的口头派，把自己对未来的全部企盼建筑在理想主义的光环之下。与有力气无头脑的巴比斯不同，斯泰里奥斯聪明伶俐，满脑子尽是想法，却没有实际的行动。他生活在“旧日好时光”的阴影下，那时他拥有三家店铺，货架上是琳琅满目的商品。然而，这一切随着时局的动荡都失去了，于是他将自己沉醉于赌牌，幻想着哪一天可以赢回前往澳大利亚的路费。“如果我踏上新的土地，你会看到的……那时候，巴比斯，你放心……那时候我们就得救了……”（《奇迹大院》第二幕）巴比斯为了去澳大利亚倾尽所有，结果落入骗子的陷阱，这固然凄凉，但斯泰里奥斯更加可悲，他甚至从来没有明白目标到底在哪里。最终，巴比斯认清了事实，决定留在这片他既爱又恨的故土，而斯泰里奥斯却带着遗憾离开了这个世界，他的“新大陆”也只能是停留在想象中的“诗和远方”。这不免使我们想起了巴西作家保罗·科埃略（Paulo Coelho）的小说《炼金术士》（又译《牧羊少年奇幻之旅》），牧羊少年圣地亚哥寻遍世界，却不曾想他要去寻找的财宝就在自己的身边。而希腊诗人卡瓦菲斯（C. Cavafy）在他 1910 年创作的诗篇《城市》里这样写道：

> 你说：“我要去另一块土地，寻另一片海洋，
> 总能找到另一座城市，它会比现在的这座要强。
> ……”
> ……
> 你不会找到新的天地，也不会发现其他的海洋，
> 这座城市将永远跟在你的身旁。你总会徘徊在同样的街巷，
> 你将在同样的邻里间老去，
> 你的头发也将在同样的房子里被染上风霜。
>
> 你永远只能到达这同一个地方。至于彼岸，你不用去奢望——

没有渡船借你，也没有道路前往。
既然你已将生命在这里如此地耗光，
毁在这小小的角落，你便早已把它荒废在时间的任何地方。
（选自卡瓦菲斯的《城市》，罗彤译）

卡瓦菲斯这篇具有前瞻性的诗作，是对斯泰里奥斯最好的回应。而《奇迹大院》中与斯泰里奥斯的空想形成对比的，是尤尔达尼斯大叔的儿子扬尼斯。众生百态，扬尼斯是这一群人中的一股清流，是最可爱的人物，也是大杂院中唯一一位对未来有着明确预期的人。当其他角色都在以自己的方式抱怨或咒骂这座大院的时候，只有扬尼斯说："咱们的大院是多么好啊。"（《奇迹大院》第三幕）扬尼斯与水暖工斯特拉托斯都是实干派，他们脚踏实地地干活，靠正当的手艺吃饭。但斯特拉托斯多少有些鲁莽，似乎只会用力气，而扬尼斯则把自己的未来清晰地定位在对于知识的渴求上。他要去上学，然后在一个小岛上，给从来居无定所的父母营造稳定的生活。他的志向并不伟大，那里没有神奇的澳大利亚，甚至没有大都市雅典，但那里却是最朴实的生活所在。"我从不曾想过要离开……""而且这是一块伟大的土地！但如果每个人都看不起它，抛弃它，扭头走开，可怎么是好呢？……"（《奇迹大院》第四幕）扬尼斯的出现，预示着新的时代正在以正当的方式打开，这是大院的奇迹，也是生活的奇迹。

新的时代就要到来了，这是资本的时代，是机器的时代，"这儿的一切都会不复存在……在我们这个大院儿上，他们会建一座豪华的公寓楼！"（《奇迹大院》第三幕）这样的变革中，人将何去何从？卡班奈里斯在《奇迹大院》和《回家吧，奥德修斯》中都曾提及现代化的旅游开发，这种开发打破了以往的平静，带来的是新的秩序和新的规则。作者似乎对这样的变革感到不安，但没有谁可以阻止时代的车轮，大院里的人们必定纷纷离去，生活还是要继续，生命也依然将独自前行。有趣的是，剧中出现过两位工程师，他们的到来预示着新时代的介入。其中一位工程师的名字叫作克里斯托斯（Christos），希腊文中，这也是耶稣的名字。我不知道，这是巧合还是作者的有意之为，或者根本就是我自己的臆想。很遗憾，我不曾在作者的有生之年与他确认。

三、“晚餐”三部曲

马克思曾经形容：“希腊神话不只是希腊艺术的宝库，而且是它的土壤。”像大多数希腊艺术家一样，卡班奈里斯的作品里也深深地受到古希腊神话的影响，祖先的血脉在他的剧作中清晰可辨。然而，对于神话题材，他并不是简单地翻版，而是对每一个故事或者人物，他都有着自己的解释。这些解释取之于神话，却往往不同于传统的神话，有时甚至是颠覆性的。比如我们现在看到的“晚餐”三部曲。这三部曲是由《给俄瑞斯特斯的信》《晚餐》和《通往忒拜之路》三部单本剧组成。其中前两部取材于阿伽门农家族的俄瑞斯特亚系列，而后一部则取材于俄狄浦斯的忒拜系列。因此，要读懂“晚餐”三部曲，我们应当从了解这两组神话系列开始。

首先，我们来看看阿伽门农。阿伽门农（Agamemnon）是迈锡尼的国王，他的弟弟是斯巴达国王墨涅拉俄斯（Menelaos）。兄弟俩分别娶了一对美丽无双的姐妹，克吕泰墨斯特拉（Clytemnestra 或 Klytaimnestra）和海伦（Helen 或 Eleni）。据说，海伦是宙斯所生，是世界上最美的女人。当年，全希腊的英雄们都爱慕她，争执不下。最后男人们达成协议，由海伦自己挑选夫婿，只要选中，其他人必须服从。而且，他们还发誓，今后只要海伦有难，所有求婚者都要联合起来保护她。最终，海伦选择了斯巴达王墨涅拉俄斯。这样，此后的事情就顺理成章了。特洛伊王子帕里斯（Paris）在爱神阿芙罗狄忒的指点下，来到斯巴达，拐走了已是王后的海伦。墨涅拉俄斯找到哥哥阿伽门农，兄弟俩集结了曾经盟誓的希腊各路英雄，远征讨伐特洛伊。然而，大军出发之前，由于阿伽门农傲慢地射杀了狩猎女神的麋鹿，女神发怒，使港口无风，舰队无法启程。作为全军的统帅，阿伽门农为了希腊城邦的利益，在先知的建议下忍痛将自己的大女儿伊菲革涅亚（Iphigeneia）杀来献祭，因此受到妻子克吕泰墨斯特拉的强烈谴责。大军虽顺利出征，但仇恨的种子已深深埋在王后的心中。

阿伽门农出征十年，这十年的时间里，王后克吕泰墨斯特拉因为杀女之仇，记恨阿伽门农。于是，她与阿伽门农的堂弟埃癸斯托斯（Aegisthus）通奸，并与之一同霸占了王位。埃癸斯托斯的父亲与阿伽门农的父亲阿特柔斯（Atreus）本是亲兄弟，却因为王位之争闹得不可开交。兄弟两人本来说好轮流统治迈锡尼。但是，阿特柔斯得到了一头金毛羊，认为这是权力的象征，因此不愿把王权交给弟弟。这时，弟弟与哥哥的妻子有了私情，两人合伙偷走了金羊，并篡夺了王位，还答应哥哥如果太阳从西方升起，便把王位交还回去。在宙斯的帮助下，太阳真的从西方升起了！阿特柔斯夺回了王位，并伺机报复弟弟。他把弟弟的儿子们杀死，做成菜肴，请弟弟品尝自己儿子的肉！惊恐万分的弟弟失去理智，听信了占卜师的话：只要和自己的女儿成亲，便可以杀死阿特柔斯。于是，他真的与自己的亲生女儿同床，生下了孽子埃癸斯托斯……。这些罪孽还不足以证明阿伽门农家族的恐怖。早在几代人之前，阿伽门农的曾祖父坦塔罗斯（Tantalus）便把自己儿子的肉煮来献给天神们吃，以此试探天神是否具有神力辨别。这不敬神的行为受到惩罚，他被打入地狱，饥不能食，渴不能饮。阿伽门农的祖父佩洛普斯（Pelops）也因为不守承诺，受到诅咒，注定后代族群中将充满血腥、背叛与仇杀。到了阿伽门农和他的父亲一辈，杀戮与阴谋更是在兄弟与血亲之间蔓延，没有人可以逃脱。他们甚至再度上演祖先杀子煮肉的罪恶行径，而且越发地令人发指。坦塔罗斯杀死自己的儿子将肉送给神吃，阿特柔斯却杀死兄弟的儿子，将肉送给孩子的亲生父亲吃。人类罪恶的极限一再遭受着挑战，也预示着这个家族更加悲惨的未来。

十年的特洛伊战争过去了，希腊人得到了胜利，阿伽门农也终于可以凯旋。然而，更可怕的命运正等待着他。得胜的阿伽门农从特洛伊掠回大量的财富和奴隶，其中也包括特洛伊的公主卡珊德拉（Cassandra）。王后克吕泰墨斯特拉与王兄埃癸斯托斯假意盛情迎接，暗地里却策划着巨大的阴谋。埃癸斯托斯本来就对阿特柔斯家族恨之入骨，现在得到了克吕泰墨斯特拉的支持，更是时刻惦念着阿伽门农的王位。卡珊德拉有预知未来的能力，她的到来使王后感到事情即将暴露，必须立刻行动。于是，当阿伽门农在浴室中沐浴的时候，王后亲手杀死了这位手无寸铁的希腊大统帅，只留下一具赤裸裸的尸体。之后，他们又杀害了卡珊德拉。克吕泰墨斯特拉与埃癸斯托斯并不否认这场谋杀，而是将之公布于众，并理所当然地继续统治迈锡尼。

阿伽门农与克吕泰墨斯特拉除了大女儿伊菲革涅亚，还生育了一双儿女——厄勒克特拉（Electra）和俄瑞斯特斯（Orestes）。父亲离开的日子里，厄勒克特拉看到了母亲与奸夫的行径，担心弟弟的安危，于是在俄瑞斯特斯很小的时候，便把他悄悄送到宫外，以避杀身之祸。阿伽门农死后，厄勒克特拉独自留在宫中，过着寄人篱下的生活。她日夜怀念自己的父亲，并盼望弟弟早日长大，好为父亲报仇雪恨。她对母亲十分怨恨，不能原谅母亲杀死父亲的罪行。王后对她也是心有怨言，抱怨她一心只有父亲，抱怨她送走了儿子俄瑞斯特斯。克吕泰墨斯特拉与埃癸斯托斯虽然取得了迈锡尼的统治权，但他们从未真正得到过良心上的安宁，时刻担心着阿伽门农势力的反扑。为了使厄勒克特拉的后代没有复仇的能力，王后把她嫁给了一个远方的农民。但那农民同情她，并没有与她真正成亲。

多年以后，俄瑞斯特斯终于长大成人，神谕告诉他，复仇的时机已经来临。俄瑞斯特斯回到迈锡尼，与姐姐相认，并故意骗母亲说自己在一场战车比赛中失手死了。王后尽管心里松了一口气，但是母亲的天性还是使她感到无比伤心。厄勒克特拉劝弟弟不要犹豫，俄瑞斯特斯在姐姐的鼓动下，趁着埃癸斯托斯不在宫中，伺机杀死了母亲克吕泰墨斯特拉。埃癸斯托斯赶来，却发现王后的尸体，还有俄瑞斯特斯刺向他的利剑……。俄瑞斯特斯虽然替父报了仇，但受到良心极大的谴责。三位复仇女神张开血盆大口追逐着姐弟俩，使他四处躲藏，不得安宁。最后，俄瑞斯特斯只好来到雅典，向天神们求救，祈求得到宽恕。众神对他的行为各持己见，来到法庭投票决定如何定罪。法庭上，众神们的投票旗鼓相当。这时，雅典娜站出来，她支持俄瑞斯特斯为父亲伸张正义，投了免罪票。俄瑞斯特斯终于获得了宽恕。

被宽恕后的俄瑞斯特斯得到神谕，让他去陶里刻半岛（Taurike）寻回一件神器。陶里刻本是诸神统治之外的荒蛮之地，那里的人们也被称作“蛮人”。俄瑞斯特斯来到那里，被当地人俘获，即将被献祭时，却发现持刀的人竟是自己的大姐伊菲革涅亚。原来，当年伊菲革涅亚被献祭时，狩猎女神动了恻隐之心，用一头小鹿换下了祭坛上的伊菲革涅亚。没有人看到天神所做的这一幕，所有的人都以为伊菲革涅亚已经死了。女神救下少女，把她带到陶里刻，让她在这里做了自己神庙的女祭司。俄瑞斯特斯与大姐伊菲革涅亚终于相认，并把她带回了祖国……

没有任何一个事件的发生是孤立的。亚里士多德在《诗学》中强调，悲剧完美的布局要求一个事件与另一个事件之间应具有因果关系。人生又何尝不是如此。诅咒，贯穿在阿伽门农整个家族，后代命中注定要为祖上的罪孽承担恶果。一场杀戮换来另一场更为惨烈的杀戮，阿伽门农杀女、克吕泰墨斯特拉杀夫、俄瑞斯特斯杀母。然而，女儿、丈夫、母亲，这一层一层递进的杀戮，却在俄瑞斯特斯这里，得到了神的宽恕。男权最终稳固地进入了我们的世界！

阿伽门农家族的神话传说，自古以来一直深受艺术家们的青睐，因此而衍生出的艺术作品不计其数。单从古希腊悲剧家那里我们便可以看到，三位大诗人都曾对这个故事表现出极大的热情。埃斯库罗斯的《俄瑞斯特亚》三部曲中，尤以《阿伽门农》最为著名，而索福克勒斯与欧里庇得斯也都曾创作过同名悲剧《厄勒克特拉》。这些作品主题不同、视角不同、风格不同，甚至故事情节也有所区别。比如欧里庇得斯笔下，厄勒克特拉嫁给了一位农民，而索福克勒斯却刻意安排厄勒克特拉因为坚守，多年未嫁。但无论哪位作家，对于本神话系列的大体结构，基本是保持一致的。

当代作家卡班奈里斯却有着自己的解构。《给俄瑞斯特斯的信》及《晚餐》中，无论是人物设置、人物关系，还是情节处置，都与神话版本或古代悲剧版本有着非常大的不同。首先是对于克吕泰墨斯特拉这个人物的解释。普遍来讲，这个人物都是以弑夫者的形象出现。她不仅仅犯下了单纯的杀人之过。因为她杀死的既是她的丈夫，也是一国之君。因此，她的杀戮实际上具有三重意义，她是弑人者、弑夫者、弑君者。在男权的世界里，一个女人可以做到如此极致，无论是埃斯库罗斯还是索福克勒斯，或者欧里庇得斯，都对此在他们的作品里给予了相对的同情与赞许。但是，卡班奈里斯更加突出了克吕泰墨斯特拉身为母亲的这一角色的初衷，站在女性的角度上，最大限度地以浪漫主义的情怀替克吕泰墨斯特拉进行了辩护。在卡班奈里斯的笔下，我们不仅看到了一位爱子心切的母亲，也看到了一个喜怒无常、与以往英雄形象截然不同的阿伽门农。他从来无视身边的女性，甚至因为伊菲革涅亚和厄勒克特拉是女孩儿而疏远她们，反倒对无义的战争情有独钟。这样的阿伽门农是我们不熟悉的，是一个“战争英雄”不为人知的另一面。也正是由于这一面，导致了克吕泰墨斯特拉对他无情抨击。卡班奈里斯对克吕泰墨斯特拉表现出充分的理解和极大的热情，他借她质疑战争，质疑盲目的政治煽动。“可你越是被禁止，就越是有思考的必要……”“在我看来，最悲惨的要数那些斯巴达的母亲们……他们的孩子为什么宁愿去送死，也不愿失败？他们的敌人到底是谁？敌人到底在哪里？”（《给俄瑞斯特斯的信》）

具有颠覆性差异的，还有埃癸斯托斯这个人物的设置。在三部曲的第一部《给俄瑞斯特斯的信》中，他被叙述成一个为人正直，既有责任又有担当的人，他来到迈锡尼是应了人民的需要。到了三部曲的第二部《晚餐》中，借厄勒克特拉之口，还描述了他与克吕泰墨斯特拉是如何地相亲相爱，把他塑造成一个既幽默又睿智的情人。这当然是作者美好的愿望，但我还是认为，纵观阿伽门农家族神话的全部脉络，埃癸斯托斯不可能是一个完全纯洁的人。

值得一提的还有，在原神话及古代悲剧家笔下，伊菲革涅亚始终是大女儿，厄勒克特拉是二女儿，这样更符合阿伽门农献祭伊菲革涅亚的逻辑顺序。而在卡班奈里斯的作品中，两个女性角色的身份被颠倒过来，厄勒克特拉成了姐姐。剧中，她既是弑母复仇计划的指使者，又是母亲苦难生活的见证者。同时，她如此无助，最终需要年幼于自己的妹妹以决绝的方式结束了她负罪的一生。她对母亲的情感充满了复杂的悖论，这种纠结甚至比杀死母亲更令她惶惶不得终日。对厄勒克特拉人物形象的塑造，卡班奈里斯比他的先祖们更进了一步，为我们呈现了一个更加立体、更加丰富的迈锡尼公主形象。然而，作者淡化了厄勒克特拉复仇的动机。与神话原版厄勒克特拉为父报仇不同，《给俄瑞斯特斯的信》中强调，厄勒克特拉之所以鼓动俄瑞斯特斯杀母，是因为“她是为了自己的女儿身才想着要去复仇，而并非为了她的父亲……”。这一点虽可以理解，但毕竟削弱了戏剧冲突。

单本剧《晚餐》结构十分巧妙，作者把时间设置到母亲克吕泰墨斯特拉被杀以后，伊菲革涅亚回到了家乡迈锡尼。心怀仇恨的厄勒克特拉为了迎接伊菲革涅亚的到来，安排了一顿特殊的晚餐。餐桌旁，阿伽门农、克吕泰墨斯特拉、埃癸斯托斯、卡珊德拉四位去世已久的亡灵听到召唤，前来赴宴，与厄勒克特拉、俄瑞斯特斯、伊菲革涅亚、佛罗斯（厄勒克特拉的农夫“丈夫”）四位生者共进晚餐。这时，死去的人早已泯灭了相互之间的恩仇，活着的人却依然不能从痛苦的仇恨和自责中解脱。作为长辈的亡灵试图以自己的方式劝导作为生者的后代，可生者哪里听得到死者的呼喊。而这种呼喊越是无法被生者听到，就越是具有戏剧的张力。

卡班奈里斯对原著神话解构得最精彩的一笔，是《晚餐》结局的处理。伊菲革涅亚为了阻止阿伽门农家族世世代代相传不断的诅咒与罪恶，狠心向厄勒克特拉、俄瑞斯特斯和她自己的杯子中投下了毒药。这个“连蚂蚁都没有伤害过的人”，这个曾经“只会笑、只会玩儿的孩子”，带着全部的爱，杀死了自己最爱的亲人。这个结局比原版神话更有力度。伊菲革涅亚，作为这个家族唯一纯洁的人，唯一不曾沾染过罪恶和杀戮的人，最终以对自己的杀戮了结了杀戮的延续。因爱导致了死，以死换来了爱，这便是当代作家卡班奈里斯对古代文本的现代解释。

此外，卡班奈里斯十分擅长从小人物的刻画中表达深刻的人生哲理。这一点上，他与他的老乡欧里庇得斯倒是有一些相似。四幕话剧《奇迹大院》中的尤尔达尼斯大叔和单本剧《晚餐》中的佛罗斯，他们都是最普通不过的小人物，但是往往从他们的口中，会道出许多生活中被我们忽视了的大道理。《晚餐》中佛罗斯和埃癸斯托斯的独白异常精彩，作者通过对大自然、对最细微的生物的描写，赞叹了生命的奇妙。“树木、青草、野兽、蝗虫、幼蛹、蜜蜂、蜘蛛、蜥蜴、蛇、鸟儿、青蛙，正感受着照在它们皮肤上的暖暖的阳光。它们转动着生命的轮盘，它们根本不需要知道我们是谁，我们做过什么、经历过什么……大地就是这样智慧地让万物再次掺和在一起……”（《晚餐》）在伟大而无限的生命面前，人类一切的争斗与纠结都显得如此无足轻重。

“晚餐”三部曲中的第三部《通往忒拜之路》取材于有关俄狄浦斯家族的忒拜神话系列。忒拜城（Thebes）国王拉伊俄斯（Laios）年轻时在外逃亡，被佩洛普斯（Pelops：阿伽门农的祖父，见《晚餐》导读）收留。不曾想，他却因调戏佩洛普斯的儿子，导致少年含羞自尽。佩洛普斯诅咒拉伊俄斯日后无子，即便得子，也会死在自己儿子的手中。拉伊俄斯成为忒拜国王后，果然多年未育，便前往占卜圣地德尔菲（Delphoi）祈求神谕。神谕告知，他会得到子嗣，但他的儿子今后会犯下杀父娶母的罪孽。拉伊俄斯回到忒拜不久，王后伊俄卡斯忒（Iokaste 或 Jocasta）诞下一子。拉伊俄斯害怕神谕应验，便把初生婴儿的双脚钉上，命一位牧羊的仆人将之扔到喀泰戎山（Kithairon）中。牧羊人心存怜悯，没忍心杀死手中的婴儿，却把他交予了同在喀泰戎山牧羊的另一位牧人。那牧人来自科林斯（Corinth），便把孩子带去了自己的家乡，送给科林斯的国王做了儿子，取名俄狄浦斯（Oidipous），意为“肿脚之人”。多年以后，俄狄浦斯长大成人，听闻自己不是科林斯国王亲生的儿子，十分气愤，跑到德尔菲去问神谕。神谕并没有指出谁是他亲生的父母，却道出他今后要有杀父娶母的厄运。听到这个神谕，俄狄浦斯不敢再回到自己的“家乡”科林斯，便向与家相反的方向走去。一个三岔路口，俄狄浦斯巧遇正在路过的一位老人，双方因为争路起了冲突。俄狄浦斯盛怒之下杀死了老者和他的随从，只有一人夺路而逃。之后，俄狄浦斯途径忒拜，正遇上堵在路口吃人的妖怪斯芬克斯（Sphinx）。聪明的俄狄浦斯破解了妖怪的谜语，斯芬克斯跳崖身亡。忒拜城的人民因此欢迎救星俄狄浦斯，并推崇他登上了空缺已久的王位，迎娶了先王的遗孀。夫妻二人共同统治着忒拜城，过了十几年幸福安宁的日子，还诞下了两男两女四个孩子。直到有一天，瘟疫降临到忒拜城，俄狄浦斯派王后的弟弟克瑞翁（Kreon）去德尔菲询问解救之法，克瑞翁带来神谕的消息，解救瘟疫必须找到杀死城邦老国王的凶手。俄狄浦斯立下毒誓，无论这人是谁，一定追查到底，并将他驱逐出境。一路排查下来，凶手原来竟就是自己，三岔路口杀死的老者，就是忒拜国王拉伊俄斯。此时，科林斯的牧人前来报信，说国王因年迈而去世，要俄狄浦斯回去继承王位。俄狄浦斯虽懊恼杀死了先王拉伊俄斯，但也为自己没有“杀父”而欣喜若狂。岂知，科林斯的牧羊人却说出了俄狄浦斯曾被他抱养的这一真相。一旁的王后伊俄卡斯忒已经完全明白，劝俄狄浦斯不要再查下去。俄狄浦斯拒绝了妻子的请求，派人叫来了忒拜城的牧人。两位牧人当众对峙，真相终于大白。

俄狄浦斯在自己完全不知的情况下，杀死了自己的父亲拉伊俄斯，迎娶了自己的母亲伊俄卡斯忒。

俄狄浦斯杀父娶母后，悔恨地挖瞎自己的双眼，并将自己流放出城邦。他的两个儿子厄忒俄克勒斯（Eteokles）和波吕涅刻斯（Polyneikes）相继长大，约定轮流统治忒拜城邦。然而，厄忒俄克勒斯掌权后，却不愿将王权交给波吕涅克斯。波吕涅克斯便集结外邦军队攻打忒拜，结果兄弟两人自相残杀，双双死于对方的手中。两人死后，他们的叔父——俄狄浦斯妻子及母亲的弟弟克瑞翁掌握了政权，下令厚葬保卫城邦的英雄厄忒俄克勒斯，却将城邦的叛逆波吕涅克斯暴尸荒野，以示惩罚。兄弟二人的妹妹安提戈涅（Antigone）和伊斯墨涅（Ismene）不忍波吕涅克斯得不到安葬，那是对死者极大的不敬。但伊斯墨涅趋于对克瑞翁的惧怕，敢怒不敢言。安提戈涅却相信亲人之间爱的天条远远胜过于凡人制定的法律，因而私下里埋葬了波吕涅克斯，使死者的灵魂得以安宁。克瑞翁查出此事是安提戈涅所为，要严厉地惩罚她。安提戈涅不畏强权，坚持自己的信条。安提戈涅的未婚夫——克瑞翁的儿子海蒙（Haimon）前来劝阻父亲，但克瑞翁依然一意孤行，命令将安提戈涅押往石窟，令其自生自灭。城邦里的先知也来警告克瑞翁，他的固执会给城邦带来灾难。克瑞翁担心先知的预言，派人去释放安提戈涅。而这时，却传来安提戈涅和海蒙的死讯。原来，海蒙来到石窟，看到安提戈涅已经死去，伤心地自刎而亡。海蒙的母亲——克瑞翁的妻子欧律狄刻（Eurydike）得知这一切，也悲伤地自尽了。忒拜城中，只剩下孤零零的克瑞翁一人独自感叹自己的命运。

俄狄浦斯及忒拜城的故事也是古代作家们十分热衷的题材。据说，三位悲剧诗人都曾写过以俄狄浦斯为主题的悲剧，但流传至今的却只有索福克勒斯那一本著名的《俄狄浦斯王》。尽管如此，围绕忒拜系列，我们依然可以读到许多古代名著，比如埃斯库罗斯的《七雄攻忒拜》、索福克勒斯的《安提戈涅》以及《俄狄浦斯在科罗诺斯》等。

“晚餐”三部曲的第三部《通往忒拜之路》中，当代作家卡班奈里斯再一次以自己独特的解构重新书写了有关忒拜的故事。这一次，他将《俄狄浦斯王》中忒拜城的老仆人设置成《安提戈涅》中报信的守兵的父亲。前者曾将俄狄浦斯的身世证明给毫不知情的俄狄浦斯，而后者正是向克瑞翁通报安提戈涅罪行的那个人。卡班奈里斯很巧妙地将两部作品、两个时代结合在了一起。在这部戏中，作者再次淡化了古典悲剧中的主题，即有关城邦法则与自然法则之间的冲突，转而描写上层社会政治的动荡给普通人所带来的灾难与疾苦。守兵一家人远远地住在忒拜城外的山丘上，他们不愿与城里俄狄浦斯家族的骚乱有任何的瓜葛。作为一个普通人，他们也许并不关心俄狄浦斯是谁的儿子，或者安提戈涅该不该安葬她的兄长，他们只关心明天自己是否可以找到赖以生存的饭碗。"这些人（俄狄浦斯家族的人）都是伟大的人，干的都是伟大的事儿，大风大浪里的……可我呢，我连条整裤子都穿不起，被他们看作是鞋子上的尘埃，我凭什么突然之间就被卷进他们的灾难之中，跟着团团转！……""上帝饶恕她（安提戈涅），她想惹祸，那是她自己的事，可我们招谁惹谁了……"（《通往忒拜之路》）然而，可悲的也恰恰是在这里，普通人的命运往往无法与政治脱离干系，他们必将被那只无形的手牵动着全身。剧终时，作为年轻的一代，守兵的儿子和女儿无一幸免地被卷入了忒拜城中的骚乱，他们自愿地走向了通往忒拜的道路。这是这一代人的宿命，就像今天雅典城中越来越多的游行和示威……

值得一提的是，卡班奈里斯在三部戏的注释里，均提到了剧中的人物都穿着当代的服装。《给俄瑞斯特斯的信》和《晚餐》提示是在剧院的排练厅里进行排练，而在《晚餐》的结尾和《通往忒拜之路》的开始，还穿插了一个名为"演员"的角色，着重暗示此剧的假定性，并希望以此将规定情境带入到现实生活中来。这样的例子在卡班奈里斯其他的作品里依然可见，《回家吧，奥德修斯》就是另一个十分独到的案例。

四、《回家吧，奥德修斯》

奥德修斯（Odysseas 或 Odysseus）的故事因荷马史诗《奥德赛》而深入人心，他是盖世无双的大英雄，特洛伊战争"木马计"的设计者，头脑聪明又能言善道的大将军，他是荷马笔下"神样的奥德修斯"。他在大海上漂泊，战胜各种艰难险阻，历经十年回到故乡的经历，广为世人所传颂。而他的故乡伊萨卡（Ithaki）在西方语汇中，也早已成为“故乡”的代名词。有关奥德修斯的故事太多，他如何战胜独目巨人、如何抵制塞壬海妖的诱惑、如何逃离长满“忘忧果”的岛屿、如何下到冥府拜见各路英雄、如何拒绝仙女卡吕普索（Calypso）和妖女喀耳刻（Circe）的追求，回到家后，又如何智斗妻子佩涅洛佩（Penelope）的求婚者、如何收回自己的国家和王权、最后与忠贞的妻子和儿子大团圆……《奥德赛》全书24卷，12110行诗句，系统之庞大、内容之丰富可想而知。

卡班奈里斯这部以奥德修斯为题材的剧作首次创作于1952年，其间几经易稿，直至1966年才于希腊艺术剧院正式上演。20世纪50年代初，被卡班奈里斯认为是自己的“前现实主义题材时代”，那时他还没有开始创作诸如《奇迹大院》等现实主义作品。《回家吧，奥德修斯》用极其先锋的手法，颠覆性地甚至带有荒诞色彩地为我们描述了一个与以往完全不同的奥德修斯的形象。剧中，奥德修斯漂泊到喀耳刻的岛上。在这里，传说中的奥德修斯已经被当地人“消费”成一个伟大的英雄，人们需要这样的形象，政府需要这样的形象。当奥德修斯变做一个美好的、荣耀的、概念化的形象后，一切看来都在向着稳定的方向发展。然而，突然间真正的奥德修斯出现了，他远没有人们想象的那样完美，甚至矮小肮脏疲惫不堪，他狡猾自私，玩弄女性，借用各种理由不愿回家。人们无法接受这样的事实，荣耀一夜之间成为泡影，过度夸大的神话被摔得粉碎。一切都失去了平衡。为了挽回局面，一系列更加荒诞的事件在这座小岛上上演着，奥德修斯本人也参与了其中。他开始与自己的荣誉做“交易”，最终成了政治宣传的玩物和牺牲品。

最可悲的是，就连奥德修斯努力要回去的故乡伊萨卡，也早已不是他离开时的模样。“伊萨卡在他离开的时候的确是纯洁和无瑕的。然而，正像奥德修斯这些年都在外边干他的事儿，伊萨卡也在干自己的。感谢他那传奇般的儿子，伊萨卡获得了商业和旅游业的发展。因此，财政预算已经多年达到了收支平衡。这样稳定的经济环境是不能被牺牲掉的。……之前他曾拒绝回到那个真实存在的、富裕的、发展中的伊萨卡，现在他又坚持要回到一个纯洁的、无暇的、可并不存在的伊萨卡。最后，我唯一能为他做的，就是承认他是一个不幸的疯子。”（《回家吧，奥德修斯》第五场）从一个英雄到一个疯子，卡班奈里斯用象征性的手法为我们揭示了飞速发展的资本时代给人们带来的巨变与迷茫。

当然，即或是荷马，对奥德修斯形象的描述也不完全是单一的。《奥德赛》[①] 第 9 卷第 513—516 行中，荷马借独目巨人之口这样写道：

> 我一直以为那会是位魁梧俊美之人，
> 必定身体健壮，具有巨大的勇力，
> 如今却是个瘦小、无能、孱弱之辈，
> 刺瞎了我的眼睛，用酒把我灌醉。

但荷马也是浪漫的，在第 10 卷第 395—396 行中，当他描写那些曾经被喀耳刻变成猪，之后又恢复了人形的奥德修斯的随从们时，他这样写道：

> 同伴们立刻变成人，并且比原先更年轻，
> 样子更加俊美，也显得更壮健。

是的，在荷马的笔下，当那些失去方向的人们重新找回了初心后，他们将变得比之前的自己更加优秀，更加美好。让我们希望，卡班奈里斯笔下的奥德修斯们，也将有一天会寻回初心，寻回逝去的伊萨卡……

《卡班奈里斯戏剧集》根据卡班奈里斯全集希腊文版译出，书中人名、地名参考罗念生先生、王焕生先生的古希腊文译本。导读内容仅为译者个人观点，由于译者水平有限，错误和不当之处恳请读者赐正。

罗彤

2019 年 8 月，北京

---

① ［古希腊］荷马：《奥德赛》，王焕生译，人民文学出版社 1997 年版。

奇迹大院

出场人物

乌拉（Voula）（女）

玛丽亚（Maria）（女）

扬尼斯（Giannis）

尤尔达尼斯（Iordanis）

阿奈托（Anneto）（女）

阿丝塔（Asta）（女）

朵拉（Ntora）（女）

巴比斯（Mpampis）

斯特拉托斯（Stratos）

奥莉嘉（Olga）（女）

斯泰里奥斯（Stelios）

男人

工程师甲

工程师乙

邮差

警察

年轻人

当代。

雅典的一座平民住宅区。

故事发生在一座有着很多房间的大杂院内，每个房间里住着一户人家。

左侧是尤尔达尼斯一家，窗户朝着院子，旁边有一个木梯子，可以通向房间的屋顶。屋顶布置得很有特点，柱子做成像孩子玩儿的风车的样子插在上边，旁边还有一架小玩具飞机。屋顶有几个栏杆，刷着鲜艳好看的颜色，栏杆的台子上放着几盆花，花盆的颜色也很漂亮。尤尔达尼斯家的门开在院子的后面，背对着院子。右侧是阿奈托的家，她的家几乎占了两层。原本她家只有一楼的房间，但她在上面加了一个很大的阁楼，用很大的木板隔开，像是一个不带栏杆的阳台。

这两个房子中间是一个宽宽的廊子，通向舞台深处大院里面的房间。

阿奈托和尤尔达尼斯家的前面，有台阶、矮凳、木箱等，大院的女人们可以坐在那里闲聊。

舞台上有很多杂物，显得十分拥挤，看起来这里的生活有些杂乱无章。

第一幕

［故事开始于一个初夏的傍晚。

［玛丽亚坐在右边的一个台阶上，刺绣着一块桌布。

［乌拉把一面镜子架在木梯上，正在自己给自己剪头发。

［尤尔达尼斯家的窗口，他的儿子扬尼斯正在看书。

［尤尔达尼斯肩上扛着一卷地毯从舞台深处走出，爬上屋顶。

乌拉　扬尼斯……

扬尼斯　嗯？

乌拉　你爸爬到天文台上去了……

玛丽亚　时候到了，太阳下山了。

［扬尼斯没有说话，尤尔达尼斯把地毯铺在屋顶上，乌拉走到玛丽亚身边。

乌拉 帮我看看，我脖子上有没有剩下头发？

玛丽亚 转过来让我看看……

乌拉 给你剪子，要是有就剪了吧。

［乌拉把剪子递给玛丽亚，弯下身子。

玛丽亚 你干吗自己剪头发啊？

乌拉 我要是有钱，当然就去理发馆啦……可哪儿来的钱啊……？[①]

玛丽亚 你们上个礼拜不是还有大把的钱嘛……

乌拉 是曾经有过，可现在一分都没了。

玛丽亚 你俩真是个疯子……知道嘛！

乌拉 能怪我吗？……我男人的手就是个漏斗，一分钱也留不住。

玛丽亚 是啊，不过你也好不到哪儿去……每次他带着你去挥霍的时候，我可从没见你说过不字儿……

乌拉 我干吗要说不……我们还年轻，我们就不能享受享受吗……？

［尤尔达尼斯从屋顶下来，走向舞台深处。

玛丽亚 你们得攒点儿钱……

乌拉 你净瞎说。如果我们有固定的收入，那倒是可以攒些……可他呢，一个礼拜有活儿干，另两个礼拜却闲着……！

玛丽亚 那你们也不至于一气儿吃光，然后挨饿啊？

乌拉 可如果你过了两个礼拜的苦日子，你不得轻松一下啊，这很正常啊。

玛丽亚 把剪子拿去，我帮你理干净了。

乌拉 谢谢你，我的姑娘，要不要我也帮你剪剪？

玛丽亚 我不用……

［阿奈托从自己的房子里走出来，她有六十岁光景，一边用小刷子刷着一只帆布箱子，一边哼着歌儿。

阿奈托 拉蒙娜，你要记住旧时光，
拉蒙娜，你再记起旧时光，

---

① 本书中的剧作，作者原文普遍使用了省略号“……“。尽管这一现象并不符合汉语标点符号使用规则及中国读者阅读习惯，但出于对剧本原文的尊重，我们仍保持了作者本人的这一风格。

拉蒙娜…… 拉蒙娜，你再记起旧时光，
拉蒙娜，记起旧时光……

玛丽亚 她昨天去了银行，把所有的钱都寄到英国去了……这疯老婆子又把钱都给出去了……

乌拉 那她怎么去帕罗斯岛啊……？拿什么钱去啊……？

玛丽亚 她可能管别的什么人要吧……要么就是她得把全年的退休金都取出来……

乌拉 （向阿奈托）这么说你明天要离开我们啦？

阿奈托 我要走了，不招你们烦了……

乌拉 你瞧你，别抱怨了……

阿奈托 我就是个可怜的老太婆，一只脚都踏进坟墓了，我在这儿碍你们所有人的事儿，我走，还你们清静。

乌拉 哎呀，你呀，真是的……我们都住在这里……误会总是难免的。

阿奈托 这可真是又美好又神圣的误会，你们永远唠唠叨叨地在我耳边吵吵，说我倒了你们的胃口。有没有这回事？

玛丽亚 就算我们说多了几句，你干吗又这么较真呢？

阿奈托 我们在英国可不这样！我走了，我到帕罗斯岛去待一段时间，这样，我、你们……大家都能轻松些。要是你们再也见不到我了，你们就原谅我吧，也让上帝饶恕你们……（假装哭泣）

乌拉 （跑到她身边）啊呀，行了，别哭了，你知道我们是多么地爱你！

阿奈托 难道我不爱你们吗……？

玛丽亚 没有你，我们可怎么活呀？

阿奈托 难道我就好过啊……？

玛丽亚 （也凑到阿奈托身边）……来，坐在这儿，你这个唠叨婆……把箱子给我，我来替你扫。

阿奈托 不用，别把你的手弄脏了。我已经擦干净了，亲爱的……

乌拉 我们帮你收拾东西……你坐着歇会儿……

阿奈托 （完全忘记了刚才的哭泣）……好，那我抽根烟。但我的东西还是我自己来收拾……我喜欢收拾旅行的行李……我特别享受……

乌拉 拿着这个垫子，坐得舒服点儿……

［阿奈托坐下，点起一根烟，另两个女人也坐了下来。

阿奈托 （向玛利亚，故意逗她）你倒说说啊，你又给我们上演佩涅洛佩[①]吗？

玛丽亚 我根本不知道你说的佩涅洛佩是谁……

阿奈托 （笑）那你干吗把这块桌布拆了缝、缝了拆的？这都两年了……？

玛丽亚 请原谅，我才开始绣了不到一年。

乌拉 难道不该绣完了吗？

阿奈托 可不是嘛！

玛丽亚 我不是一直在绣，所以才这样。我什么时候高兴什么时候绣，就是为了打发打发时间。

阿奈托 我要是你的话，我会出去走走，见个什么人，透口气儿。

玛丽亚 是啊，可……！

阿奈托 什么是啊，可？难道说因为你男人是船上的锅炉工，你就得一辈子在这儿刺绣？我告诉你，你那小帅哥可是无论到了哪个码头，都会去找乐子呢。

乌拉 你听见了吗？

玛丽亚 我一个人怎么出去啊……我去哪儿啊……？

阿奈托 正因为你是一个人，才应该出去呢。

玛丽亚 啊呀这关你们什么事啊？

阿奈托 刺绣代替不了床上的男人。我们也是女人，我们知道什么是寂寞。

玛丽亚 你们知道什么……你们到底想说什么……？

阿奈托 大道理是没有用的。

乌拉 我们现在明白你了。

阿奈托 我们明白你为什么抽风似地刺绣了。

---

① 佩涅洛佩：荷马史诗《奥德赛》里大英雄奥德修斯的妻子，以忠贞不渝著称，二十年如一日在家等待丈夫。为了拒绝求婚者，她承诺要织好一块布，为丈夫的父亲做寿衣，寿衣做好后才考虑再嫁。但是她每天白天织好，晚上又拆掉。

玛丽亚　好啦，别说啦。

乌拉　是不是那种感觉又来了，是不是?

玛丽亚　你们闭嘴，男人们也听着呢……

［尤尔达尼斯再次爬上屋顶，手里拿着一瓶葡萄酒和一托盘下酒菜。

阿奈托　祝您发个好呆啊，尤尔达尼斯先生……

尤尔达尼斯　聊着哪……

玛利亚　我说，阿奈托太太……

阿奈托　这倒霉的箱子这么多土……我们在英国，一点儿土都没有……

玛利亚　你告诉我，你哪儿来的钱去旅行……?

［尤尔达尼斯从屋顶下来，走向舞台深处。

阿奈托　我取了四个月的退休金，又借了点儿，再用收来的房租补上其余的。

乌拉　什么房租?

阿奈托　……房间的房租啊，我亲爱的。

玛利亚　哪个房间?

阿奈托　就这间房啊……我还有别的房子吗?

玛利亚　（向乌拉）我跟你说什么来着?我是不是说她什么都做得出来，才不会考虑别人……?你看。

乌拉　（大声叫喊）她不能这么做……!

阿奈托　（涨红着脸跳起来）我就要这么做，一定这么做……这房子是我的，我出租，我想怎么做就怎么做……我是在出租我自己的房子，又不是你们的……真是的!

玛利亚　你真无情……我们像一家人一样，现在你却要让一个陌生的女人住进来……

乌拉　（向阿奈托）她说得对……我们哪儿知道她会是什么人?

阿奈托　他不是个女人……是个男的……

玛利亚　男的……?

阿奈托　是个棒小伙儿，有着漂亮的头发，啊呀呀……我的上帝啊……

乌拉　等我老公回来再与你理论……你简直不害臊，你还是个女人……你怎么能让一个陌生的男人进来，我们这儿都是妇女和姑娘。喂，你倒说说看？

玛利亚 男人不能进这里来！你听见吗？不然的话我就叫警察来……！

阿奈托 关警察什么事，啊？我是把野兽带进屋子了，还是带来了什么不法商贩，要警察来管……？我只是带个男人进来……如果你不好意思，你别让他看见……你要是憋得难受……就赶紧刺你的绣去……听到吗？……

［尤尔达尼斯拿着一把老式步枪出来，再次爬上屋顶，扬尼斯跟在他的身后。

扬尼斯 你又拿步枪做什么？

尤尔达尼斯 干你自己的去……

扬尼斯 你又想让咱们在警察那儿惹麻烦吗……？

尤尔达尼斯 一边去……

扬尼斯 对你来说，在这儿发发呆，还有葡萄酒、下酒菜还不够吗？你干吗非得把猫崩了？猫们招你惹你了，啊？

尤尔达尼斯 一边去！

扬尼斯 我求你了……

尤尔达尼斯 （把枪对准他）走开……

扬尼斯 你干吗不开枪啊……

阿奈托 （大喊）……阿丝塔……你儿子……（向扬尼斯）你走开……他也许真会朝你开枪的……他就是这么着把你妈的奶子给弄没了的……

阿丝塔 （跑出来）你怎么看见他把我奶子弄没了……啊？

阿奈托 我们全都知道……

阿丝塔 你看见啦……？

阿奈托 你又不给我看……

阿丝塔 那么，既然你没看见过，你胡说什么？

阿奈托 我就是这么听说的，你让我怎么说？你倒给我们看看，让我们知道……

阿丝塔　真不害臊……（走向舞台深处）

阿奈托　怪女人……我为了她儿子才喊她来……她倒和我过不去起来……

朵拉　（穿着一件薄薄的睡袍走出来）亲爱的，你们谁知道时间啊……？

玛利亚　差二十分七点……

乌拉　头发真好看！你洗头啦？

朵拉　我要出去。

乌拉　又和那位吗……？坐小汽车去……？

朵拉　坐公交车能去哪儿啊……现在又是夏天……

［扬尼斯目不转睛地看着朵拉。

阿奈托　我们在英国，全都是开自己的车的。

朵拉　真的啊？

阿奈托　当然，开我女婿的车。

朵拉　伦敦一定特别好吧……

阿奈托　你要是在那儿，一定把他们震了……爵爷们一定会拜倒在你的石榴裙下……你们看看这模样……你们看啊……美得像圣母像似的[①]……哎呀，可别让恶眼伤了你[②]……像圣母一样美……怎么样了，他什么时候和你订婚啊？

朵拉　（有些生气地）如果他想的话……哎呀烦死了……

乌拉　那个陌生人又给你写情书啦……？

朵拉　嗯，在这儿呢……（笑着从兜里拿出信）

乌拉　拿过来让我们乐乐……

朵拉　等一下……诶，人都跑哪儿去了……都去哪儿了……？

扬尼斯　你想要什么？

朵拉　让人帮我把我那双白色高跟鞋取回来……我送去清洗了……我穿着睡袍，怎么去啊……

扬尼斯　我去……

---

① 此处为一句成语，这里意为“不朽的玫瑰”，用于赞美圣母。

② 希腊人相信太美、太好的人会招来“恶眼”，所以要悬挂大蒜、恶眼符，或吐口唾沫防止“恶眼”。

朵拉　哎，不用你……

扬尼斯　有什么不行……？

朵拉　那太谢谢你了。来，拿着，付三德拉克马[①]……

扬尼斯　不用，没事……

朵拉　那可不行，怎么能还让你破费……你能去取就已经很麻烦啦……

扬尼斯　三德拉克马不是事儿……

朵拉　这不对……前天你就已经花了两块钱替我买卡子了……拿去，不然就不让你去了，我要生气啦！

扬尼斯　好吧……（正要走开）

乌拉　现在把信拿来咱们乐和乐和……

尤尔达尼斯　（命令地）扬尼斯……

扬尼斯　什么事？

尤尔达尼斯　过来……

扬尼斯　我现在有事，等我回来。

尤尔达尼斯　过来，我有话对你说。

扬尼斯　等我回来，不是跟你说了嘛？

尤尔达尼斯　我说过来！我不是也跟你说了？

朵拉　过去吧，扬尼斯，我不着急要鞋子。

［扬尼斯向屋顶走去，上了一两层台阶。

尤尔达尼斯　你知道葡萄酒是什么？

扬尼斯　喝的呗，还能是什么？

尤尔达尼斯　让我来告诉你……有个人，头脑里曾经有很多罪恶。他说，我喝点什么，这罪恶是不是就顺着下去了？他喝了水……什么都没发生……他喝了牛奶……也不行（指着自己的脑袋）……罪恶还在这儿……然后他喝了果子露、兰茎茶、樱桃汁、柠檬汁、野菊茶……什么都没有发生……什么都没有……都没

---

① 希腊欧元之前使用的货币。

有……罪恶待在他的脑袋里，越生越多……这时，又来了另一个人，一个圣人，慈悲心肠，他说……水、牛奶、兰茎茶……这些东西你喝了，它们往下边走……你必须找到另一种喝的，它能冲到你的头上去！你懂了吗，扬尼斯？

扬尼斯 我懂了！

尤尔达尼斯 于是那人开始种植葡萄，酿造葡萄酒，喝葡萄酒，就真的升到他的头上去了！世界变了，变得更美好……然后耶稣来了，他也跟着喝……太棒了，他说，太棒了……于是他祝福了葡萄酒……说这就是我的血……看，什么是葡萄酒……去吧现在……

阿奈托 我能一直听这人讲下去，一直……

玛利亚 你跟他一样神经病！

阿奈托 你们这些嚼舌妇，你们根本听不懂，没感觉……

乌拉 你别理她……信在哪儿？

朵拉 （*打开信*）来，听着。（*冲着凑过来的扬尼斯*）你也想听吗？

扬尼斯 不……可是那个可怜虫哪里知道，他写给了什么人，又有多少人知道了他的秘密……

朵拉 谁让他写来着……

扬尼斯 他只是想告诉你他爱你……这很可笑吗？

乌拉 我觉得很可笑……

扬尼斯 但愿我能让你知道，你这么做是多么不好……（*走出去*）

乌拉 来，快读读让我们乐和乐和……

［*隔壁院子的屋顶瓦砾处传来猫叫声，尤尔达尼斯抓起步枪射击，猫叫声停止了。*

朵拉 （*读信*）“我亲爱的，我多愿我有能力不再给你写信，但是我不能。昨天我一整天都在控制自己，不要拿起纸和笔，但我觉得我的舌头像是断了一样，我好像失去了自己的声音……我觉得，我作为一个人能说的所有的话，都是要对你说的。我对生活的梦想，我想成为的样子，我所有的期盼，都幻想着有你在我的身旁，幻想着你是我的，在我的身边……”

［阿奈托听着，深深地被感动了，几乎欣喜若狂。玛利亚也是一样，听得忘记了刺绣。

乌拉　啊呀，这个可怜虫！

阿奈托　嘘！

朵拉　“我知道，你对你所经历的一切也并不满意。我知道那个穿短夹克衫的人，那个开着车来的人，每天晚上他把你从咱们这片儿带走，但他并不是你想要的那个人。我很多次看到你夜里回来，你看上去很疲惫、很苦恼。你回来时经常自己小声念叨着什么，像是在自言自语，眼睛里还带着泪水……”

阿奈托　（哭泣）

玛利亚　念下去……

朵拉　他胡说八道……我从来没哭过，也从不自言自语……

阿奈托　没关系……念完它！

朵拉　“我多希望在那样的一个夜晚，我能够出现，并对你说……”

巴比斯　（吵吵嚷嚷地，带着大包小包的东西走上台）乌拉拉拉……

乌拉　这儿哪……

巴比斯　赶紧换好衣服……

乌拉　我们去哪儿？

巴比斯　随你想去哪里……你想想你喜欢哪儿，海边、山里、平原，随你定……

乌拉　真的吗？

巴比斯　当然，快帮我把这些拿下来……你看我背着这么多包裹，像个扛大包的……你没长眼睛吗？

乌拉　这都是些什么啊？

巴比斯　我怎么知道？反正就是肉啊、鱼啊、奶酪、香肠、腌咸鱼、水果、巧克力……啊呀我也不知道到底都是些什么……

乌拉　（非常高兴地）……这难道不是你买的吗？

巴比斯　我根本就没注意……我会在乎这些吗？我就跟店老板说，全都给我来点儿……

乌拉　（幸福地）……这么多东西我们可怎么办啊……？

巴比斯　行啦……我们就在这儿没完没了地说这些吃的吗……？这些东西总得有，家嘛，就得是这样……

乌拉　（从他手中接过东西）……是他给你的钱，他……

巴比斯　你真是莫名其妙你知道吗？好，就算玛利亚、朵拉还有阿奈托太太，他们都是自己人……但我能大声嚷嚷我是从哪儿搞来的钱、我都做了什么吗……？是不是这样……？

阿奈托　当然……！

巴比斯　你们可别错怪我……我可不是傻瓜……就是这么回事……

阿奈托　嗯，那是、那是……

乌拉　（给了他一个吻）我的宝贝儿……

巴比斯　（擦擦脸）……啊呀呀，别这么肉麻……给，把这个拿去……

[乌拉已经向里面走去，但闻声又站住。巴比斯得意扬扬地从兜里掏出一条项链。

乌拉　这是什么？

巴比斯　喜欢吗？

乌拉　你从哪儿弄到的？

巴比斯　算了！（他生气地把项链揣回兜里）我去他妈的，是啊……让我把它一脚踹回它妈那儿去……

乌拉　住嘴……

巴比斯　大家可都听着呢……什么叫我从哪儿弄来的……？我花钱，买的！

乌拉　真的啊？

巴比斯　得了，拿去吧……（他给她戴在脖子上）看上去怎么样，朵拉……？不错……真不错啊……？你，玛利亚，你说说，她戴着挺合适的啊？挺配的……？

阿奈托 嗯，孩子，太妙了……恭喜恭喜……

朵拉 特别别致……

乌拉 谢谢啊。

巴比斯 别致，啊？是不是……啊？

玛利亚 她戴上很好看……

巴比斯 是啊，看看多配啊……

［乌拉很感动地看着他。

巴比斯 她戴上真是特别的好看……（满意地笑着，掐了一把乌拉的屁股，乌拉咯咯笑着收起大包小包的东西，走向里面）

玛利亚 乌拉，告诉他老太婆要给咱们带租房客来的事儿……

乌拉 啊呀，你瞧你找这时候……

阿奈托 那都是特殊情况，亲爱的……特殊情况……恭喜恭喜[①]，我的宝贝儿……祝你好运……

乌拉 谢谢……谢谢……（拿起包裹，走进里面）

玛利亚 刚才她差点儿为了房客的事与老太婆掐起来，现在却全都忘在后脑勺了……

巴比斯 咳，乌拉啊，她要是这样好好打扮打扮，还真是出众呢——你说是不是啊，朵拉——嗯？

朵拉 她是很好看啊……

巴比斯 是啊，可怜见儿的……很好看。

玛利亚 巴比斯，你听说了吗？老太婆要把房子租出去，她要带一个外人到咱们这儿来……你是男人，跟她谈谈，凶凶她……

巴比斯 好，我去跟她说……朵拉，我攒了点儿钱，想给她买身套裙——秘密地——就是人家说的“surprise”……惊喜……

朵拉 我明白……

巴比斯 我是个男人，我不懂——男士衣服我还是很有品位的，我能说出什

---

① 希腊人在买了新东西之后，常说些祝福的话，意思是这东西给你带来好运。

么是好东西 —— 但女士衣服……这个你内行，明后天你能不能来帮着选一下……？

朵拉　什么时候都行……

巴比斯　但你可得保密啊，“surprise”，行吗？……

玛利亚　巴比斯，你跟老太婆说……咱们这儿全是女的……她怎么能带个未婚男子来，一个生人？

巴比斯　好，行，我跟她说……（向里面走去）

［阿奈托一直在小声地哼歌，巴比斯走近阿奈托身边时，阿奈托对他说……

阿奈托　恭喜恭喜，可怜的家伙，祝他好运……都是特殊情况……

巴比斯　我喜欢好东西……

阿奈托　你是个“gentleman”（绅士）……

巴比斯　（搓搓脖子，满意地笑了笑）我是个混蛋，我是……（走下）

阿奈托　他让她挨了三天的饿，昨天还揍了她……今天却给她买了首饰……上帝啊……

［尤尔达尼斯再次把步枪对准隔壁的屋顶，开枪，响起猫的惊叫声和嘈杂声。

朵拉　（惊吓地）你吓死我了……

［尤尔达尼斯看看朵拉，盯着她，把手放在嘴边，陶醉地唱起：“啊呀呀……啊呀呀……”阿丝塔走进院子，手里拿着一块面包，喊道：“约阿希姆[①]”……突然，她似乎感到胸口一阵剧痛，赶紧扶住免得跌倒。朵拉和玛利亚跑到她的身边，尤尔达尼斯在屋顶接着唱他的啊呀呀。阿奈托走进自己的屋子。

朵拉　（向阿丝塔）你怎么了？

阿丝塔　我能怎样？

---

① 约阿希姆（Joachim）：尤尔达尼斯和阿丝塔的小儿子，这个名字不是传统的希腊名字，说明这一家人是来自土耳其的移民。尤尔达尼斯和阿丝塔的台词在希腊原文中带有强烈的土耳其口音，并不是标准的希腊语。

玛利亚 又是你的心脏吗？

阿丝塔 这把老骨头散掉了……像一艘破船，不再好用了……可这孩子就知道玩儿，整个儿一个下午都没吃一口饭……

玛利亚 你坐这儿……

阿丝塔 没事儿……过去了……（看上去还在疼，她一点儿一点儿挪到大门外，喊道："约阿希姆！"）

朵拉 尤尔达尼斯先生，你太太不大好啊……

尤尔达尼斯 你该看看她年轻时的样子……

朵拉 是啊，可现在她病了……

尤尔达尼斯 她年轻时……头发像太阳一样光亮，眼睛像天空一样明朗！

朵拉 可现在这是怎么了啊……她这样说不定哪天会倒在路上的……

尤尔达尼斯 真主啊……真主啊……（斜躺在他铺着的毯子上）

［扬尼斯走进来，手里拿着高跟鞋。

阿奈托 （从她的屋里走出来，捧着一个放了咖啡的托盘，大声地）巴比斯……乌拉……我给你们做了咖啡……开门……

乌拉 （自里面）进来吧，我们这儿还有甜点……（阿奈托走进巴比斯和乌拉的屋子）

玛利亚 他们又结成统一战线了啊……我的上帝啊……

朵拉 关你什么事啊？

玛利亚 怎么可能让一个陌生的男人来这儿呢，这成天家的……？

扬尼斯 我回来晚了，因为他没给鞋底上颜色……

朵拉 太谢谢你了……

扬尼斯 你的脚可真小啊……

朵拉 是吗？

扬尼斯 能穿进这么小的鞋里……我拿着它们……就像……

朵拉 几点了？

扬尼斯 七点！

朵拉 我得去换衣服了……谢谢你……

扬尼斯 我很乐意的……

[朵拉出去了，扬尼斯一直目送着她。玛利亚看到身边朵拉留下的那封陌生人的来信，慌忙放进自己的口袋。外边传来阿丝塔的叫声："约阿希姆，你的面包，我的儿子。"一个身材健壮的男子走进来，大约35岁的年纪。他环顾了一下大院，看看扬尼斯、玛利亚。然后慢慢地开口……

斯特拉托斯 有个阿奈托太太，住在这里吗？

玛利亚 （仔细地打量着）是的，她就住这儿……

斯特拉托斯 谢谢啊……（又环顾了一下大院）……那她在哪儿啊……在家还是出去了？

玛利亚 扬尼斯，她在乌拉家里。

扬尼斯 我去叫她……（走向里面）

[玛利亚焦躁地做着刺绣，不说话。斯特拉托斯斜眼看着她，好像在审视她。玛利亚看起来受不了了，收拾起手里的东西，准备走开。外边继续传来阿丝塔呼喊"约阿希姆"的声音，尤尔达尼斯站起身来，打量着这个陌生人。

尤尔达尼斯 下午好啊[①]……

斯特拉托斯 下午好……

尤尔达尼斯 坐……

斯特拉托斯 （坐在一把椅子上）你住在那上边？

尤尔达尼斯 夏天的晚上我就待在这儿。

斯特拉托斯 那上边你收拾得不错。

尤尔达尼斯 我在这儿喝我的酒，想想过去……再看看天空，然后就睡着了……我受不了下边……我的心脏都完蛋了，烦透了……

斯特拉托斯 没错儿……但你应当在上边搭块篷布……

---

① 希腊人自中午2点以后到整个晚上，见面时都说"下午好"。这时是夏天，七点钟天还没有黑，所以翻译为"下午好"。（随后的剧情中，随着时间的推移，翻译为：晚上好）。尤尔达尼斯的"下午好"说得很口语，而斯特拉托斯则用正式语气回复他"下午好"。

尤尔达尼斯　我头顶上？

斯特拉托斯　有时候夜里会下小雨的……

尤尔达尼斯　下雨好啊……下雨的时候我就张开嘴，我把它们都喝下去……我绝不要屋顶……绝不……天空才是最好的屋顶……他们三次把我的房子给拆了……三次啊……滚开，混蛋，就这么夺走了我的屋顶！……可谁能把天空从我这里夺走……去他妈的！……

斯特拉托斯　说得对！

尤尔达尼斯　你干什么的？

斯特拉托斯　我是水暖工。

尤尔达尼斯　水暖工，都是不错的人。活儿累吗？

斯特拉托斯　干什么活儿都会累人，我这行也一样。

尤尔达尼斯　所有的人都很累，所有的好人……我是烧火的……

斯特拉托斯　在铸造厂？

尤尔达尼斯　不……烧砖头、烧瓦……

斯特拉托斯　他们给得多吗？

尤尔达尼斯　听我说，要论我流过的汗，都能盖上千座的屋顶了，可我自己的头上，却连一块瓦片儿都没有。朋友，你倒告诉我，他们给得多吗？

斯特拉托斯　是啊，是这样！

尤尔达尼斯　（站起来）我去拿杯子，请你喝点儿……

斯特拉托斯　算了，你别下来……

尤尔达尼斯　没事儿，你要能跟我喝一杯，我挺高兴的。

斯特拉托斯　我不想喝……

尤尔达尼斯　你为什么不想？

斯特拉托斯　你自己喝吧……

［*尤尔达尼斯扫兴地回到原来的位置，阿奈托走出来，后面跟着扬尼斯。*

阿奈托　欢迎你……

斯特拉托斯　下午好……

阿奈托　我正等着你呢……

斯特拉托斯　是哪个房间啊？

阿奈托　你来看。

斯特拉托斯　是那个？

阿奈托　当然，这儿呢……

斯特拉托斯　你跟我说的可是另外的样子的……

阿奈托　什么另外的样子，我的小伙子？

斯特拉托斯　你说过大门是朝向街道的……

阿奈托　嗯，难道没有吗？

斯特拉托斯　可这里是院子，不是街道。

阿奈托　啊呀，离街道能有多远啊，两步路就……

斯特拉托斯　我的太太，我告诉过你，如果是冲着院子里面的，我不喜欢……

阿奈托　为什么？别的住在院子里的人就都不是人啦？我们在英国，都是住在院子里的……

斯特拉托斯　我同意，可……我不喜欢四五十双眼睛盯着我，看我什么时候出去、什么时候回来……

阿奈托　啊，放心吧……我们这里每个人只关心自己的事情……这么说吧，就连旁边住的人叫什么，也没人知道。

斯特拉托斯　你可真够能说的。

［奥莉嘉走进来，她是一个脸上洋溢着热情的年轻女子，长得很好看，但是她的眼神和表情却显示出她性格比较内向。

奥莉嘉　下午好……

扬尼斯　（一起）下午好，奥莉亚[①]……

阿奈托　（一起）下午好，奥莉亚……

［奥莉嘉……走进舞台深处。

---

① 奥莉亚是奥莉嘉的昵称。

斯特拉托斯　你们叫她什么？奥莉亚？

阿奈托　奥莉亚，她是俄国人，她正式的名字是奥莉嘉，但是我们都叫她奥莉亚……她也住在我们这儿，但是她和她老公关系不太好……她看上去是不是挺好看的？

斯特拉托斯　（起身要走）晚安……

阿奈托　你至少进来看一眼呀……里面有餐桌，就像英国那样。你先看看，如果你不喜欢再……（斯特拉托斯站住脚）等我一分钟我把屋里的垃圾收一下……（走进她的屋子）

斯特拉托斯　（向尤尔达尼斯）你在那上面可真是不错……（向扬尼斯）我说，这位，是英国人？

扬尼斯　她女儿嫁给了英国人……

斯特拉托斯　那老太婆原先住在英国？

扬尼斯　咳，哪儿啊……也就去年去过两个月……

巴比斯　（从舞台深处急匆匆走出来，身上穿着西装）……宝贝儿……啊呀，你快点儿……

乌拉　（在里面喊）来啦……

巴比斯　（向外边张望，一边跑一边喊）出租车……停一停……出租车……你转个弯儿再过来……等一等……（向里面）快点儿亲爱的，出租车等着呢……（高兴地吹起口哨）

扬尼斯　祝你们玩儿得好……

巴比斯　怎么样，扬尼斯，都好吧？

［乌拉匆匆走出来，低声哼着歌，身上也穿着漂亮的衣服。巴比斯搂住他，嘴里也哼起同一首歌，两人走了出去。阿丝塔走进来，手里依旧拿着那块面包，她与斯特拉托斯讲话，好像两人早就认识似的。

阿丝塔　昨天他还把她揍晕了……现在却带她坐出租车出去……我也没找到约阿希姆，他整个下午没吃一口东西……一口都没有……他们去了上面的工地，拿砖头玩儿……（向扬尼斯）你在这儿啊……？你要加糖的面包吗……？

扬尼斯 我不饿。

阿丝塔 你干吗不到广场去?

扬尼斯 我去干吗?

阿丝塔 去透透气……

扬尼斯 我去上蹿下跳地逗姑娘啊?

阿丝塔 那就去小咖啡馆[①]……

扬尼斯 我不喜欢……

阿丝塔 可你的朋友们都去哪儿……去吧……我看不了你愁眉苦脸的样子,躲在这里一言不发……

扬尼斯 我不喜欢小咖啡馆……

阿丝塔 电影院,你干吗不去电影院?

扬尼斯 每天花五德拉克马看电影?

阿丝塔 你爬树上去看啊……所有的人都是在树上看的。

扬尼斯 好啦,我出去走走……行了吧?

阿丝塔 (向尤尔达尼斯)你要加糖的面包吗……?你别只穿件背心,你在上边会冷的……有风……

[尤尔达尼斯并不理她,阿丝塔走向舞台深处。阿奈托走出来。

阿奈托 进来啊,斯特拉托斯先生,进来……我们面向伊米杜山[②]……每天早上太阳会把我们叫醒……太阳从那里升起……这房间的位置不错……从屋顶,不是这个,是旁边的那个,可以看见整个雅典城,直到法利罗[③]……连美国的舰队都来了呢……进来啊……(斯特拉托斯跟着她走进屋子)

[玛利亚和奥莉嘉从舞台深处走出来。

玛利亚 他们进去让他看房子了……

---

① 希腊平民男性聚集的小咖啡馆,也是男性老百姓社交的地方,他们在那里聊天、打牌,与现代时髦的咖啡馆有很大的区别。

② 伊米杜:雅典东部的山。

③ 法利罗:雅典南边临海地区。

奥莉嘉　是的，可我能怎么办呢？

玛利亚　跟你老公说啊，我又没男人在！他要是在的话你看会怎样！你还能在这儿出出进进、开着窗户睡觉、穿着睡衣坐在楼梯上、光着身子在洗衣池[①]里洗衣服……告诉我，你能吗……？如果有个陌生的男人在这里，你能吗？

奥莉嘉　等我老公回来，我告诉他。

玛利亚　他什么时候来？

奥莉嘉　今晚他会晚些。

扬尼斯　他在小咖啡馆呢……

奥莉嘉　不可能……他跟我说……

玛利亚　让他去叫他……？扬尼斯，你能去吗？

奥莉嘉　（有些气愤地）让他去哪儿？我说过他不在小咖啡馆。

玛利亚　可他都看见他了。

奥莉嘉　他看错了……

玛利亚　他看见他了，你是不是这么说的？

扬尼斯　我不……我也不确定。

奥莉嘉　不可能……今天他去试一份工作……他会结束得很晚……而且他再也不会去小咖啡馆了……他向我发誓再不赌牌了……再也不了……

斯泰里奥斯　（奥莉嘉的丈夫走进来）晚上好……

玛利亚　我们正说你呢……我们找你……你来得正好。

斯泰里奥斯　（向奥莉嘉）你看，我结束得挺快……真热啊……（擦汗）

玛利亚　斯泰里奥斯，你来得正好……

斯泰里奥斯　出什么事了？

玛利亚　老太婆带了个房客来……

斯泰里奥斯　什么样的房客？

玛利亚　不管什么样的，咱们不是说好了不准她带生人来？

---

① 旧时代希腊穷人洗衣服的大木盆。

斯泰里奥斯　放心吧，让我来处理！

玛利亚　她竟然把他带来了，在里面呢！

斯泰里奥斯　别担心，这件事包在我身上。

玛利亚　我们商量过，不能让她再把咱们弄得乱七八糟，可乌拉和巴比斯根本不管……

斯泰里奥斯　这件事上至少我是不会让步的……如果不得已，我甚至于会很强硬……怎么了，奥莉嘉，你去哪儿了？

奥莉嘉　去我姑姑那儿了……告诉我你那儿怎么样？

斯泰里奥斯　我会告诉你……会的……但我们到里面去安安静静地说……可现在让我们先来看看，我们把这头驴怎么办……

奥莉嘉　你什么时候告诉我，我急死了！

斯泰里奥斯　放开我，你知道我此时此刻的心情吗？我觉得我想让老太婆和他的房客都见鬼去……

玛利亚　幸亏有一个像你这样的男人在这儿……

斯泰里奥斯　这可不行！这我不能允许……

［就在这一刻，外边传来吵闹声……“他就进这里面去了，我看见他了……”一个男子愤怒地闯进来，冲向斯泰里奥斯。

男人　你在这儿啊……？赶紧把二十块钱掏出来……

斯泰里奥斯　（尽量保持镇静）……你在跟我说话？

男人　跟你！赶紧的，把二十块掏出来……

斯泰里奥斯　首先请你注意跟我说话的态度。

男人　行啊……请把二十块钱拿出来……

奥莉嘉　什么二十块……？这人是谁……？

斯泰里奥斯　从我家出去……

男人　（抓住斯泰里奥斯的衣领，把他揪起来）出去……？咱们一起出去。

斯泰里奥斯　放下你的手……

男人　拿出二十块来，小子……拿出来……

斯泰里奥斯　别把你的手放在我身上。

奥莉嘉　怎么回事……？斯泰里奥斯，怎么了这是……？

男人　他出老千……我们在桌子底下发现了三张牌，一个 A 和两张 Q。

斯泰里奥斯　血口喷人……奥莉嘉……血口喷人……

男人　你给不给二十块钱……？

［奥莉嘉失望地捂住脸，十分惭愧。

玛利亚　天啊[①]……

斯泰里奥斯　放开我……

玛利亚　放开他……奥莉嘉！

男人　不行……我的二十块钱……

斯泰里奥斯　什么二十块……？我跟二十块钱有什么关系……？

男人　你跟他能说什么呢……我会把你的牙砸烂，你这个倒霉的小偷，把二十块钱给我。

扬尼斯　放开他……

斯泰里奥斯　你们快叫警察啊……

男人　什么警察，王八蛋……小偷……

斯泰里奥斯　放开我……放开我……

男人　不，我才不放开你……二十块……

斯泰里奥斯　扬尼斯，叫警察……

男人　（抓着他）那就让我把你送警察那里去……

玛利亚　救命啊……救命啊……

斯泰里奥斯　我叫你放开我……

男人　二十块……二十块钱……看你做的好事……

［阿奈托和斯特拉托斯走出来，奥莉嘉浑身发抖。

斯泰里奥斯　放开我，混蛋！……

男人　（狠狠地给了他一拳，把他打翻在地）你说我混蛋，啊？我吗，啊？

斯泰里奥斯　我告你去……

---

① 原文为“圣母啊”。

奥莉嘉　（疯狂地）站起来，打他……

斯泰里奥斯　我告你去……

奥莉嘉　你也打他呀……

斯泰里奥斯　你们都是我的证人……我要控告他……

奥莉嘉　（歇斯底里地）不，我要你打他……打他，打死他……

斯泰里奥斯　奥莉嘉！

奥莉嘉　打他……打他……

斯泰里奥斯　我是……奥莉嘉……我会寻找法律的保护……

奥莉嘉　你打他……

斯泰里奥斯　我是个绅士……我不能……

奥莉嘉　打他……

斯泰里奥斯　奥莉嘉……

奥莉嘉　不……不……不……你也打他啊……

［斯特拉托斯站到那人面前，直接给了他一拳，差点儿把他打出门外去。

男人　（擦着嘴，离开）偷牌贼，扒手，王八蛋……

［奥莉嘉看着斯特拉托斯。

斯泰里奥斯　（从地上爬起来）……谁跟您说要您……（走向舞台深处，奥莉嘉大哭起来）

玛利亚　咱们进去吧……来吧……（她把她拽开，拉她走进里面去）

阿奈托　他一定是又开始玩儿牌了……要是他一玩儿起来……

扬尼斯　我真想让他明白，他这样做有多糟糕……

阿奈托　（向斯特拉托斯）你的手流血了，过来我给你擦点儿酒精……

斯特拉托斯　不用麻烦……

阿奈托　他们把我们给打断了，咱们可都达成协议了啊，进来呀……

斯特拉托斯　（无精打采地跟着她。当他从刚才一直一言不发的尤尔达尼斯身边经过时，对他说）你跑到那上边去，可真是聪明啊。（与阿奈托一同走进屋子）

朵拉 （穿戴整齐地走出来）几点了？你知道时间吗？

扬尼斯 七点二十了……

朵拉 那封信被我弄丢了……有人看到了吗？

扬尼斯 你弄丢了？

朵拉 是啊……我记得我把它叠了起来，有这么大……算了吧……算了，他会再写来的……再见……

扬尼斯 能掉哪儿去了呢？

朵拉 就我们刚才坐的地方……我不要了……算了（走出去）

［扬尼斯找信，划着一根火柴照亮儿。尤尔达尼斯翘起身子，向院子里看。

尤尔达尼斯 扬尼斯……

扬尼斯 干吗？

尤尔达尼斯 过来我告诉你……

扬尼斯 又说啊？

尤尔达尼斯 过来，扬尼斯……我只对你说……你心眼好……你的心像玫瑰一样美丽……

扬尼斯 （走近屋顶）……我听着呢……

尤尔达尼斯 扬尼斯……

扬尼斯 嗯。

尤尔达尼斯 星星是什么？

扬尼斯 星球啊。

尤尔达尼斯 嗯……？

扬尼斯 星球……

尤尔达尼斯 （脸上露出不屑一顾的表情）你听我告诉你啊……上帝说……要有夜晚……于是可怜的人们就躺倒、休息、闭上他们的眼睛……上帝赶走太阳，拿一张黑色的纸罩住天空……他向下边这么一看……哟，不得了，他说……这一片漆黑的啊……他拿来钉子，哒哒哒，这儿扎扎，那儿扎扎，扎出成百上千个小孔儿……太阳的光从里面射了出来，就变成了星星……人看到了，非常地高兴。上帝在那上边，他说……躺下吧，好好休息，闭上眼睛。于是在人的意念中，那星星就变成了甜美的梦……扬尼斯，听你爹的……这才是星星……（他又转身，仰面躺下）

［扬尼斯再次走到院子中央，他又点起一根火柴，继续寻找那封信。

［收光。

第二幕

［两个月后，一个周日的早晨。

［尤尔达尼斯正在粉刷他的屋顶露台。

［斯特拉托斯懒洋洋地坐在阿奈托房子的台阶上，拨弄着手里的吉他。他的衬衫自胸前敞开，露出脖子上佩戴的一条金色的十字项链。

［斯泰里奥斯待在他的身旁。

［再过去一点儿朵拉伸着腿晒太阳，读着《宝藏》杂志。

斯泰里奥斯　他一直这么鼓弄它，修啊、装啊的，多少年了，可它能是个什么东西呢，不过一个破露台罢了……人都怎么想的啊这是……（向斯特拉托斯）哎，你去过赛马会吗？

斯特拉托斯　你拿我当傻子啊？

斯泰里奥斯　你这可不对，这得看预测得怎么样啦。我打赌，如果尤尔达尼斯死了，能被埋在露台上的话……他的灵魂会飞出来得更容易些……这么说吧，赛马场上全靠的是预测……你要是能得到可靠的信息，你就是赢家……你要是没有，你就是将要被宰的羊。

斯特拉托斯　你怎么这么多话……

斯泰里奥斯　我跟你解释呢……

尤尔达尼斯　扬尼斯，扬尼斯哪儿去了？

斯泰里奥斯　尤尔达尼斯可是我结识的第一个法老……埃及的法老——你听

说过的——他们从小就为自己修建坟墓，然后放在那儿……尤尔达尼斯也是这样……你瞧现在咱在雅典也有金字塔了呢……咱这儿什么都有……上礼拜天理发师马拉马塔斯在跑马场花了一百块钱，赢回来三千五……是我告诉他给哪匹马下注的……

斯特拉托斯 行啊你……

斯泰里奥斯 我瞧你连一根白头发都没有……可我已经满头都是啦……我老啦……朵拉知道我的那家店，她去过的……

朵拉 哪家店？

斯泰里奥斯 第二家，第一家你根本没赶上……第一家毁在战争时期[①]啦……那时候你还是个孩子呢。我说的是第二家……就算它只是个面向雅典娜大街的小门脸儿，可有些时候我也曾经拥有过二十多万种商品哪……是不是啊，朵拉……？可这家店也被旅游开发给毁掉了……主路都得拓宽啊。

朵拉 你别挡住我的阳光，躲开点儿……

斯泰里奥斯 你今儿怎么没去游泳啊？你不是每个礼拜天都去的吗……

朵拉 化油器坏掉了……我们的车在修理厂呢。

斯泰里奥斯 你们什么时候订婚啊？

朵拉 你们能不能别再唠叨这事儿了？

斯泰里奥斯 我可是第一次这么问……他有钱吗，朵拉，他有很多钱吗？

朵拉 看上去好像是。

斯泰里奥斯 他就是靠做抗尼古丁烟嘴儿挣的这些钱？

朵拉 那可是一个大工厂呢……他又不是一个人做。

斯泰里奥斯 这就是了，你得有资本……我也有头等的创意，可我没资本哪……阿斯纳普尔和米西里[②]在第三圈能赢回来八百块，这一对儿可是能创造历史呢，你们会看到的……米西里、阿西安、

---

① 指“二战”时的被占领期。
② 指的是跑马场里赛马的名字。

克里苏拉组合[①]胜出的话，有可能能赢四五千……

巴比斯　（从里面走出来，边走边骂）去你妈的，女人……忘恩负义的东西……母狗……

朵拉　你们又怎么了？

巴比斯　我们要离婚……

朵拉　又离啊？

巴比斯　一切都结束了。

斯特拉托斯　等一等，巴比斯……

巴比斯　我要离婚……我走了……

朵拉　为什么？

巴比斯　她这是女人吗，朵拉，是女人吗？要是别人的话早把她活活打死了……

斯特拉托斯　你俩前天还好好的！

巴比斯　你可千万别给自己找这个麻烦……听见吗？别结婚，小子，你会完蛋的……

乌拉　（从里面出来，把一只小箱子放在她丈夫脚下）……我把你的内衣放这儿了……

巴比斯　把别的也拿来！全都拿来！

乌拉　你等着……

斯泰里奥斯　你们听着……

乌拉　你跟他说去……跟那个野蛮人……

巴比斯　大早上的你给我走开，大礼拜天的……

朵拉　乌拉……乌拉……乌拉……听我说……（跟在乌拉身后跑向舞台深处）

尤尔达尼斯　扬尼斯，我说伙计们，扬尼斯去哪儿了？

巴比斯　我走了，我还要命呢……

---

① 三匹赛马组合。

斯泰里奥斯 你跑哪儿去，给我待在这儿……咱们都在这儿，像一家人一样……

巴比斯 我会办手续，我要到澳大利亚去……

斯泰里奥斯 能去吗？

巴比斯 怎么不能……

斯泰里奥斯 可得等两三年才能排上队啊……

巴比斯 只要花上二十五金币，两个月后你就到那里了……我认识一个人，就是干这个的……

斯泰里奥斯 只要二十五金币？就是说大约七千五百块钱？

巴比斯 是的……还要四五千块船票钱……总共就算一万二吧。

斯泰里奥斯 ……只要这些……然后就都解决啦……一辈子都解决了……？

巴比斯 那儿有的是工作，不错的工作。只要你有手能干活儿……而且你要是肯干，还能操持一份儿自己的营生……就是这样，你能过得挺好……

斯泰里奥斯 当然，那里是块处女地……需要人……它能把你留住……它不会让你离开……不是一直把你往外赶……

巴比斯 人们甚至在那里找到了金子……有的是还没有被人开采过的荒地……人们去到那里，发现了黄金和石油……就像电影里演的一样……

斯泰里奥斯 只要一万二千块……！！！

乌拉 （气呼呼地再次走上，带着一大包东西，把它扔在箱子旁边。朵拉跟在她身后）……把其余的也拿去，祝你好运……

朵拉 你们疯了吗？

乌拉 但愿他赶紧走，好让我安静些……

巴比斯 难不成我还得留下来让你折磨我……

乌拉 不知羞耻……三天了，是你让我一分钱都没有……

巴比斯 我……？呸……你还有理了……你见过有谁会像你这样的？有吗？只要我一没钱，你就根本不把我放在眼里，看都不看我一眼，把我当成垃圾……你说谁会像你这样做……？

乌拉 我这样吗……？你别胡说八道啊，上帝可看着呢……忘恩负义的家伙……

巴比斯 我说谎了吗我……？

乌拉 只要你一没了钱，就哭丧着个脸，什么都看不惯，找碴儿吵架……可怜的我却对你说没关系，我还亲你……安抚你……

巴比斯 原来都是我的不对啦……？

乌拉 当我们没有饭吃的时候，我发过牢骚吗……？

巴比斯 可你把脸拉得这么老长……难道不是吗？

乌拉 那是因为你对我太野蛮……只要你没钱了，就变得像个畜生……

巴比斯 那好！（拿起自己的东西准备离开）……就让我们各过各的小日子去吧……反正我们都还年轻……

斯特拉托斯 别急啊，哥们儿，不要感情用事……

玛利亚 （匆匆上场，高兴地）……阿奈托太太来信了……

斯泰里奥斯 哟，她终于想起咱们啦……

朵拉 她给你写了什么？

玛利亚 是给我们大家的，你们听着……

斯泰里奥斯：给我们所有人的……？哎，快念念……

玛利亚 “我亲爱的孩子们，玛利亚、奥莉嘉、朵拉、乌拉、斯泰里奥斯、巴比斯，还有斯特拉托斯……”

朵拉 好人啊，她管咱们叫孩子呢！

斯泰里奥斯 她是个好人！

玛利亚 “上帝保佑，我一切都好，也祝福你们大家都好。我在乡下过得不错，人们都挺高兴见到我，有亲戚、朋友、熟人，你们无法想象他们是多么地照顾我……他们总是三两成群地来看我，邀请我去吃饭……我还去郊游啦，还去逛了两次集市，我为你们每个人都烧了

灶香[1]……“

乌拉　好人啊，祝她好运……

尤尔达尼斯　这个扬尼斯今天不见人影了……

玛利亚　我每天都在想念你们，尤其忘不了那些晚上，咱们一起坐在院子里，边吃边聊，总是那么的和谐、友爱，像是一家人。下个礼拜你们会收到一篮子水果和两块奶酪，你们一起分享吧……

巴比斯　我们还会为你的健康干一杯，阿奈托太太，放心吧。

玛利亚　“问候尤尔达尼斯、阿丝塔和扬尼斯。我的孩子们，我亲吻你们，我愿咱们明年早日相见。”阿奈托……好人啊……

斯泰里奥斯　完美的人……善良的心……

玛利亚　我就说过咱们会收到她的来信的，我梦见她了。

乌拉　这好心的人还给咱们寄了水果，还有奶酪。

巴比斯　祝你们好胃口……我不会在这里了……（*起身要离开*）

朵拉　巴比斯，你别这么做……

玛利亚　他们又闹离婚啦……？

斯泰里奥斯　巴比斯，过来……

乌拉　让他走……让他走……让他走……该后悔的是他……

朵拉　你把她一个人丢哪儿去啊，啊……？你要把她丢哪儿去啊？

斯泰里奥斯　巴比斯，你过来我跟你说……（*跑过去拉住他*）

玛利亚　好好想一下你在做些什么……

巴比斯　可她什么时候想过我……？什么时候……？

斯泰里奥斯　你这么做，巴比斯先生，太混账了……

巴比斯　我可不是混账，你闭嘴，别把事儿惹自己身上去。

斯泰里奥斯　这不是男人该干的，巴比斯先生[2]，这既不光荣，也不爷们儿……

巴比斯　你给我听着……用不着你来告诉我什么是男人、什么是尊严。这得

---

① 原文为“点了根蜡烛”，希腊人去教堂时，会为自己和他人点蜡烛，以祈求平安。
② 原文为“斯塔索布罗斯先生”，即巴比斯的姓氏。

由一个真汉子来告诉我，而不是一根屌丝……

斯泰里奥斯　你弄毁了一个家庭，我只跟你说这个……至于别的，我不跟你计较。

巴比斯　先管好你自己的家吧，你个混蛋，不值钱的东西，然后再来管我的……谁要是再掺和我的事，我就给他点儿颜色看看……

［这时，一个男人来到院子中，手里抻着一个卷尺，把卷尺的一头放在一个边缘上，向外边喊。

工程师甲　（喊）九米六〇！（在笔记本上记录）

［大家开始注意他。

工程师甲　（匆忙地）早上好……（向外喊）现在过来，从这个记号开始……（从人们中间穿过，走向舞台深处）……对不起……（另一个人走进来，手里拿着卷尺的另一端）。

工程师乙　中心在哪里？

工程师甲　我画了一条线……

工程师乙　（向众人）请让开一下，你们踩到卷尺了，你们没看到吗？

阿丝塔　啊（惊恐地跳开）。

斯泰里奥斯　不好意思……这是要干什么……

工程师甲　（喊）十米一八……这块地被卖掉了。

玛利亚　哪块地？

工程师甲　（向工程师乙）去对面，咱们量一下宽距……这块地卖啦，别人把它买下了……

乌拉　您是说……？

斯泰里奥斯　把地卖了？

玛利亚　那我们现在找谁去啊？

工程师甲　这里也是一样……十六米七〇……

斯泰里奥斯　谁买了，您知道吗？

工程师甲　（看见尤尔达尼斯）你在那里做什么？我看，你是在翻修哪，啊？最好算了吧，不值得费劲啊，没用啦！

尤尔达尼斯　过来我跟你说！

工程师甲　我吗？

尤尔达尼斯　就是你，你过来我告诉你……

工程师甲　我在这里也能听见。

尤尔达尼斯　我要你到这儿来……

工程师甲　好，就依你……（走过去）

尤尔达尼斯　你叫什么？

工程师甲　克里斯托斯。

尤尔达尼斯　听我说……这个世界你知道它是什么？

工程师甲　不知道……你来告诉我。

尤尔达尼斯　好，让我来告诉你……上帝造过另一个世界，一个美好的世界，就是天上的月亮。你看见过月亮上有花园、果园子，还有长得像小孩一样大的梨子吗？上帝造了村庄，漂亮、神圣、像新鲜的钱币一样喜人……还有拉乌托琴[①]、女人、食物、美酒……全都是不要钱的……吃吧、喝吧，基督徒们，都是你们的。享受吧，我的孩子们，我还可以创造更多的东西，上帝这样说……可人们却开始狡诈……偷盗……卑鄙……上帝多机智啊，他说行啊……于是就又造了一个世界，缺衣少食、食物昂贵……你懂了吗？他造的就是这个世界……说，上边那个美好世界里，要是有谁的灵魂变坏了，就让他落到下边的这个世界来……这就是现在的这个世界！

工程师甲　（向众人）这人是谁？他还挺逗的啊……好啦，十六米七〇……（记录）……请问前面那座公寓楼是现在建的吗？

斯泰里奥斯　是啊，今年……

工程师甲　（收起卷尺，向工程师乙）看一眼墙，是砖头的还是石头的……？再看看是否有混凝土的屋顶……（向众人）你们这儿住了多少户

---

① 一种希腊民族弹拨乐器。

人家啊？

［阿丝塔坐到窗台上，她没有注意，正好坐在了工程师甲放在窗台上的笔记本上。

玛利亚 五家儿。

工程师甲 有两户五十年代以前就住在这里了……对吗？

斯泰里奥斯 有两户是的……就是这位太太……（指玛利亚）……另一位没在这儿……

工程师甲 我想，就是那位把房子另租出去的吧……

斯泰里奥斯 是的……

工程师甲 她做得好……

工程师乙 （过来）大都是砖头的，混凝土的只有一块。

工程师甲 （向阿丝塔）起来，我的太太，你怎么坐在本子上了？

［阿丝塔惊吓地起身，工程师甲拿起本子。

工程师甲 （向工程师乙）咱们走吧……（向众人）……大家早上好……

工程师乙 （面无表情地）……再见……

工程师甲 （一边与工程师乙向外边走，一边看着手里的本子）就是说……九米六、五米八乘以十六米七……减去三十米三……（他们走出去）

玛利亚 我们好像待不住了……

阿丝塔 为什么？

玛利亚 你们说他们会赶我们走吗……他们会盖楼房吗……？

斯泰里奥斯 该发生的都会发生的……他们要是想赶我们走，就赶呗，难道这还是第一次吗？

阿丝塔 斯泰里奥斯先生……

巴比斯 关我什么事……？我要走了……（拿起自己的东西，离开）

玛利亚 巴比斯……

斯泰里奥斯 别管他……

玛利亚 我把他叫回来……他怎么能走，他不能走……他是她的丈夫……

斯泰里奥斯 他是她的丈夫……碍着你什么事了……

［乌拉发出尖声的哭泣，跑向里边。

朵拉 他们想怎么样就怎么样吧……烦死了……（再次躺下晒太阳）

斯泰里奥斯 可不是嘛……你看到他是怎么对我讲话的了……？他说我是屌丝，是不值钱的东西……这个小人……幸亏咱们摆脱了他……这个混蛋……

［静场稍许。斯特拉托斯又拨弄起他的吉他。

玛利亚 （向斯特拉托斯）……别弹你这把吉他了，整天叮当叮当的……

朵拉 为什么……？他弹得挺好的！

玛利亚 他是弹得挺好的，我承认……可谁能没完没了地听他的这些情歌啊……

朵拉 旋律多好听啊，我都听醉了……

玛利亚 （靠近朵拉）……今晚你出去吗？

朵拉 出去！

玛利亚 你们要去哪儿？

朵拉 不知道……

玛利亚 你们两个人去吗……？

朵拉 多半时间是的。

斯泰里奥斯 可我听到音乐就会胡言乱语的……音乐太影响我了……

玛利亚 （向斯特拉托斯靠近，而斯特拉托斯已经停止了弹琴）……为什么不弹了？

斯特拉托斯 你不是让我别弹了。

玛利亚 那又怎样，你就听我的啊？你的头发真是亮啊……

斯泰里奥斯 上了发蜡……

玛利亚 不，是他天生的颜色……深栗色就是这样亮的……

朵拉 再看看他身上的肌肉……

斯泰里奥斯 这是干活儿干的……水暖工都是这样的……

玛利亚 我可不愿成为你的老婆，你会把我融化掉的。

斯特拉托斯 是吗？

玛利亚 你的肩膀像两座小山……还有这一身的毛发……（神经质地大笑）……你真讨厌，讨厌……

［玛利亚边笑边消失在舞台深处。

斯泰里奥斯 （看着外边的路）那是阿珀斯多鲁吗？当然，那是斯塔夫罗斯[①]……他正去小咖啡馆呢……（向其余的人靠近）每礼拜天的早上小咖啡馆里可真是令人兴奋呢……你去过吗？

斯特拉托斯 没有！

斯泰里奥斯 刺激啊！扑克牌[②]在这儿，双陆棋[③]在那儿，赌牌的，玩儿纸牌的……你根本找不到空余的桌子可以玩儿……很多人早上九点就去了……还一边听着收音机里播放的早礼拜……

朵拉 真不知羞耻！

斯泰里奥斯 羞耻，是啊……（伸手去摸斯特拉托斯戴着的十字架）……十字架真不错……是金的吗？

斯特拉托斯 十八开金的……

斯泰里奥斯 ……只要一万二千块，我的上帝啊，澳大利亚就在你的手中了……这里，这里没法活……我五次想去开创我的生活，可五次都沦陷了……你们以为我在找什么……啊？什么？只是一份活计罢了，给我的奥莉嘉和我自己找口饭吃。可在澳大利亚你肯定有饭吃……他们都这么说……只要一万二……你就搞定了，搞定了……我要是能押三次米西里、阿西安、克里苏拉组合[④]……真是的……真是的……上个礼拜天我用二十块赌牌赢了一百二。我去了赛马场，可倒霉的是本来要骑米尔·埃尔·凯比尔[⑤]的骑手伯里克利斯被换了下去……我的预测泡汤了，一百二十块也没了，你懂的……

---

① 斯塔夫罗斯是名，阿珀斯多鲁是姓。
② 原文为“Preferans”，一种俄罗斯、希腊以及其他欧洲国家的赌牌游戏。
③ 原文为“Tavli”，即西洋双陆棋（Backgammon）的一种，在希腊非常盛行。
④ 三匹赛马组合。
⑤ 赛马的名字。

斯特拉托斯 你想要多少?

斯泰里奥斯 啊?

斯特拉托斯 你想要多少钱?

斯泰里奥斯 打住……我说这些不是为了……

斯特拉托斯 算借的……

斯泰里奥斯 又借?这不好!

斯特拉托斯 就你我知道……

斯泰里奥斯 我欠你太多了……

斯特拉托斯 难道你还能不还了?

斯泰里奥斯 怎么可能……

斯特拉托斯 五十块够吗……?(给他钱)

斯泰里奥斯 (赶紧抓住,放进兜里)……我原来也是这样的……把钱到处借。可你看看我现在……所以你得手紧着点儿……我比你年长才这么说……

朵拉 这只苍蝇……

斯泰里奥斯 苍蝇?……(兴高采烈地起身,非常幸福的样子)

朵拉 一只讨厌的苍蝇叮我,一直粘着不走……

斯泰里奥斯 它怎么能离开你那甜蜜的美腿呢?啊呀我要也是苍蝇该多好啊……或者你内裤上的……斯特拉托斯,是不是啊……?朵拉可是觉得你是她的菜哪……你知道吗?

朵拉 胡说八道……

斯泰里奥斯 听听!她这是害羞呢,你懂吗?这个男人——她这么跟我说的——上帝啊,他是多么棒的男人啊……他只要看你一眼,你就已经成了他的俘虏……你成了他的奴隶,可以为他洗脚,再用你的头发把它擦干[①]……她一字一句就是这么跟我说的……

朵拉 你给我闭嘴,可恶的骗子……我看你也太蹬鼻子上脸了……(收拾东

---

① 引自《圣经》:《路加福音》7章里说一个女人用眼泪打湿了耶稣的脚,又用头发擦干,因此耶稣免了她的罪。

西准备离开）

斯泰里奥斯 你别嚷嚷……你以为他就好多少吗……？我要是有钱，用白色的珊瑚建一座别墅，让她住进去……他就是这么跟我说你的……他呀……这闷骚哦……

［朵拉生气地走开。

斯特拉托斯 你又这么多废话……

斯泰里奥斯 得啦……我只不过开了个玩笑……因为我要走了……我得去告诉奥莉嘉，但这其实是自找麻烦……幸亏她再也不会因为找不到我而担心了……（笑着）……她已经习惯我了……（向外边走去）她也是够倒霉的……愿上帝饶恕我……（匆忙地走了出去）

奥莉嘉 （自舞台深处走出，看了一眼路上，然后走到斯特拉托斯身边）……他去哪儿？

斯特拉托斯 不知道。

奥莉嘉 你干吗又借给他钱？

斯特拉托斯 没有！

奥莉嘉 我都看见了……

斯特拉托斯 是，我是借给他了……

奥莉嘉 你向我保证过不再给他……

斯特拉托斯 我可怜他。

奥莉嘉 可你借给他会更糟糕……

斯特拉托斯 为什么，既然他觉得他总有一天会赢回来。

奥莉嘉 你说谎，你借他钱不是因为可怜他，是想把他从这儿弄走……

斯特拉托斯 你胡说……

奥莉嘉 我不希望你这样蔑视他……你听到吗？我不要！

斯特拉托斯 你觉得我能忍受他为了五十块钱在我脚底下哭哭啼啼的吗……？

奥莉嘉 去死吧他，让他死去，可别这么侮辱他……这是你的羞耻……为人不厚道……

斯特拉托斯　你怎么知道我在侮辱他……

奥莉嘉　每次你从兜里拿钱给他的时候都是怎么想的，啊？你觉得我猜不出来你的想法，猜不出来你心里是怎么嘀咕的吗？

斯特拉托斯　那你想让我怎么办？

奥莉嘉　别再给他钱，这就是我想要的……因为那好像是你在买我……

斯特拉托斯　你跟那儿说什么哪？你疯了吗？

奥莉嘉　不应该这样，你得明白这道理！你既不应该跟他好好讲话，也不应该看他……每次见到你俩一起待在院子里，我都觉得羞愧……我简直不想活了……你必须离开这里……离开……他是我的丈夫，我不想你如此侮辱他……你以为你是谁啊？

斯特拉托斯　我从来没有侮辱过他，我尽力对他好……正相反，他觉得我借他钱是出于尊敬！他一直都在夸我是他最好的朋友。

奥莉嘉　那你呢，你能心安理得地听他这么说吗？

斯特拉托斯　是他这么说的……

奥莉嘉　那你就不觉得羞愧吗？他把你当朋友……把我当……而我们两个……

斯特拉托斯　别担心……他一点儿都没明白……

奥莉嘉　我要你离开这里……你为什么不离开？

斯特拉托斯　要离开也得是我们俩一起……

奥莉嘉　他是个好人……好人……他是世界上最好的人……

斯特拉托斯　好人……好人……他好在哪里啊？他是个赌徒，一个寄生虫……这才是他……我不能让他把你给毁了，听见吗？就算得杀了他，我也不能放开你……

奥莉嘉　你来之前我过得多么好啊……

斯特拉托斯　要不是我来了，你就得死在这儿……

奥莉嘉　死了才好！那样会比你以这种方式来好得多……

斯特拉托斯　我以前也过得更好……你以为呢……是你让我变成了另一个人……以前我可是四海为家、朋友遍天下……我才不管它三七二十一呢[1]……至于女人，我从没为了女人花过一分钱……每天晚上我都换一个，可现在呢，我却像生了根似的长在了这里，为了跟你偷换个眼神儿，我可以等上好几个小时……这些我以前可从来都不会，是你在这儿给我洗了脑袋……

［停顿。

奥莉嘉　他去哪儿了？

斯特拉托斯　去小咖啡馆……去跑马场……然后就得看上帝让他怎么样了……你就等着他半夜才回来吧……咱们走吗……？

奥莉嘉　……

斯特拉托斯　奥莉嘉……

奥莉嘉　……

斯特拉托斯　昨天我去了那里，我一个人坐着……坐了很久……我想我又听见了你的笑声……你的笑要是能像鹅卵石……能像百里香该多好，我就可以拾起来拥为己有……我这样想……

奥莉嘉　我去换衣服……我先从后门出去……

斯特拉托斯　好……

［奥莉嘉下去。斯特拉托斯高兴地走近尤尔达尼斯。

斯特拉托斯　尤尔达尼斯先生……我请客……

尤尔达尼斯　（严肃地看着他）你请我……？

斯特拉托斯　是的，请你，你想要什么我都请。

尤尔达尼斯　请我你还太嫩了！

斯特拉托斯　为什么？（爬上一两节梯子）

尤尔达尼斯　别踩我的梯子……

斯特拉托斯　它能怎么样呢？

尤尔达尼斯　我不想让你踩梯子……把你的脚拿开……

---

① 原文为“一个月有九天”，希腊俗语，指某些人对某事毫不关心、什么都不在乎的样子。

斯特拉托斯 你跟我嚷什么啊……？我得罪过你吗……？

尤尔达尼斯 干你自己的去……

斯特拉托斯 真可惜……我挺喜欢你的……

尤尔达尼斯 你听听……他还想请我……呸！……当初我说我请你，你干吗拒绝啊，嗯？呸！现在你该干吗干吗去……我有我的事儿！

斯特拉托斯 为什么不嘛？（看看手表，走进自己的房间）

尤尔达尼斯 扬尼斯呢，扬尼斯在哪儿啊？

［斯泰里奥斯走进院子，拿着巴比斯离开时拿着的东西，他把东西放在地上，向外边喊。

斯泰里奥斯 巴比斯，来……

巴比斯 （慢慢走进来，向舞台深处张望）她在里面……？

斯泰里奥斯 在……坐下……（他们坐下）

巴比斯 要烟吗？

斯泰里奥斯 谢谢，我这儿有火儿……（点上两人的烟）

巴比斯 谢谢，斯泰里奥斯……

斯泰里奥斯 ……话说有个人到一家杂货店去，要买胡椒粉……他们给他胡椒粒，没磨过的那种……磨好了的他说……可人家没有磨好的。他又去了另一家杂货店……胡椒粉他说……他们又给了他没磨过的……磨好的？人家说我们这儿都是每个人拿去自己磨。可这朋友很聪明……

巴比斯 希腊人……

斯泰里奥斯 太精明了……

［两人高兴地笑起来。

斯泰里奥斯 他雇了十个黑鬼，买了十个捣蒜罐，把胡椒粒放进去凿……然后倒进明胶口袋儿里，到雅典娜大街上，开始叫卖……嘿，十个捣蒜罐就变成了二十个，二十个变成了五十个，五十个又变成了一百个，然后一千个……这一千个捣蒜罐啊……

巴比斯 多少……？

斯泰里奥斯　不，你来告诉我……

巴比斯　是两千个……

斯泰里奥斯　是一间拥有一万名工人的工厂……

巴比斯　就是啊。

斯泰里奥斯　他现在在委内瑞拉，可是最有钱的大亨之一啦。这才是办法，一个人要成功，就得能把一个好的机器变成工厂。

巴比斯　在澳大利亚可比委内瑞拉好。

斯泰里奥斯　好很多，那里找到了世界上最好的钻石……

巴比斯　让我们去吧，就是你说的那个地方……

斯泰里奥斯　去，到处女地去。

巴比斯　给我广阔天地，让我去闯荡……你知道这双手可以创造出什么吗……？

斯泰里奥斯　还有这双，你知道它们能做出什么吗？

巴比斯　让我们走吧……

斯泰里奥斯　我们走……

［斯特拉托斯从他的房间里走出来，准备离开。

斯特拉托斯　（看到斯泰里奥斯和巴比斯）你回来啦？

斯泰里奥斯　什么我回来了……？我们要一起走了……（伸手搂着巴比斯的肩膀）……是不是，巴比斯？

巴比斯　当然……

斯特拉托斯　去哪里？

斯泰里奥斯　去澳大利亚……最多两个月以后，你就会在比雷埃夫斯①的码头向我们挥手道别的……

巴比斯　最多再过两个月……

斯特拉托斯　我以为你现在正在玩儿牌呢……

斯泰里奥斯　我也这么以为呢……但我在街角碰见了巴比斯，然后……

---

①　比雷埃夫斯：雅典南郊的货运及客运码头。

巴比斯 我和斯泰里奥斯这么多年的交情了，就算有时候我们相互掐个架……

斯泰里奥斯 我们也是人嘛……把你的五十块钱拿去吧……

斯特拉托斯 算了……你拿着吧……

斯泰里奥斯 收着吧，我不再需要了……

斯特拉托斯 也许今儿晚上你会有用的……

斯泰里奥斯 你放心……靠赌牌拯救不了我……

斯特拉托斯 我跟你说你先留着……以后你和其余的一起还我……

斯泰里奥斯 那好我先收着……你出去吗?

斯特拉托斯 是，我去兜一圈……我一个人在这儿能干什么?

斯泰里奥斯 走好……祝你玩儿得开心……你是不是找到了哪个漂亮妞儿了？你是怎么把她挖出来的……？你还别说……我都想象得到你会拿着软糖礼盒到比雷埃夫斯欢送我们哪……（斯特拉托斯离开）他人不错……话不多，但人挺好……巴比斯，我来啦……等一等，我去告诉一下奥莉嘉我在这儿……

乌拉 （从舞台深处走出来，穿戴整齐）……你去哪儿……？奥莉嘉走了……

斯泰里奥斯 走了？她要去哪儿……？

乌拉 不知道……她穿好衣服，就出去了。

斯泰里奥斯 她没说去哪儿吗?

乌拉 你看看她有没有告诉玛利亚，她什么也没对我说!

斯泰里奥斯 她为什么从来不说一声……？（走向舞台深处。乌拉走向外边，巴比斯斜着眼睛看她）

巴比斯 你穿这么好这是要去哪儿?

乌拉 我也走了……

巴比斯 你忘了拿你的东西……

乌拉 你拿去送给别的女人吧……我不要了……

巴比斯 好……你该做饭去了……

乌拉 你自己做去……至于我，你就把我忘了吧……

巴比斯　我会弄脏自己的……我穿着最好的西服呢。

乌拉　关我什么事。（继续准备走出去。巴比斯抓住她的手，把她拥入怀中。）

巴比斯　我只跟你说一句……我刚到了街的转角，就觉得世界空荡荡的……想想我要是再往下走下去会是怎么样……我故意坐在街角，好让有个人来对我说："回家去吧，回到你的女人那里去，你这是要去哪儿啊，你这个疯子？难道他们就这样抛弃了爱情，走开了吗……巴比斯啊，快回家去吧……"

乌拉　……想要色拉吗？

巴比斯　我要你。

斯泰里奥斯　（满怀心事地走出来）……她也没有告诉玛利亚……她说她穿上漂亮的衣服，就走了……

［乌拉欲拿起巴比斯的箱子。

巴比斯　放下，我来拿。

乌拉　（小声地）让他来跟咱们一起吃饭吧。（走进里面去）

斯泰里奥斯　不是她的错……她一定以为晚上以前我不会回来，所以才走了……

巴比斯　哦，当然，不然的话她会留在家里的。

斯泰里奥斯　以前她要是不跟我说一声，是不会离开家半步的……现在我们是越来越糟糕了……她跟我在一起受委屈了，你明白吗？委屈她了……自从那天晚上我们为了那二十块钱吵架以后……我就让她失望了，你懂吗？我太让她失望了，简直成了垃圾……再有斯特拉托斯给了那人一拳——一拳算什么啊，我也能打啊——可就是因为他打出了那一拳，她就一直把他放在嘴边，好像他是君士坦丁大帝[①]似的……你懂得她把我看得有多低了吧？所以我必须重整旗鼓，我们必须去澳大利亚……

巴比斯　我已经决定了！

① 君士坦丁大帝：君士坦丁一世，古罗马帝国皇帝。

斯泰里奥斯 我们一起走……把手给我……

［他们握手。

巴比斯 一切顺利！

斯泰里奥斯 一切顺利！

巴比斯 两个人在一起就是不一样！

斯泰里奥斯 开始的时候咱们可得好好干活儿……对不对？

巴比斯 同意！

斯泰里奥斯 要是不攒下钱，咱们一分都不能花……然后咱们得开动脑筋，找到一个好的机器……

巴比斯 就像胡椒粉……

斯泰里奥斯 哎呀，我会找到更好的！不是一个、十个……一百个……我会找到上千个……让我们赶快离开这倒霉的地方，在这里他们叫我老赖、小丑……如果我踏上新的土地，你会看到的……那时候，巴比斯，你放心……那时候我们就得救了……

巴比斯 我也是这么想的……得救了……

斯泰里奥斯 （感到深深的释放）……赞美上帝……

［收光。

第三幕

［一个半月后。

［晚上，奥莉嘉一人待在院子里。她突然站起身，兴奋地向院外张望。

［斯特拉托斯走进来。

奥莉嘉 今天晚上你怎么迟到了？

斯特拉托斯 你第一次这样问我……

奥莉嘉 你不喜欢吗？

斯特拉托斯 你想说多少次都行，想怎么说就怎么说……怎么回事啊，你居然也嘴甜起来了……？

奥莉嘉 我正等你呢……

斯特拉托斯 其他的晚上你都没在等我吗?

奥莉嘉 我都在等!

斯特拉托斯 那你为什么从没对我说起过……

奥莉嘉 今晚不同……!你就没有什么感觉吗?

斯特拉托斯 (环顾四周)……大家都不在啊?

奥莉嘉 是的,多安静啊,嗯?

斯特拉托斯 怎么回事……?

奥莉嘉 这难道不好吗……?

斯特拉托斯 好像一架巨大的机器突然停止了运转,这奇迹是怎么发生的啊?

奥莉嘉 巴比斯和乌拉刚刚离开,其他人也都像惊弓的鸟儿似的,好像这地方再也装不下他们了……

斯特拉托斯 就是说小夫妻俩奔向美好生活去了?

奥莉嘉 你真该在这里看看!所有人都哭了。

斯特拉托斯 这么说他们走了……他们现在一定是相互依偎地站在船头,谈论着澳大利亚……

奥莉嘉 只有他不在这儿……

斯特拉托斯 他在哪儿?

奥莉嘉 不知道……从中午起他就不见了。

斯特拉托斯 就是说……现在只有我们两个人在这里?

奥莉嘉 是的,你来之前就我一人……孤单单一个人……我从来不记得这里还有过这样的情景……所以我才意识到你回来晚了!这种感觉那么强烈,我觉得我一直在等你……还有这个院子,使我透不过气来……你什么时候见过我坐在这里,像其他人那样?

斯特拉托斯 没有!

奥莉嘉 从没有!我讨厌这个院子,它是我的地狱……可是当我等你的时候,我却觉得它比宫殿还要美好……我感受到了它,我喜爱上了它，就像它也喜爱我……因为我有一种喜悦，这喜悦告诉我你会回到这里。

斯特拉托斯 （使劲用手搓着脖子和脸）那两人相拥站在船头。他们看着大海，呼吸着新鲜的空气，把脚放进浪花里，谈论着澳大利亚……可你就算等我，又能怎样呢？一会儿所有的人就都会回来，然后我们就又会被各种谩骂和污秽所淹没……

奥莉嘉 我能给你多少快乐，我都会给你，我还能做些什么呢？

斯特拉托斯 为什么你不能在咱们的家里等我，在我们自己的家里，我们两个人的家……

奥莉嘉 不！

斯特拉托斯 奥莉嘉，听着！你对我说的这些，从没有另一个女人对我说过……也从没有人如此温暖过我的心……连我的亲妈都没有过……我不愿意在这里听你跟我说这些……我怕这些话会被他们的脏脚所践踏，阿丝塔、尤尔达尼斯、你的丈夫……

奥莉嘉 我不能丢下他！

斯特拉托斯 你睁睁眼睛吧……好好看看他……他就是个混账……垃圾、败类……就他那么赌牌，哪怕人家跟他说他老婆跑了……他还是会继续去赌的……他会为了几千块钱把你卖了的，我敢打赌……

奥莉嘉 你这么想是因为你不了解他！昨天他整晚都在哭……

斯特拉托斯 哭？

奥莉嘉 还埋怨自己……像个孩子似的……

斯特拉托斯 为什么？

奥莉嘉 他说他毁了我们的生活，说都是他的错，说要是能从头开始……

斯特拉托斯 他怎么突然这么说？

奥莉嘉 因为那两人要走了……他也想去来着……他们得救了，他说，他们得救了……然后他就哭了……

斯特拉托斯 他想的是去找钱……为了去赌……然后呢？他会把你留在这

里，根本不会去理会你怎么样……

奥莉嘉　他是爱我的……

斯特拉托斯　对，可你爱的是我！

奥莉嘉　我要是不管他了，他就完了……可只要我还在他的身边……

斯特拉托斯　可不是嘛，我都明白……你知道自从他走火入魔要去澳大利亚，我借了多少钱给他吗？一千五百德拉克马啦！那可是整整十五张一百块的票子啊。可你知道我每次给他一百块的协议是什么吗？要他出去玩儿牌，夜里才能回来……懂了吗？亲爱的，他知道咱们两个之间有事儿，可给了一百块钱他就OK了……他就是这样的皮条客，你却在这里跟我说他是个天使，还同情他……

奥莉嘉　不……他什么都不知道……他一点儿都没有怀疑……

斯特拉托斯　如果是我说的这样呢……你会怎么办？

奥莉嘉　我会照你的去做！

斯特拉托斯　我们两个人一起离开这里。

奥莉嘉　好！

斯特拉托斯　我拼命干活儿，我挣得不少，也从不乱花……你看……（把存折给她看）我又在银行存了两千块……我拼命干活儿……我从没挣过这么多钱，也从没干过这么好的活儿……

[斯泰里奥斯走进来，看见他们离得很近有些奇怪。

[停顿。

[他们两人也看见了他，感到很吃惊，两人的表情很尴尬。

[奥莉嘉手中还握着斯特拉托斯的银行存折。

斯泰里奥斯　晚上好……（把手中拿着的一包礼盒放在台阶上）

斯特拉托斯　晚上好……

奥莉嘉　你去哪儿了？

斯泰里奥斯　闭嘴，别再总是问我去哪儿了、去哪儿了。我是个男人，我想去哪儿就去哪儿。我问过你在这儿干吗吗？

奥莉嘉 你看我在干吗？

斯泰里奥斯 （小心翼翼地试图打岔）我就随便说说！难道我自己看不见吗？你什么都没干……你在聊天呢……

奥莉嘉 那你嚷嚷什么？

斯泰里奥斯 我把她惯坏了……要是我对她多说了一句，她就跟什么似的……

斯特拉托斯 你有时候扔出些话啊……我不是跟你说过嘛！

斯泰里奥斯 我今天不在状态，我去洗把脸……（走进舞台深处）

奥莉嘉 我们必须离开……可我们怎么走啊？

斯特拉托斯 我来处理……你看着吧！

奥莉嘉 你要怎么办？

斯特拉托斯 我会跟他干干脆脆地摊牌……像男人一样！他根本不会在乎的，我保证……你走了他反倒会觉得轻松的，我跟你说一定是这样的。

奥莉嘉 先别，你先什么都别说……求你了……

斯特拉托斯 我们不该这么耽误时间……我们不该这么折磨自己……

奥莉嘉 可我不相信他不在乎……

斯特拉托斯 让我跟他去谈谈，你就明白了。就现在，现在其他人都不在，只有咱们三个……无论发生什么，谁也不会听到，谁也不会知道……

奥莉嘉 不，不要……

斯特拉托斯 为什么？

奥莉嘉 如果真是你说的那样，他就不会对我嚷嚷了……他就不会生气……可现在你看见当他遇到咱们在一起时的反应了吗？他有所感觉，而且心痛了……难道你没有看见吗？

斯特拉托斯 这倒霉鬼是有所察觉，但是他并没有心痛……这就是区别……他所做的一切都是为了能从我这里得到更多的钱……你知道我借了他多少了吗？

奥莉嘉　我根本不想知道！

［阿奈托走进来，看见他们，于是唱起《拉蒙娜》。她走上木梯子，打开阁楼的锁，弯下身子进去。

奥莉嘉　我得进去了……

斯特拉托斯　再待会儿，不然老太婆该怀疑了。

奥莉嘉　我们必须离开……必须！

［阿奈托从阁楼上扔下些垃圾，斯特拉托斯看见了，发起火来。

斯特拉托斯　你告诉我，在英国你们都是这么干的吗？

阿奈托　这儿可不是英国，这里是维罗纳斯[1]。

斯特拉托斯　你听着，你这个多嘴多舌的老喜鹊，我最后一次跟你说……你要是再往我的门前丢垃圾啊，我把你揪起来扔河沟里去……

阿奈托　咱们后天法庭上见分晓……你别着急。

奥莉嘉　算了，别跟她说了。

阿奈托　为什么，我的女沙皇，为什么他不要跟我说话？……你把他垄断了？

奥莉嘉　你哑巴啦？

斯特拉托斯　我是尊重你一把年纪了，不然的话你看我把你怎样……

阿奈托　把你的尊重留给那些结了婚的女子吧，尽管她们都还很年轻。

奥莉嘉　你想说什么？

阿奈托　你想让我说吗？

奥莉嘉　……

阿奈托　这女人完了！

斯特拉托斯　见了什么鬼你要对我这样？你倒说说看？

阿奈托　你去问我的律师吧，桑达洛扎街一号四门。

斯特拉托斯　这些在我门前的垃圾，是谁扔的？

阿奈托　这不是你的门，是我的！

---

① 维罗纳斯：雅典的一个区。

斯特拉托斯　难道我没有租这间房吗？我没给你房租，还有你要的押金吗？

阿奈托　那又怎样？你租了八百年啊？

斯特拉托斯　我租了一年……现在才四个月，我还得再住六个月……

阿奈托　什么一年，朋友，你老跟我说什么一年？我们签过年租协议吗？

斯特拉托斯　是的！

阿奈托　合同呢，把纸张拿出来。

斯特拉托斯　我们没签合同，我们说好了的！

阿奈托　说可不算数……

斯特拉托斯　我说的话就算数……

阿奈托　我们在英国只认纸张……

玛利亚　（从外边走进来）这鸽子笼又出什么事了？

斯特拉托斯　你们这么多年是怎么忍受她和你们在一起的，你们怎么没把她掐死？

阿奈托　让水淹死你，让你栽跟头摔死你。

玛利亚　这是什么话呀，这么大年纪了，你不害臊吗？

阿奈托　男人不在家，你倒成天到晚在外边，你就不害臊啦？

玛利亚　大家都知道我去哪儿了……

阿奈托　对，可你脖子上的那些个斑，没人知道是哪儿来的……

玛利亚　我撞到了……

阿奈托　是撞到他的嘴唇上了吧？这明明是嘬出来的……

玛利亚　你看清楚没有？

阿奈托　你藏什么呀，啊？把它们露出来啊，露出来……我下来啦？你让我看看？等等，我这就下来……

玛利亚　你是谁啊，我干吗要你来检查我？

阿奈托　拉蒙娜，你再记起旧时光[①]……

玛利亚　（走开，拿起梯子）

---

① 唱“拉蒙娜”的歌儿。

阿奈托 你要把梯子拿哪儿去？

玛利亚 这样你就下不来了……你死在上边算了……

阿奈托 拿去吧……拿去吧……拉蒙娜，你再记起旧时光……

［玛利亚把梯子放回原处。

阿奈托 这个女人也完了！（进到阁楼里面去）

斯泰里奥斯 （从舞台深处走出来）六点了……都六点了，你们意识到了吗？现在那两人应该已经走出六十多海里了，人们说，船是三点钟开的……特别棒的船……一小时能开二十海里呢……这个月21号，他们就到澳大利亚了……

玛利亚 你怎么了？巴比斯找你来着……还有乌拉……

斯泰里奥斯 他们找了我很久吗？

玛利亚 当然，他们很难过……他们不明白你到底怎么了……

奥莉嘉 你们一起做的决定，你们一起商量，可现在你连送都没来送他们……你光知道说……

斯泰里奥斯 不是的，奥莉嘉……你看看这里……（拿起那包礼盒，打开）

奥莉嘉 这是什么？

斯泰里奥斯 软糖和甜饼……我是跑去买了两盒软糖……所以就晚了……我不想空着手送他们走……

奥莉嘉 那你为什么没出现？你既然知道他们两点钟会离开这里……

斯泰里奥斯 我去了比雷埃夫斯港了，奥莉嘉，我去找他们……我把海关都找遍了，也没找到……我求人，我作揖，我求海员们、求军官们让我进船里去，可他们不让啊……我说我就进去送个软糖，然后立刻下船，可他们无动于衷……我求求你们了，要不咱们一块儿进去把东西给他们，跟他们道个别……不行……请帮我个忙吧，把东西给他们，告诉他们是斯泰里奥斯送来的，别让他们以为我是头猪……还是不行……

玛利亚 你在远处都没看见他们吗？船开走的时候他们没有在甲板上吗？

斯泰里奥斯 我看不清楚，人又特别多……有一刻我喊来着……一路平安……我喊道：我的巴比斯、我的乌拉，我挥动我的手帕，软糖……我觉得他们也许会看到我……

玛利亚　他们一定看得到你……

斯泰里奥斯　你这么认为吗？我眼神也不好……

玛利亚　在船上会比在下边看得更清楚……

斯泰里奥斯　这我听说过……你们说他们看见我了？

玛利亚　放心，他们看见你了……巴比斯的眼睛像望远镜一样好（走向舞台深处）

斯泰里奥斯　唉，巴比斯……

奥莉嘉　你吃过了？

斯泰里奥斯　我不饿……这些甜点现在……奥莉嘉，你看我给你带回来软糖和甜饼……我是顾家的男人，不是随随便便的……

[奥莉嘉拿起两个盒子，有些生气地向舞台深处走去。

斯泰里奥斯　她很喜欢甜食，以前我总是按时给她从最好的甜食店买甜食……那些盒子她至今还留着，装扣子、针线和小瓶子……我们现在就剩这些了……装过巧克力和果脯的空盒子……空盒子……

斯特拉托斯　你还记得，你曾说过我会拿着软糖去比雷埃夫斯码头送你吗？可到头来去送人的却是你，你留了下来，身无分文……

斯泰里奥斯　你以为我不会走了吗……？两三个月以后我也要启程了，放心吧……也许巴比斯先走了更好……这样我去的时候就可以找到根基了……你知道他跟我说什么？他一赚到钱，立刻会寄给我，让我去办手续。

斯特拉托斯　到了那里你可不能像原来一样……

斯泰里奥斯　什么？

斯特拉托斯　赌牌啊，还能是什么？

斯泰里奥斯　你以为我喜欢玩儿啊？

斯特拉托斯　你喜欢，不喜欢你从早到晚在那里……

斯泰里奥斯 只有上帝知道牌到了我手里我是什么感觉……我的心脏都收紧了，跳得快碎了，我不能正常呼吸，浑身冷汗！你知道他们在小咖啡馆里都是怎么叫我的？

斯特拉托斯 我怎么知道？

斯泰里奥斯 黄脸鬼！黄脸鬼……因为我脸上失去了血色。他们以为我脸变黄了是因为赌牌的邪恶，是因为我的疯狂……可让我来告诉你当我玩儿牌时我的感受，我简直要晕倒了……我讨厌纸牌，你懂吗，我讨厌它，讨厌纸牌，讨厌所有玩儿牌的人……

斯特拉托斯 那你干吗去玩儿？

斯泰里奥斯 不这样我怎么赢？我开了三家店铺都关张了。今儿我是商贸部的抄写员，明儿要是换了政府……他们赶走这批人，换来那批人……我是为了一点点的希望才去赌牌的，这就是为什么……现在我需要一万两千块钱离开这里，如果不赌牌，我去哪里找这笔钱？

斯特拉托斯 可你一直在输钱啊……

斯泰里奥斯 我输，可我在赌。你赌的时候，就会有盼头……可是如果你什么都不做……

斯特拉托斯 要是哪天你赢了，你可得把这些都忘掉……

斯泰里奥斯 一切，斯特拉托斯，一切都戒掉！

阿丝塔 （从外边走进来）晚上好……（走向舞台深处）

斯特拉托斯 晚上好……

斯泰里奥斯 一切，斯特拉托斯，我会戒掉一切……你会看到的……这真是神秘的事情……

斯特拉托斯 什么？

斯泰里奥斯 你瞧，我坐在这儿想……想……我告诉你我所想的，你能别笑话我吗？

斯特拉托斯 我不轻易笑的……

斯泰里奥斯 我相信我是个聪明人，有价值的人。我知道很多事情，也很有能力。我很严肃，性格充满正能量，我诚实、直率——他们都这么说——我是个值得尊敬的人，一个优秀的人。也许你会问，先生，这些品质都在哪儿啊，我怎么什么都没看到啊。我同意，我也都没看出来。可是一旦我到了澳大利亚，所有这些品质你都会看到的……我知道一定会是这样的……我甚至都相信我在第一天就能学会他们的语言……所以我必须得去，你懂吗，必须。

斯特拉托斯 那……你老婆呢？

斯泰里奥斯 她也会来的，她会见到一个全新的人，就像她少女时候梦想的那样。

斯特拉托斯 可她去之前，在这里靠什么钱过活啊？

斯泰里奥斯 我走以前都会安排好的……我还没想过，但我会搞定的……

［奥莉嘉从舞台深处出来，走向外边。

斯泰里奥斯 我们在这儿聊天呢……

奥莉嘉 我出去会儿……

斯泰里奥斯 你去哪儿？

奥莉嘉 我一会儿就回来！

斯泰里奥斯 这什么话？你不告诉我你去哪儿吗？

奥莉嘉 我说了一会儿就回来……

斯泰里奥斯 好，行……我问是因为……

［奥莉嘉走出去。

斯泰里奥斯 你看到了吗？我把她惯坏了。我从来没有像男人一样拍过桌子……我是有文化的人……老婆嘛，在我眼里应该是个贵夫人……你明白我的意思吗？

斯特拉托斯 你还爱她吗？

斯泰里奥斯 一旦踏上澳大利亚的土地，我会再爱上她的，像从前一样……

斯特拉托斯 就是说……现在你不爱她？

斯泰里奥斯 我们现在相互伤害，你能理解我吗？我们的感情破裂了……我拿你当哥们儿才这样跟你说……她是俄罗斯籍的希腊人，你知道吗？

斯特拉托斯　我听说过……

斯泰里奥斯　她曾经很漂亮，与众不同。我一看到她，心里就像被刺中了似的。那时候我的店铺还在……我还是个人物……我带着她到处玩儿，好几个礼拜……花了不少的钱……直到她同意……她带我见了她的父母……那时候他们还在世，上帝宽恕他们。他们之间相互说俄语……家里还有个俄式的大茶炉……他们请我吃俄罗斯饭……猪肉做的色拉、罗宋汤什么的……她妈叫她奥莉亚……婚礼是在俄罗斯教堂举行的。要是你能看见就好了……还有合唱队哪……教堂里都是贵族——虽说是破落了的——但终究是贵族呀。我娶了一个高贵的老婆，你理解我吗？可我又是什么呢？我爹是"奥林匹亚餐厅"的跑堂……一开始我们还不错，后来我失去了我的店铺，我的运气就没了，我破产了……可我老婆那么高贵，你能理解我吗？我必须挣钱，为了不跌倒，为了她别认为我是没用的、无能的，认为她选错了人。然后我再也没有积蓄了，情况越来越糟糕，越来越穷，她骑在我的头上，我知道她鄙视我……你永远别娶一个高贵的女人，听见吗，永远不要！那是折磨，是地狱！她将成为暴君，慢慢地你的爱情就见了鬼了，你开始怕她……而后，你都不知道是怎么地，你就会感到你恨她，你仇视她……

斯特拉托斯　她曾经，就是说，她曾经对你不好过？

斯泰里奥斯　她从没跟我说过一句不好的话，一句都没有！她不用说！难道我自己没长眼睛，没意识到她觉得跟着我没指望了，怨我把她扔在了这个院子里……我傻啊？我不知道她是怎么想的吗？

斯特拉托斯　那么说你恨她？

斯泰里奥斯　我不愿她不好，不！我愿她都好……让我踏上澳大利亚的土地，你会看到，一切都会改变的……一切……我会把欠你的钱都还你。

斯特拉托斯 没事儿，你还想这个干吗？

斯泰里奥斯 当然啊，我欠你的啊。

斯特拉托斯 我免了。

斯泰里奥斯 为什么？你以为我是骗子，借了钱拍拍屁股就走吗……？

斯特拉托斯 哪儿能啊，我的意思是，咱们之间几百块钱不是问题。什么时候你还想要，就问我要。

斯泰里奥斯 我怎么还有脸啊，我欠了你那么多了。

斯特拉托斯 你要不要？

斯泰里奥斯 小咖啡馆里总是有些菜鸟，有些有钱的工头儿。你瞧……（掏出一个记事本）……我都记在这儿呢……有你的，也有其他人的……斯特拉托斯……我欠了一千五百德拉克马……马拉马塔斯，欠一百五十德拉克马……玛利亚，欠两百三十德拉克马……阿奈托 两百……所有的都有日期……账目准确…….我给你看啊，你别以为……

斯特拉托斯 我知道，所以我才说不管你什么时候需要，哪怕是现在……

斯泰里奥斯 不……

斯特拉托斯 我知道你没钱了……（欲给他钱）

斯泰里奥斯 跟你说我不要……

斯特拉托斯 （塞给他一张纸币，阿奈托在阁楼上偷看）……拿去……拿去，别废话了……

斯泰里奥斯 我跟你说不要，你干吗还坚持……（从兜里拿出钱）

斯特拉托斯 别矫情了……我知道你最后会拿去的……（再次把钱揣进斯泰里奥斯的兜里）

斯泰里奥斯 我不能欠钱……

斯特拉托斯 （斯泰里奥斯把手伸进兜里欲拿出钱，斯特拉托斯抓住他的手）……你还不住手……？你什么时候开始跟我客气起来了？（友好地拍拍他的背）……行了，等你去了澳大利亚，你凑一块儿还我……

斯泰里奥斯　（起身）……我必须去澳大利亚……必须去……

阿丝塔　（从舞台深处走出）斯泰里奥斯先生……

斯泰里奥斯　别来缠我，好好看着自己的孩子去，我的烦恼已经够多的了……

阿丝塔　可我还能跟谁说去呢？你是知道的……

斯泰里奥斯　告诉我，你怎么就觉得我行啦？你有什么抱怨都倒给我，好像我是圣母玛利亚，或者慰藉员……你知道什么啊？难道我现在适合去安慰别人吗？

［阿奈托从阁楼的门里出来。

阿丝塔　你是知道的……

斯泰里奥斯　我知道个屁！你以为我是个有文化的人，想让我替你解决你的问题。那么，让我开门见山地告诉你，我既不是文化人，你的苦恼也不需要文化……行了……别理我，我还有事呢……

阿奈托　他和梅花Q女王有个约会，你没看出来，犹大又拿到叛徒的钱袋了吗？

斯泰里奥斯　谁跟你说话呢？

斯特拉托斯　干你的事儿去，甭理她！

阿奈托　后天到了法庭，我再告诉你甭理谁。

斯泰里奥斯　到了法庭上，我会好好教你该怎么为人处事！

阿奈托　你先把欠的那两百块钱还我，然后再来教我如何处事……你个骗子……做伪证的……可耻的人……

斯特拉托斯　把钱给她……（拿出钱来交给斯泰里奥斯）

斯泰里奥斯　你？……不！

斯特拉托斯　让这只害虫要挟你，真是耻辱……

斯泰里奥斯　（抓起斯特拉托斯手中的钱，欲爬上阁楼）

阿奈托　你个叛徒！

阿泰里奥斯　（停住脚步，看看这位、又看看那位，不知该如何是好）

斯特拉托斯 跟你说把钱给她……

阿奈托 作伪证的……整个一个被收买的人……

斯泰里奥斯 算了，我还是欠着她吧……（把钱放在斯特拉托斯手中，向舞台深处走去）

阿奈托 这人完了……

斯特拉托斯 你知道你在那上边像什么吗？活像条蝰蛇！（锁上她的房间）

阿奈托 哼，我这儿还没咬谁呢！我把我的毒汁儿给你留着……

斯特拉托斯 小心别自己给咽下去。（走出院子）

阿丝塔 罪孽啊……

阿奈托 （从阁楼上下来）我有什么错？这些事情我们在英国连听说都没听说过……

［尤尔达尼斯走进来，拿着带到工地上的饭盒。

［阿丝塔一看见他，立刻向他走去。

阿丝塔 尤尔达尼斯，听着……听我说，尤尔达尼斯……

尤尔达尼斯 （根本不看她）……嗯？

阿丝塔 他们今天又来了，还在这儿测量……

尤尔达尼斯 谁啊？

阿丝塔 工程师们！

尤尔达尼斯 （转身向她，盯着她）什么时候？

阿丝塔 今天早上！来了很多人，有五六个吧……

阿奈托 六个！

阿丝塔 第一次来了两个人，第二次三个，今天是六个工程师……

［尤尔达尼斯坐在台阶上，心里很沉重。

阿丝塔 他们今天还带了机器来……

尤尔达尼斯 什么机器？

阿丝塔 一个像望远镜似的东西……戴眼镜和礼帽儿的那人用望远镜看了我们半天。

阿奈托 他没看我们，看木头来着……

尤尔达尼斯　（抓住老婆的手，温和地让她坐在自己身边）到这儿来，阿丝塔……（两人紧挨着坐下）……他看的是什么木头？

阿丝塔　一块很大、很高的木头，上面满是黑色的和红色的数字……

阿奈托　一个人扶着木头，另一个人透过望远镜看。扶木头的那家伙是个斗鸡眼儿。

阿丝塔　约阿希姆走过去——他还是个孩子——他凑过去看，那个戴礼帽儿的就扇了他一巴掌……可怜的孩子，都给打晕了……

尤尔达尼斯　他们说什么了吗？

阿丝塔　什么都没说，他们只是互相之间讲话……

尤尔达尼斯　他们都讲什么了？

阿丝塔　数字……

［尤尔达尼斯的脸变得暗淡、僵硬，他的眼睛深深地陷了进去。

阿奈托　你们等着瞧吧……早晚有一天我们得收拾东西走人，去别的地方……以后就是再回来，也认不出我们原来的路了……这儿的一切都会不复存在……房子、台阶……就连我们踏着的土地他们也会拿走、扔掉……谁知道会被扔到哪里去……在我们这个大院儿上，他们会建一座豪华的公寓楼！可笑啊，嗯？

阿丝塔　那我们到哪儿去啊？

阿奈托　50年代以前就住在这里的人会得到搬迁费……玛利亚和我会得到一些……真可惜你们没有在50年代以前就过来……

［尤尔达尼斯站起身。

阿丝塔　你要干什么？

［尤尔达尼斯没有说话，也没有靠近她，只是用手笨拙地摸摸她的头发。

阿丝塔　告诉我……

［尤尔达尼斯摇摇头，走上屋顶。

阿丝塔　尤尔达尼斯……

［尤尔达尼斯上到屋顶，阿丝塔非常忧伤地看着他。

阿丝塔 我给你把葡萄酒拿来？

尤尔达尼斯 ……

阿丝塔 我给你把葡萄酒拿来，还有你的饭？

尤尔达尼斯 ……

阿丝塔 你想要你的步枪吗？……屋顶上有好多猫呢……

尤尔达尼斯 ……

［斯泰里奥斯从舞台深处走过来。

阿丝塔 （向斯泰里奥斯）……他们今天又来了，来测量了我们……

斯泰里奥斯 我听说了……（靠近斯特拉托斯的门前，手里神经质地摆弄着斯特拉托斯脖子上戴的十字架。阿丝塔喊着“约阿希姆”走出院子）……斯特拉托斯……斯特拉托斯……斯特拉托斯……

阿奈托 他不在，走了！

斯泰里奥斯 去哪儿了？

阿奈托 你问我啊？

斯泰里奥斯 嘿，刚才还在这儿呢……

阿奈托 你刚一进去，他就出去了……

斯泰里奥斯 我刚进去的时候？

阿奈托 对……锁上门就走了……

斯泰里奥斯 那他去哪儿了？……

阿奈托 我怎么知道……他不告诉你吗，你不是他朋友嘛——这都什么黑暗友谊啊——他怎么会告诉我……？不过，他干吗要向你汇报啊，就连你老婆去哪儿不也不告诉你嘛……

斯泰里奥斯 啊？

阿奈托 我是说，你还不瞧瞧自己那倒霉样，就知道跟我作对……

［斯泰里奥斯点燃一支烟，阿奈托也在嘴上叼起一根烟。

阿奈托 给我递个火儿？

斯泰里奥斯 （把火给她，阿奈托看到他手上拿着的十字架）

阿奈托 这十字架是他的？

斯泰里奥斯　他的……

阿奈托　他把它给你了？

斯泰里奥斯　他没给我……你为什么这么说？你看见他给我什么别的了？

阿奈托　他不是一直在借钱给你吗？

斯泰里奥斯　是我跟他要的！

阿奈托　尽管他是个小气鬼，可借你钱的时候倒是挺大方的。

斯泰里奥斯　你哪里看到他是小气鬼了？

阿奈托　你见过他出去消遣、去花钱了吗？他总是待在这里，像个宅女似的。

斯泰里奥斯　他是个安静的人……

阿奈托　跟我说这个？你要是有眼睛啊……

斯泰里奥斯　（愤怒地）闭嘴……

阿奈托　你怎么了？

斯泰里奥斯　闭嘴，我不想听太多……我脑子里已经充满了各种可恶的想法……（用手敲打头）

阿奈托　好吧好吧……我还以为……

斯泰里奥斯　我说，你在那里支支吾吾干什么哪，能不能说清楚点儿……

阿奈托　是你在支支吾吾，不是我……你先给我来句痛快的，我会跟你说一车……

斯泰里奥斯　（停顿）……这十字架你知道我是在哪儿找到的……？在我们家里……藏在厨房碗架子垫的纸的下边……我跟他说过多少次让他到家里来，可他从不来！现在他的十字架是怎么到我们家的？还藏起来不让我看见……？怎么回事，我不在家的时候，他竟进进出出地到我家去过？

阿奈托　前天——就是现在这个时间——我看见他们紧紧挨着，坐在那儿聊天……

斯泰里奥斯　又是这样……？他们坐在哪儿……里面吗……？

阿奈托　就在台阶儿那儿……

斯泰里奥斯　还有谁在这儿？

阿奈托 没人，就他们俩……

斯泰里奥斯 你到底想说什么……？

阿奈托 我倒没什么……我说的就是你担心的……

斯泰里奥斯 也许是我想多了，因为自从那天晚上闹了二十块钱的事儿……然后有那么两三次，只要她不在，他也不在……而现在这十字架……还有就是我碰上他们俩……

阿奈托 还有他总是借给你钱……

斯泰里奥斯 你的意思是说他给我使障眼法？

阿奈托 他是想让奥莉嘉看看你是个什么混蛋东西！

斯泰里奥斯 他是暗地里借给我的，她什么都不知道。

阿奈托 可我跟你说她知道。

斯泰里奥斯 你是说他俩串通好了的？

阿奈托 上帝知道……

斯泰里奥斯 得了吧，你才知道得更多……说！

阿奈托 你还想到法院去作证，与我作对吗？

斯泰里奥斯 我都按你说的做，我会出庭做你的证人。

阿奈托 开报亭的齐里亚格斯看见他俩在海边，在乌里阿赫迈尼[①]附近……

斯泰里奥斯 什么……？

阿奈托 都是他的错……而她只是个替罪羊[②]罢了……他看到她跟你受苦……你以为怎么着，她还是个年轻的姑娘……我也没说他们干了什么不道德的……这些事儿每天都在发生着……奥莉嘉年轻、漂亮，跟你在一起过得不顺心……她的心是有欲望的……我早就知道会是这样……我一直觉得有一天她会丢下你走开的。你看现在恰巧这个人出现了，把她的魂儿勾走了……

斯泰里奥斯 （跳起脚来）……齐里亚格斯说看到他们了，啊？

阿奈托 你去哪儿？

---

① 乌里阿赫迈尼：雅典海滨的一个区。
② 原文作“上帝的羔羊”。

斯泰里奥斯 我要他告诉我……我问问去……我要知道……

阿奈托 等等……

斯泰里奥斯 我怎么去……我去哪里……?

阿奈托 斯泰里奥斯，我可不是出于对他的不满才跟你说这些……我以我女儿的性命起誓……我是为了你好才这么说……为了让你别成为笑柄……

斯泰里奥斯 笑柄……笑柄……啊？就是这样……你们全都以为我天生就是个笑柄……可我不是……不是……（盛怒地离开）

阿奈托 你等等……（害怕地）……现在可怎么办……？（要爬上阁楼去，但又停住了脚步，走到屋顶旁边，给尤尔达尼斯递了根烟）抽根烟吧……

尤尔达尼斯 （接过烟）

阿奈托 （把火儿给他）……你懂吗？她就这么走了，嫁给了英国人，把我丢在这里，孤零零地一个人……我把她养大，拉扯成人，为了她我失去了青春，可我得到什么了呢……？她头也不回地就跟着她的庄尼[1]走了……她为什么就不能找个咱们本地人呢？那样我身边也能有个人，有个家，我也能看见自己的孩子……我的孙儿……我省吃俭用，就是为了给她寄钱，让她能做条裙子，买双鞋子……可那个红脸[2]的家伙、恶心的人、戴假牙的，用一些小恩小惠就把她收买了……可人家是英国人啊……我去他妈的……去年我去的时候，那没良心的紧着盼着我走……就知道吃布丁，整晚的谈论足球……是他赶我走的，你懂吗，我女婿，那位勋爵……“我能怎么办呀，妈……？”我女儿这么跟我说……“我能怎么办呢，妈……？”“好吧，孩子”我说，然后就收拾东西，回来了……所以你不能失去那个属于你的人，你的老公，如果你失去了他，就什么都完了，你就只能孤零零一个人……一个人啊……

---

① 庄尼即约翰尼，是约翰的昵称，这个名字明显是指外国人。
② 暗指英国人。

扬尼斯 （提着一个箱子走进来，乌拉跟在他的身后，脸色苍白，看起来像霜打了一样。扬尼斯把箱子放在地上，阿奈托和尤尔达尼斯并没有看见他们。对乌拉）你就说你们还没有走……你们下次再走……你看咱们的大院是多么的好啊……

乌拉 （哭出声来，阿奈托听见他们）

阿奈托 （尖叫）……乌拉……是我们的乌拉……（跑过去抱住她）……我们的乌拉……这是怎么回事啊……？你怎么又跑到这儿来了……？

巴比斯 （提着两只沉重的箱子进来，同样失望、颓废、情绪低落的样子）

阿奈托 巴比斯！！！

玛利亚 （从舞台深处跑出来）……哪个乌拉……？（看见她）……乌拉……巴比斯……你们回来啦……？

阿奈托 怎么了……你哭什么……？

玛利亚 她哭了……？巴比斯，你为什么这样……说话啊……

巴比斯 （像疯子似的看了一下四周，目光似乎无法停留在任何地方）……他们跑了……

玛利亚 谁……谁们……？

阿奈托 什么时候……？为什么……？

巴比斯 斯泰里奥斯在哪里？

阿奈托 在齐里亚格斯那儿，报亭……

巴比斯 扬尼斯……

扬尼斯 我这就去，好的。

玛利亚 你们倒是说话啊……告诉我们怎么回事……

巴比斯 他们丢下我们跑了……

玛利亚 到底谁啊？他们怎么丢下你们跑了……？为了什么事……？

巴比斯 就是那个担保送我们走的人……我们付给他钱，让他送我们去……

阿奈托 可他是给你们办了纸张了的啊……还有护照……你给我看过的……

巴比斯 这些一定也是没用的……伪造的……我们哪儿懂啊……

阿奈托 护照在哪儿，拿来我们看看……？

巴比斯 他把它们又拿回去了，说是用来去买船票……说买票必须要出示护照……

玛利亚 你把船票的钱也给他了……？

［阿丝塔从舞台深处走上。

巴比斯 都给了……然后他就跑了……

阿丝塔 唉……

玛利亚 你给了他那么多的钱，难道就从没怀疑过什么吗？

巴比斯 大部分钱是他把护照给了我以后我才给他的……我干吗还要怀疑呢……？

阿奈托 是啊，可这一切都是个骗局……

巴比斯 可我怎么知道啊……？

奥莉嘉 （走进来，看见乌拉和巴比斯以后觉得非常吃惊）……你们怎么在这儿……？

巴比斯 他们丢下我们跑了，奥莉嘉！

玛利亚 后来你把船票钱也给他了？

巴比斯 是的，他跟我们约好在大钟底下见……由他带我们上船……

阿奈托 你们去报警了吗？

巴比斯 去了……可那又有什么用呢？现在船早开走了……

奥莉嘉 哦，我的上帝啊……

阿奈托 （放开乌拉，搂住巴比斯）可怜的孩子们……

乌拉 他要去跳海……幸亏扬尼斯和我抓住了他，我们大声呼喊，别的人也跑过来，把他按住了……

阿奈托 可怜的孩子们……我的心肝儿……

奥莉嘉 这都什么事儿啊……？

巴比斯 谁说不是呢……你拼死拼活地攒钱……你把衣服、被褥甚至结婚戒指都卖了……你把整个家都封上了，可他们却跑了……你看着轮船开走……开走……开走……可你却像垃圾一样被丢在码头……这傻女人疯子一样冲着轮船喊等等……等等……等等……

这傻女人……

斯泰里奥斯 （与扬尼斯冲进院子）巴比斯……巴比斯……

巴比斯 斯泰里奥斯……他们丢下我们跑了……

斯泰里奥斯 啊……？

巴比斯 他们跑了，斯泰里奥斯……

斯泰里奥斯 你说什么，兄弟……

巴比斯 就是那个要送我们去的人……听到吗？……你曾把他当作我们的救星……

斯泰里奥斯 巴比斯……

巴比斯 他把我们留在大钟底下……全都是骗局，斯泰里奥斯……他不见了……

斯泰里奥斯 不见了……？这么说你们没走，你们不能走了……什么……？我没听懂……我不明白……那么你们什么时候走呢……？

巴比斯 我们走不了了……那蛇头是个骗子……澳大利亚是个骗局……他把我们坑惨了……

斯泰里奥斯 骗局……？为什么……？可澳大利亚就……就在那里啊。你们在说什么呀……？那么多人都去了……

奥莉嘉 可是他俩的旅行没了……那是个骗局……

巴比斯 他抛开我们跑了……

奥莉嘉 你怎么那么没脑子呢？

斯泰里奥斯 我把他们杀了去……告诉我他叫什么，住在哪里……？这个蛇头叫什么名字？巴比斯，我要杀了他……

奥莉嘉 你给我老实待在那儿……那是警察该做的事儿。

斯泰里奥斯 这是我的事儿，再也没有什么比这个更该我干了……说，他在哪儿，叫什么……？

巴比斯 我不知道他在哪儿……要是我知道的话……

斯泰里奥斯 你在哪里认识他的？

巴比斯 在一个叫“阿历克桑德利亚”的小咖啡馆……

斯泰里奥斯 他的名字……

巴比斯 你要这做什么，你以为他会告诉我真名字吗?

斯泰里奥斯 你就告诉我他说的名字，就算是个假的……

奥莉嘉 行了，算了吧，就你也能干这些?

斯泰里奥斯 我怎么就不行?你怎么知道我不行?现在就让你看看我行不行……让你看看我的本事……巴比斯，看在圣母的分儿上，你傻待在那儿干吗?来啊，带我去找他，看我怎么弄死他……

［大家偷笑。

斯泰里奥斯 你们笑什么，啊?……我很可笑吗，啊?……我是个笑柄吗，啊?……

乌拉 算了，他都累得半死了，你没看到吗?

玛利亚 她说得对，还不进去洗把脸冷静冷静，明天你们再好好地过去，去揍他……现在大晚上的跑什么……

［尤尔达尼斯深深地叹了一口气，像夏天的一声闷雷，所有人都抬眼望向屋顶。

尤尔达尼斯 （声音单调、痛苦、严苛）……跑啊……跑啊……跑啊……跑啊……跑啊……跑啊……

玛利亚 行啦，就这样吧，你们到我家来，先休息一下，以后再说……只是我没有干净的床单了……

阿奈托 我有……（爬上阁楼）

扬尼斯 （提起两只箱子）先提到玛利亚家去……?

玛利亚 对，拿进去吧……

扬尼斯：（提起两只箱子走进舞台深处）

奥莉嘉 我去炸一锅土豆条吧?

玛利亚 让他们先去洗一洗，凉快一下……（拉住乌拉）……快来吧……

奥莉嘉 我给你件浴袍你换上……（三个女人走进舞台深处）

巴比斯 （提起第三只箱子）

斯泰里奥斯 给我吧……（伸手去拿箱子）

巴比斯 没事……

斯泰里奥斯 我去比雷埃夫斯港了……我去找你们……还带了软糖……

巴比斯 唉，斯泰里奥斯啊……（走进舞台深处）

［阿奈托手里拿着床单从阁楼上下来，斯特拉托斯从外边走进来。

［斯泰里奥斯盯着他，阿奈托呆在原地。

斯泰里奥斯 （向阿奈托，底气十足、一字一句地）……我去问了齐里亚格斯……情况就是像你说的那样。

阿奈托 别……别……现在别……现在不是闹事儿的时候……

斯特拉托斯 你们为什么吵架？

阿奈托 别，斯泰里奥斯……不要……现在不要……

斯泰里奥斯 （向斯特拉托斯）请你告诉我……（从兜里拿出十字架）……这个十字架是不是你的？

斯特拉托斯 你从哪儿找到的？

斯泰里奥斯 你说我从哪儿找到的？

斯特拉托斯 我怎么知道？……

阿奈托 （跑向舞台深处）

斯泰里奥斯 有一次你把它丢了，是这样的吗？你把它丢了！

斯特拉托斯 是啊，有两个月了都！

斯泰里奥斯 那你丢在哪儿了？你倒说说看，你觉得把它丢在哪里了？

斯特拉托斯 你怎么又这么多话……

斯泰里奥斯 我是个话痨……我是个多嘴多舌的人……我是个胡说八道的人！我乐意！你要是个男人，就告诉我把它丢哪儿了……

斯特拉托斯 我不记得了……

［玛利亚、阿奈托、扬尼斯、阿斯达、乌拉依次走出来。

斯泰里奥斯 它有没有可能落在了我们家的厨房里，落在了碗架子垫的纸的底下？

斯特拉托斯 你从那里找到的？

斯泰里奥斯 就在那里……在盘子和杯子的底下……

斯特拉托斯 怎么见鬼了……

斯泰里奥斯 我也觉得奇怪呢……，怎么见鬼了……

斯特拉托斯 听着，我不喜欢这样的玩笑……

斯泰里奥斯 让我也告诉你，这样的玩笑我也不喜欢……

斯特拉托斯 那就把十字架拿来，然后闭嘴……

斯泰里奥斯 那得先让我知道它是怎么跑到我家去的，然后我再用我自己的方式还给你……（喊道）……奥莉嘉……奥莉嘉……（跑向舞台深处。斯特拉托斯一边驱赶其他的人，一边向深处张望，里面传来斯泰里奥斯的声音）

斯泰里奥斯 （在里面）……十字架怎么在那儿……告诉我……奥莉嘉……十字架怎么会在那儿……？

奥莉嘉 不知道……

斯泰里奥斯 是他给你的……不是吗，他送给你的，啊？就是在乌里阿赫迈尼给的……啊？因为你们去海边约会……在松树林……啊？

奥莉嘉 放开我……放开我……

斯泰里奥斯 说，奥莉嘉……我要弄明白……都说出来……

奥莉嘉 放开我……不要……我求你了……

乌拉 我们可怎么办啊，上帝呀……

斯特拉托斯 （喊道）斯泰里奥斯……你给我听着，我是为你好……你别碰她……别让我再听见她叫喊……我现在对你家的门可还算客气，听见吗……？你要是敢动手打她，你最好先为你自己祈祷好咯……你听见啦……？你个丢人现眼的家伙、骗子……你给我出来，咱们像男人一样把话说清楚。

［突然间所有的人都开始大声叫喊起来，斯泰里奥斯手里拿着刀从舞台深处走出来，乌拉跟在他的身后，斯特拉托斯冷静地向后退。

阿奈托 快把那倒霉的刀从他手里拿走……

扬尼斯 斯泰里奥斯先生……

斯泰里奥斯 （向斯特拉托斯）我来了！

乌拉 （大喊）……巴比斯……你在哪儿？

奥莉嘉 赶紧把刀放下……放下！

斯泰里奥斯 （向斯特拉托斯）我像男人一样来了……

斯特拉托斯 （愤怒地将手放进兜里，拿出一沓钞票，蔑视地向他大喊）……你要多少？多少？（把钱向他的脸上甩去）

[斯泰里奥斯开始颤抖，因羞愧和受辱而一败涂地……刀从他的手上落下……双手捂住脸，发出撕心裂肺的哭声，向门外跑去。

[收光。

第四幕

[又是一两个月以后。

[一个雨夜过后的早晨。

[四处摆放着很多箱子和包袱，还有一辆手动的推车，某个角落里斜靠着两幅镶有全家福照片的镜框。

[尤尔达尼斯一动不动、不言不语地站在屋顶上，身上裹着一件外套，双手插在兜里，目光苦涩、阴沉。

[工程师甲和乙在院子里大跨步地来回走着，说着话。

[由于这一幕人物动作频繁，舞台调度可由导演酌情处理。

工程师甲 什么？

工程师乙 汽车。

工程师甲 哦，兄弟，别为一点儿小事着急……你看……你从这里开始，在那边留两米宽的路，汽车就可以过来过去了。话又说回来，你以为会怎样？最多一个星期，你就得把所有这些破烂儿弄走……

工程师乙 最多八九天吧。

工程师甲 顶多了……

[巴比斯从舞台深处拿着一捆包袱走出来，把它放在台阶上，用凶狠的目光看着两位工程师，然后又向舞台深处走去。两个工程师继续着他

们的谈话。

工程师乙 哦！当然啦……最后的那个房间，就是那边那个……我说把它留下来……

工程师甲 （沉浸在自己的思绪里）……我只知道，至少这次不是咱们的错。

工程师乙 什么？

工程师甲 咱们两个月前就通知他们了……他们早应该收拾好的，这么久他们都干什么去了……你刚才说什么来着？

工程师乙 我把最大的那间屋子留下，放水泥用……

工程师甲 别麻烦了……现在就弄这干什么……到时候再说吧……

工程师乙 听你的……

［朵拉从舞台深处出来，走向院外，手里拿着两个平底锅，一件蓬蓬衬裙、一双黑色的高跟鞋。

朵拉 （大喊）……你找到咖啡杯了吗？

工程师甲 （向工程师乙）你来看……外边有一道岩石层，肯定也会延伸到这里。这个角落里好像就是……

工程师乙 看不出来什么啊……

工程师甲 看不出来，是……可一米或一米五以外可能就是了。

［朵拉从门外进来，走向舞台深处。

工程师乙 我……（看着朵拉）……我去找十几个纳克索斯[①]人，让他们带着他们的尖嘴锤过来，就全扫清了，你放心……

工程师甲 你也可以用碎炸药……用尖嘴锤还得付一大笔工钱……（突然摸着脑袋）这倒霉的头疼……

工程师乙 还疼哪？

工程师甲 把我折腾死了……都一个星期了，我没法思考，没法工作……

工程师乙 应该是换季的原因，因为潮湿……我妹妹也得了一样的毛病……

［阿丝塔从舞台深处出来，把一些旧器皿放在推车上，胆怯地望着工程

---

① 纳克索斯：希腊的一个岛屿，岛上的人以擅长建造房屋和雕刻著称。

师们。

工程师乙　怎么样啦……完了没有啊?

阿丝塔　快完了……快完了……(害怕地靠近尤尔达尼斯)……尤尔达尼斯……

尤尔达尼斯　……

阿丝塔　尤尔达尼斯，当家的……

尤尔达尼斯　……

阿丝塔　搬这些东西累死我了，快下来帮把手吧……

尤尔达尼斯　……

阿丝塔　……这又不是第一次……比这更糟糕的我们也经历过呀……尤尔达尼斯你干吗这样难过呢?……赶紧从那上边下来吧，当家的……

尤尔达尼斯　(还是没有动，想说话却又咽了回去)

阿丝塔　(看看工程师们，退后了一两步)他是对的……我们都这把老骨头了，还得像该死的瘟疫一样被赶来赶去……就算我们是流水，也该有个安身之处啊……

工程师甲　你说什么?

阿丝塔　我说……

工程师甲　啊……(两个工程师躲向右边)

[扬尼斯拿着一只篮子和他父亲的老式步枪从舞台深处走上。

阿丝塔　咱们怎么办啊，扬尼斯……老头儿子不想下来……

扬尼斯　(把东西放在推车上)嗯，妈，你去吧……你不要再搬别的了，我来……

阿丝塔　还有那个约阿希姆啊……

扬尼斯　他在外边玩儿呢……你别担心……(阿丝塔失望地走向舞台深处，扬尼斯走近屋顶)……那个……那个……你的那个步枪我放在推车里了……你怎么这么固执啊……我们有那么多事儿要商量呢……(从兜里掏出一份报纸的一角)海岸警卫队在招士官，我想去考考……我想和你谈谈，问问你……你怎么说……?你觉得怎么样……？

尤尔达尼斯 你问我吗……？

扬尼斯 不问你，我问谁去……？

尤尔达尼斯 胡扯，扬尼斯……从来没有谁问过我……

扬尼斯 唉，不然怎么样哪……？我能自己决定，什么也不告诉你吗……？至少我需要你的意见，如果行的话我就开始读书了……你倒是说话啊……你干吗不理我们……？我们怎么你了……？（快哭了）……下来吧，大家都走了……都收拾起来了……

［两个工程师又走进来。

工程师甲 （向扬尼斯）哪儿能找点儿水喝……？

扬尼斯 ……水……？

工程师甲 我想吃片阿司匹林……

扬尼斯 那……我给您拿去……（走向舞台深处）

工程师甲 （看着屋顶）这个人又跟你说什么呢……？

工程师乙 老头儿有毛病了，等警察来了再说……我看他还能干什么！

工程师甲 你告诉警察别硬来了吗？就只是吓唬吓唬就行了……

工程师乙 我跟他说了……这人有毛病……真搞不懂……（走出去）

［工程师甲坐在台阶上，写着什么。

阿奈托 （从阁楼上探出身子，向下喊）……斯特拉托斯……斯特拉托斯，我的好孩子……

［斯特拉托斯从门里出来。

阿奈托 帮我把箱子抬下来……

斯特拉托斯 拿过来！

阿奈托 （眼睛看到尤尔达尼斯）下来吧，好伙计……你这样有什么用呢？咱们天生都是难民……你还不认命啊……？你老婆说得对……“就算我们是流水，也该有个安身之处的”……（把一只大箱子递给斯特拉托斯，他接住，放在楼梯上）……我要是有个像你一样的儿子该多好……（斯特拉托斯没有回答，又进了自己的屋子）……生了孩子，却被英国夺走了……这雨下了一夜啊……我要再到帕罗斯岛上去啰……我还能去哪儿呢……？

［扬尼斯从舞台深处出来，手里拿着一杯水和一个小口袋。他把水递给工程师甲。

工程师甲 啊，非常感谢！（接过杯子，走向右边）

扬尼斯 别客气！（走到推车边把口袋放上去，朵拉从舞台深处走出）

朵拉 你在这儿啊……？我正找你呢……

扬尼斯 （非常动情地）你要走了吗？

朵拉 我跟所有人都道过别了……就剩你了……

扬尼斯 ……东西搬运车都装下了吗……？都好了吗……？

朵拉 好了……你找的车特别好，而且还很便宜。

扬尼斯 那人是我熟人！

朵拉 现在你不用再替我去擦鞋店取高跟鞋了，也不用去买卡子了……你终于甩开我这个麻烦了……

扬尼斯 我会记住这一切的！

朵拉 那么，你是怎么决定的？你会去参加考试吗？

扬尼斯 当个士官挺好的，是个稳定的差事。

朵拉 你穿上制服一定很帅，你知道吗？而且夏天穿的是白色的。

扬尼斯 我不关心什么制服……我从来都不喜欢制服……我想要的是学校毕业以后，被委任到哪个小岛上去当港务局监督……我要把老头儿老太太带在身边……那里的生活不贵……还能买得起一两间房子，让他们住进去，跟他们说“这是你们的了”……老头儿子可以去钓鱼，钓个八爪鱼什么的……老头儿喜欢有趣儿的东西，可没什么能让他高兴起来的，一辈子总是被赶来赶去……赶来赶去……

朵拉 我祝你心想事成……也许，找个时候我也会去看你们……哪个夏天……

扬尼斯 你想什么时候来都行……想跟我们住在一起也行……永远！

朵拉 这个你可别这么祝愿我……

扬尼斯　我是说……

朵拉　你曾是个多好的孩子啊……

扬尼斯　你……

朵拉　……他们终于说最多两个礼拜就会喊我去了……我跟你说过的那个帅哥，他说他正在运作给我找个女二号演……你看怎么样？我演电影会好看吗？

扬尼斯　你现在这样我很喜欢，上了电影我不知道……

朵拉　他们说我很上相，说我的身材……啊呀，这不好……再见了……（向他伸出手）

扬尼斯　再见，朵拉……

朵拉　保持联系呀，嗯？（从角落里拿起相框，向外走去）……我们终于离开这里了……

扬尼斯　把相框给我吧，我拿过去……

朵拉　不……不用……我能行……

扬尼斯　朵拉……

朵拉　什么？……

［少许停顿。

扬尼斯　……你跟司机说慢点儿开，下了雨路上都是坑洼……

朵拉　没事儿的……（离开）

［扬尼斯跟着走了几步，目送她。两个工程师慢慢穿过院子，说着话。

工程师乙　老街区里还真有些货色啊！

工程师甲　说的是呢……我是这样做的啊……我开着车，去那些住宅区……

工程师乙　我得买辆车……

工程师甲　必须的……要有汽车，还要有一些小小的奢侈品作为点缀。你带她出去，带她去“明星汇”[①]……她会晕掉的，会迷倒的……看，她说，这就是我的真命天子……他将带给我华丽的生活……

---

① 原文作Asteria，雅典一家俱乐部的名字。Asteri有“星星”，“明星的”意思。

［巴比斯又搬上来一个箱子，把它靠在台阶上，并坐在旁边。扬尼斯向里面走过来。

巴比斯　你们收拾好了吗，扬尼斯？

扬尼斯　快了……

巴比斯　要我帮忙吗……？

扬尼斯　就剩些小东西了……

巴比斯　要是他在的话，情况就不一样了……

扬尼斯　斯泰里奥斯吗？

巴比斯　他要在的话我们不会是这样……他会说一个……他会说……我也不知道他会说啥，但他一定会说点儿什么，然后一切就不一样了……我们就会觉得一切都是在往好了走……你爱听他开的玩笑，他胡诌的谎话……你需要这些，这个抽老千的，净做白日梦……什么东西到他手里都摇身一变，就变得可以忍受了……唉，这个斯泰里奥斯啊……

扬尼斯　你又在攒钱要走了吗？

巴比斯　不……我也不知道了……我已经蒙圈了……你有想过要离开吗？

扬尼斯　我从不曾想过要离开……

巴比斯　（怀疑地看着他）

扬尼斯　你不相信吗？无论他们怎么向我许诺澳大利亚、巴西、美国，无论他们跟我怎么说，都不会使我动心。

巴比斯　为什么？

扬尼斯　我有我妈，我爸……他们都老了……如果我走了，把他们这么扔在这里，要是出点什么事——谁来照看他们……？

巴比斯　是啊，可是，这块该死的土地却不是我想要的……三天有活干，另一天就得待着……连个栖身的屋子都没有……你永远不会知道自己是个什么东西，早上起来又会是什么样子……在这里，你无论何时、无论何地都不能稳定……一切都由不得你……你瞧……昨晚整夜都下着倾盆大雨……大风几乎把房顶吹散了……可现在却晴空

万里，你还以为是五月的天……这哪儿跟哪儿嘛这是……？（走向舞台深处）

工程师甲　（进过来，从台阶上拿起两卷图纸）（向扬尼斯）杯子我放在那里了……（指给他看）

扬尼斯　谢谢啊！

工程师甲　是我该谢谢你！（拿着图纸走出去）

[同时，一个邮递员走进院子，手里拿着一张电报，照着上面的字大声念。

邮递员　斯泰里奥斯·亚诺布罗斯……（环视了一圈，更大声地）……斯泰里奥斯·亚诺布罗斯……？

[扬尼斯像大理石一样定在了那里，阿奈托从阁楼里探出半个身子来。

邮递员　亚诺布罗斯……他住在这里，你们知道吗？

[斯特拉托斯一脸阴沉地出现在他的门口。

邮递员　他住不住这儿？

扬尼斯　在尽里边……

[邮递员向里面走去，扬尼斯看着斯特拉托斯和阿奈托。

邮递员　（站在舞台深处，喊道）斯泰里奥斯·亚诺布罗斯……电报……

[沉默。

邮递员　……他不在？

[巴比斯从舞台深处慢慢走出来，斯特拉托斯进到屋子里去。

巴比斯　什么电报……？

邮递员　签个字，拿去看吧……我怎么知道是什么……？

巴比斯　不是给我的！

邮递员　那你……？（喊）斯泰里奥斯·亚诺布罗斯，一封电报……他在这儿住吗……？不在这儿吗……？怎么回事啊……？

[奥莉嘉从舞台深处出来，穿着一身黑色的衣服[①]，好像在回避着他人

---

① 在过去的习俗中，家里男人去世后，女人们要穿上黑色的衣服，表示哀悼。

的目光。

奥莉嘉 （向邮递员）我在哪儿签字……？

邮递员 （被她的举动弄糊涂了）……什么……？啊，你……这里……（用笔告诉她该往哪里签字，并把笔给她）

巴比斯 （突然地）放下……

奥莉嘉 （不动地站在那里）

巴比斯 不许碰它！

奥莉嘉 为什么？

巴比斯 听见我跟你说的了吗？

奥莉嘉 可谁来收啊？

巴比斯 谁也不能……他本人在这儿吗……？不！斯泰里奥斯不在这儿了……在吗？……所以，谁也没有权力收电报……谁也不行……

［乌拉、阿丝塔、玛利亚也走过来。

巴比斯 （向邮递员）把它埋了……挖个坑，把它埋了……别让这个婊子碰到它……

邮递员 那他本人……怎么了……？

玛利亚 被杀死了……

巴比斯 他们把他杀了！

邮递员 那您是……

奥莉嘉 我是……

巴比斯 你是什么……？你还是什么也别说了，让他的灵魂安息吧……哪怕是你想起他，也会让他觉得恶心[①]……

奥莉嘉 他是我的丈夫……

巴比斯 他曾经是你的丈夫，可你却不曾是他的妻子……你是里面那位的人……

奥莉嘉 闭嘴……

① 原文为“也会让他的尸骨发出颤抖的声音”，希腊俗语，意为“如果死者在世，会斥责某人的言语或行为”。

巴比斯 你去答应他的名字去吧，去收他的电报，别动斯泰里奥斯的……

奥莉嘉 饶了我吧……

巴比斯 都是你害的他，听见吗？是你！

奥莉嘉 不！

巴比斯 是你和你那相好的使他从采石场上摔下来……你们俩认为他是懒汉、骗子、软蛋……可他是个有尊严、讲义气的人……

奥莉嘉 巴比斯，别说了……

巴比斯 你别拦着……所有的人都别拦着，让我说……你们大家都认为他是个无足轻重的人……那是因为你们都太小瞧他了……可我了解他……他什么都跟我说……是我亲眼看到他倒在血泊里，被挤压在采石场的砺石中……斯泰里奥斯啊……我看见他……你们听到吗？……我看到斯泰里奥斯……（他跑到屋顶的墙边，贴着墙，他的胸激烈地起伏着，好像要炸开。玛利亚跑过去，搂着奥莉嘉，亲吻她，抚摸她的头发，她声音颤抖，说话像高烧时的呓语一样）

玛利亚 别……不要……不是你的错……我是知道的……我知道的……好姑娘……我的奥莉亚……咱们俩本来……谁也不知道……没人能理解……看看我吧，就这样孤单着三年了……你有男人，可你又没有男人……这才是最糟糕的……我的奥莉亚……我亲爱的……

［斯特拉托斯打开门。

斯特拉托斯 （决然地、但抑制着内心强烈的激情）……奥莉嘉……你想要接收这份电报吗……？如果你想，就收下，谁的话也别听……

［所有人都哑口无言了。

［奥莉嘉起先有一丝犹豫，之后欲拿起笔签字。但是她无法落笔，她把笔还回去，在众人的沉默中慢慢走向舞台深处。

邮递员 这样的话……就退回去咯……！（他在自己的本子上记了点儿什么，然后沉思着走出院子）

［斯特拉托斯进到自己的屋子里去。

画外音 （一个男人的声音从外边传来）……来吧，玛利亚太太……

玛利亚　来啦……（走到院子中央，难过地看看四周，那声音再次传来）

画外音　我们都装好啦……

玛利亚　好的，来了……那再一次再见啦……再见……

所有人　再见……祝你好运……

玛利亚　约阿希姆在哪儿啊？

阿丝塔　在外边呢……玩儿哪……（喊）……约阿希姆

玛利亚　可惜见不到他了……尤尔达尼斯先生……再见……（走出去）

所有人　再见……

巴比斯　（向乌拉）赶紧弄完你的那些盘儿啊碗啊的，别让我进来都给你砸了……

乌拉　砸吧……反正还得你去再买！

巴比斯　女人啊……去你妈的，进去！

[乌拉走进舞台深处，巴比斯走过来坐在台阶上，阿丝塔走近屋顶。

阿丝塔　难道这是头一次吗……？比这更糟糕多少倍的咱们也遇到过呢……你何苦这么难受啊，尤尔达尼斯……？

[扬尼斯走到巴比斯身旁，阿丝塔走向舞台深处。

[巴比斯用手捂着脸，扬尼斯友好地把手搭在他的肩上。

巴比斯　我不想走了……有时候我真想冲到街上大声嚎叫……我老爸一〇年到二〇年就当兵了……，40 年代又死了我一个兄弟[①]，而我呢，他们叫我干什么，我就干什么……我为什么要离开呢……？我为什么要到别的地方去……这里才是我的土地……我应该在这里找到工作、面包、养家糊口……我要在这里拥有它们……在这里……这里！！！

扬尼斯　我也想这么跟你说来着……但我不知道你会怎么想……

巴比斯　什么叫我会怎么想……？这里是不是咱们自己的土地？

扬尼斯　而且这是一块伟大的土地！但如果每个人都看不起它，抛弃它，扭

---

① 一〇年到二〇年为欧洲“一战”时期，而 40 年代为“二战”时期。

头走开，可怎么是好呢……？

巴比斯 不过留在这里又能怎样呢……？

扬尼斯 这并不是最难的……现在人类都快踏上月球了……

［停顿，两人对视。

巴比斯 咱们能在一起，我很高兴……

扬尼斯 我也很高兴……

巴比斯 咱们一起去帮着收拾吧，不然女人们得一直弄到晚上呢……

［一边向里面走去。

扬尼斯 （向他的父亲）巴比斯和乌拉又要跟咱们做邻居了。

巴比斯 咱们会相处得很好的，尤尔达尼斯先生，你会看到的……从这儿离开你干吗这么难过啊……咱在那里也会适应的……也许还会更好呢……

扬尼斯 来吧，下来吧……

尤尔达尼斯 ……

巴比斯 咱先去把其他东西也搬过来……到时候他会下来的……是不是啊，尤尔达尼斯先生……？得嘞！

［扬尼斯和巴比斯走进舞台深处。

［尤尔达尼斯掏出一块布，擦擦鼻子。

［阿奈托提着一个大箱子从阁楼上下来，箱子从她手中一滑，落了下去。她走下来，匆忙地扶起箱子，从箱子里拿出一幅圣像，在胸口画十字，并亲吻了圣像。

［与此同时，奥莉嘉从舞台深处走出，阿奈托赶紧将圣像塞入箱子里。

阿奈托 你也走啦……？

奥莉嘉 走啦……

阿奈托 你的东西呢……？

奥莉嘉 有人会过来拿的……

阿奈托 你干吗不叫我过去帮你啊……？

奥莉嘉 不用……

阿奈托　我要是有个女儿像你该多好……我还能要什么呢……（在奥莉嘉面前屈身跪下，抱着她的双腿）我是个老太婆了……这世上我没有别的人……我不要……我不要这样……（亲吻她的双手）现在既然已经发生了……你就接受那另一个吧……不要自己一个人……你看看我……我孤苦伶仃的……他很爱你，我知道的……每天晚上……整晚整晚的……哪怕是那件祸事发生之前……他走来走去，点上烟……不睡觉，不停地抽烟……不干别的……失眠、抽烟……（看到奥莉嘉并不回答，便亲吻她的面颊）你知道该怎么做……祝你一切都好……（走向舞台深处）

［斯特拉托斯从门里走出一两步，奥莉嘉虽然没有朝他看，但是感觉到了。两人说话间几乎没有相互正视对方的眼睛。

奥莉嘉　再见……

斯特拉托斯　要走了……？

奥莉嘉　……走了……

斯特拉托斯　那么，再见……

奥莉嘉　再见……

斯特拉托斯　你想要……

奥莉嘉　别……

斯特拉托斯　我知道……我也是这么觉得的……

奥莉嘉　永远别！

斯特拉托斯　永远不！我知道……

奥莉嘉　会更糟糕的……

斯特拉托斯　已经都……

奥莉嘉　……再见……

斯特拉托斯　奥莉嘉……我曾经非常爱你……！

奥莉嘉　我也是！

斯特拉托斯　我现在也同样非常爱你……也许比任何时候都更多……

奥莉嘉　我也是！

斯特拉托斯 我想让你知道……

奥莉嘉 我也想让你知道……（这时转过身看着他，然后抬腿走出去）

年轻人 （急匆匆地走进来，径直来到斯特拉托斯身旁）告诉我，门窗框卖吗？

斯特拉托斯 ……什么……？

年轻人 门窗框卖不卖……？

斯特拉托斯 （回到自己的屋子里去）

年轻人 说句话呀，兄弟，又不要你出钱……（走向尤尔达尼斯）对不起……我问那个人，他看着我好像……奇了怪了，这些个人……大家都懒得说句话……您说说，请您告诉我，门窗框卖不卖？我看着吧，是有点儿破，可是我师傅叫我来问问是不是要卖……

尤尔达尼斯 ……

年轻人 是卖……

尤尔达尼斯

年轻人 是不卖……？您干吗不说话啊……？我说什么了让你们……

［尤尔达尼斯看见外边的什么，半躺下，双手紧紧抓住屋顶的边缘。

［年轻人一头雾水地走出去。

［两位工程师和一个警察走进来，靠近屋顶。

工程师甲 得啦，老乡，你下不下来啊？赶紧让我们干活吧……我们要用板子把门封上，还得把工具运过来……明天这里就要开工啦……

工程师乙 你在干吗啊，你想留在这儿拆房子啊……？值十几份儿工钱呢……

工程师甲 他要是愿意，就留下来吧，铺地基……你说呢，大叔，你是个铲土的好把式吗……？

警察 他铲什么土啊……？人家有自己的工作，在砖厂干活儿……对吧，尤尔达尼斯先生……？得了，快下来吧，大家一起去喝一杯……那个寡妇刚打开了一桶新酿的葡萄酒……怎么说呢……

工程师甲 我请客，来吧，这位……叫什么来着？

警察　尤尔达尼斯先生！

工程师甲　尤尔达尼斯先生，当然啦……我请喝酒，再点些你喜欢的小菜儿……来不……？

工程师乙　（向警察）跟他说话没用……把他拽下来，听我的没错……哎呀，兄弟啊！

警察　别这样！尤尔达尼斯先生是朋友，是街坊……我们说了让他下来，他会下来的……对不……？告诉我，你的步枪哪里去了……？（笑）你这臭爱好……

工程师甲　他还会射击哪？

警察　他讨厌猫……不论在哪儿看见猫，嘭……周边儿的街坊邻居总是到派出所来告状……我呢——尤尔达尼斯先生，你听着啊——我总是睁一只眼，闭一只眼……所以行啦，下来吧……

工程师甲　就是说你……你、你叫什么来着……你明白了吗？

［阿丝塔、阿奈托、乌拉一个一个走上场，然后是扬尼斯和巴比斯，手里都拿着很多东西。

阿丝塔　下来吧，尤尔达尼斯，当家的……你又何苦这样呢……

阿奈托　他们把警察都叫来了，你没有看见吗？

乌拉　别硬撑着了，尤尔达尼斯先生，你的青筋都爆起来了，你别出什么事儿啊……

阿丝塔　尤尔达尼斯，我亲爱的，你会在那儿找到另一个角落的。那儿有，我亲眼看见的……我会给你铺上毯子，我来给你收拾……

扬尼斯　可怜可怜我们吧……我们这么求你，你把我们当什么了啊……？

巴比斯　尤尔达尼斯先生，包在我身上……我以我妈的名义向你保证……我会用我这双手亲自为你弄，你想要怎样的都行……怎样都行……

尤尔达尼斯　我不要……

巴比斯　我爱你……我自己的老爸已经不在了。他要是还在世，如果他说想要一个安身的角落，我能不去给他弄吗……？可他不在了，所以我为你弄……这不是一样吗……？

尤尔达尼斯 他们还会把我们从那里也赶走的，巴比斯……他们会赶走我们的……

警察 （爬上屋顶）你别太固执了……这么多人在这儿劝你[①]……

尤尔达尼斯 他们会再次把我们赶走的，巴比斯……会把我们赶走的……（更紧地抓住屋顶的边缘）

警察 （轻轻地抓住尤尔达尼斯，拉他）我们跟你说葡萄酒，我们跟你说下酒菜……这么多人劝你，好意思吗……姑娘们也看着呢……（用力地拉他）行啦，别惹我真的生了气！

[阿丝塔亲吻尤尔达尼斯紧握着边沿儿的手，乌拉抚摸着他的另一只手，试图使他放松。

扬尼斯 你们放开他，他是我的父亲……你们从那里下来……我不允许你们这样……巴比斯……

警察 我并不想害他……（用尽全力地拽了一把尤尔达尼斯，松开他）下去吧……

[尤尔达尼斯再不反抗了。有那么一刻，他双手伸向空中乱抓，好像要去掐死谁。最后，精疲力竭地走下屋顶，警察随后也走下来。

警察 这就对了……我不是跟你们说过嘛……尤尔达尼斯先生是个好人。

[尤尔达尼斯走过去，双手紧握住手推车的把。

巴比斯 推车由我来吧……

尤尔达尼斯 我来……我来……，巴比斯，我来……

巴比斯 咱们走吧！

[所有人拿起包袱、行李等。

巴比斯 加油啊，尤尔达尼斯先生，我的头儿……加油啊……你等着瞧吧，看我将给你弄个什么……

乌拉 怎么回事儿啊……我突然想唱歌啦……

阿奈托 我的天啊……难道咱们是去旅行吗……？

---

① 原文为“这么多人在这儿许愿兔子戴上圣颈长巾”，“许愿兔子戴上圣颈长巾”是希腊俗语，意为“许下不可能实现的诺言”。

扬尼斯 我和巴比斯计划好了……对不对，巴比斯……？

巴比斯 他们会把一切都搞定的……加油啊，头儿，走向机器时代……一切都会好的，你会看到的……人家都快登上月球了……

［尤尔达尼斯推动车子。

阿丝塔 我的圣母啊……我们走了……

阿奈托 我们走了……

［所有人突然都定格不动了。

巴比斯 只可惜那个最可爱的人却不在这里……他要是在的话，这儿一定像节日一样欢乐……唉，斯泰里奥斯啊……乌拉，你发什么呆呢？

乌拉 来啦……

阿丝塔 约阿希姆在哪儿啊……？（喊）约阿希姆……约阿希姆……（一边喊着一边走出院子）

巴比斯 （向扬尼斯）你背的这个不重吗？

扬尼斯 不，挺轻的！

巴比斯 我的感觉也挺轻的……（向妇女们）来，你们先请……（喊）加油，头儿……走向机器时代……一切都会搞定的……你会看到的……人家都快登上月球了……

［大家走出去。他们的说话声、以及阿丝塔呼喊“约阿希姆”的声音仍然隐隐从外边传来。

警察 好了……（与工程师们握手）

工程师甲 非常感谢……

警察 这是我的工作……（走出去）

［斯特拉托斯从他的屋子里出来，手里提着一只箱子。他看了一眼院子，又看了一眼舞台深处，走向门外。

工程师甲 真搞不懂这些在这大院儿里住的人。

工程师乙 咳，没什么，哪儿的人都一样。

工程师甲 （看看手表）那老头儿是怎么了，不愿意从屋顶下来……

工程师乙 谁知道啊……？

工程师甲 两点一刻了……我得走了……

工程师乙 好的……

工程师甲 就像我们说好的啊……祝你好胃口……

工程师乙 好胃口……

[工程师甲走出去。

[工程师乙漫无目的地在院子里踱步，他在屋顶旁站住，仔细地看着，靠在楼梯旁，嘴里念叨着什么，像是学校里的歌谣。

[全剧终。

给俄瑞斯特斯的信

（“晚餐”三部曲之一）

出场人物

克吕泰墨斯特拉（Clytemnestra 或 Klytaimnestra）

［众所周知，所有的演出都具有“假定性”。

［我认为，在本部独白剧中“假定性”尤其应当被强调，而且是绝对必要的先决条件。

［因此，我建议场景应该设置为排练中的舞台，有一些简单的、待用的道具作为表演的支点即可。唯一需要明确的是舞台深处有一扇门。

［扮演克吕泰墨斯特拉[①]的演员上场。她拿着咖啡、香烟，来到一个大木箱前，木箱作为桌子代用。桌子上放着一个烛台、一只烟缸、几支铅笔和许多写满字的纸。纸是白色的，有一些被揉得略显褶皱，有的没有。她拿起几张纸，像是随意地将它们散落在桌子上、地板上。之后，点燃蜡烛，坐在小凳子上，把香烟掐灭。她拿起一张揉皱的信纸，开始慢慢地朗读。她的朗读很清晰，像是在确认自己写下的这些内容。

克吕泰墨斯特拉：

俄瑞斯特斯[②]，我亲爱的儿子：

---

① 克吕泰墨斯特拉：迈锡尼国王阿伽门农的妻子，斯巴达王后海伦的姐姐

② 俄瑞斯特斯（Orestis）：阿伽门农与克吕泰墨斯特拉唯一的儿子。

我知道自己的时日不多了，但依然看不到你的归来。这让我浑身战栗。

我守在窗口向街头眺望，并不仅仅是因为我急切地期待能见到你，哪怕是最后一面。我心中的恐惧更使我担忧，我担忧你归来之时，一切已晚。那么，有关发生了什么事，那些事是如何发生的，你将听到的，都只会是从别人口中得知的，而不是从我这里。但有谁能比我自己更清楚我自己呢？而我，我却做出了不可思议的事情，我是被迫杀的人……

［她停止了朗读，拿起一支铅笔，写字。

对于那些人来说，他们很容易就……

［停下笔，继续边说边沉浸在自己的感受中。

很容易就会让你只相信他们所告诉你的。要是我不能再说话了，他们就更容易得逞了。我的处境是多么的难啊，俄瑞斯特斯。我是你们的母亲，你不该，一刻也不该以为我会强迫你站在我这一边。你们两个都是我的孩子，你是我的俄瑞斯特斯，而你的姐姐，无论她做过什么，她都是我的厄勒克特拉[①]！

你在哪儿，俄瑞斯特斯，你为什么姗姗来迟……？如果你能快些到的话，你就还来得及阻止她，她会听你的……你得带她离开那些整日围在她身边的恶人，他们是在利用她对她父亲执拗而狂躁的热爱。你可知道，你父亲出发去特洛伊的那天曾对她说过些什么？他穿着那高贵的战袍，跨在战马之上，在院子里当着所有的人对她说："真是可惜啊，你若是男子，我便可以将迈锡尼[②]留给你去替我管理"……自从那一刻起，她就把所有的心思都拿来证明她有这个能力这样做……！她连见都没见过埃癸斯托斯[③]，就已经对他恨之入骨……她安排人把你掠到福喀斯[④]，说埃癸斯托斯和我有意要把你也除掉……她四处奔走，叫喊着要复仇，骂我堕落、变态、霸权、血腥……

我并不在乎自己的性命，俄瑞斯特斯。我求你快来不是为了让你阻止厄勒克特拉杀我，而是替她本人担心。我知道双手沾满鲜血是什么样的滋味，

---

① 厄勒克特拉（Electra）：阿伽门农与克吕泰墨斯特拉的女儿。

② 迈锡尼（Mycenaean）：古希腊城邦，位于伯罗奔尼撒半岛，距阿耳戈斯（Agros）约 9 公里。

③ 埃癸斯托斯（Aegisthus）：阿伽门农的堂弟，在阿伽门农出征特洛伊之后，与克吕泰墨斯特拉相好。

④ 福喀斯（Phokida）：即 Phokis，古代希腊地区，位于希腊大陆南端，伯罗奔尼撒半岛北边。根据希腊神话，俄瑞斯特斯自幼被厄勒克特拉送到福喀斯地区的克里萨（Krissa），长大后才回到迈锡尼。

这是我的宿命。但如果她的双手沾染上自己母亲的鲜血，她的灵魂将就此永远被毁掉。

[好像听到什么声音，略显不安，把蜡烛吹灭，跑到门口，侧耳倾听。并没有听到什么，但出于紧张，有些喘息。重新点燃蜡烛，继续写信。

所以每当我听到有人在走廊里耳语，我便会浑身震颤，但这并不是因为我在惧怕什么。我求了她三次，让她来跟我谈谈。她没有来。我给她写信，她打开都不打开就把它退还给我。现在我只能祈祷，让别的人来杀我吧，只要不是她。给你的信我今天晚上就会写完，你的乳母三点钟会过来。我会把信从窗口偷偷给她，或者，我把信藏在地板上的木板下，让她来拿……

我内心仍充满了爱，俄瑞斯特斯，所以我自然不会不在乎自己的性命。我爱你们，我爱埃癸斯托斯，我希望我能继续活着去爱你们。但他们不允许我这样。他们何曾允许过？事实上，自从我来到迈锡尼的第一天起，我就已经告别了自己的生命。从来没有人了解过这些，因为我不希望任何人明白，这是我命中注定的秘密。现在我非常清楚，我的末日就要到了。其实这早已有预兆，自打你父亲从特洛伊回来的那一刻起我就明白了。他和他走前一模一样。就是这个人，连我做母亲的权利也剥夺了……！

你在哪里啊，俄瑞斯特斯？我为什么要给你写信，而不能直接对你诉说？！我至今已经派了七个人前去寻你，可你到底去了哪里？

[试图将桌子上凌乱的纸张整理好。

但是我必须得写，而且还得更快一些。这看起来并不容易……看，我这样说啊说的，可我还什么都没来得及说。我的思绪有些凌乱，我本应该告诉你都发生了什么。我现在就这么做，我向你保证。但是我求求你，我的儿子，在你读到它们之前，你先要动脑子想想——不是求你理解，而是让你更准确地判断——这些证据都来自一个超越了自欺欺人、自恋、虚荣的人。尤其是今晚，我越发感到虚幻，我思考着曾经发生过的一切，真像是一场虚假的幻象，那么多的事情，最终归于虚无，人的生命也是如此……

[又拿起笔，边写边一字一字地读着。

你的父亲，俄瑞斯特斯，并不是我选择了他做我的丈夫。

［再次放下笔。

我们女人，能选择的只是自己的婚纱，而不是自己的生活。我就这样地被交给了阿伽门农[①]。那么既然这个人将成为我的丈夫，我便绞尽我那可怜的脑汁，使我们能够彼此相爱，让我们的家可以更美好些，更快乐些，希望自己能仰慕于他。可你的父亲并不是一个容易接近的人，他终日只知道沉浸在无限的狂妄自大之中。无论我怎样讨好他，都从未得到过一句他的美言，好像我这都是在还他的债。当他看到有什么事情没有如他所愿，哪怕他想要的是不可能得到的东西，他便大发雷霆，大打出手，怀疑别人是在侮辱他。就因为我们第一个孩子是个女孩儿，而不是他想要的男孩儿，他便离开了迈锡尼，不想再看到她，几个月后才回来。那天我们碰巧在花园遇见，完全是碰巧，我怀里正抱着孩子，他走过来，像看个怪物似的看着她，说："你们真是使我失望，你和这孩子都是……"

厄勒克特拉的生活就在这样的预言下开始了。当她慢慢长大，渐渐懂事儿了，从父亲嘴里能听到的唯一一句温柔的话就是"她要是个男孩儿我该多爱他呀"。厄勒克特拉总是缠在父亲的膝边，乞求地看着他，渴望他能抱起她，让她搂着他。而他呢，什么都没有……当我的小姑娘向父亲乞求一点点的怜爱时，她的父亲却好像以拒绝孩子为乐，眼睁睁看着孩子躲在门后哭泣。就这样，慢慢地，在她儿时的思维里，产生了一种想法，我是那个把她生成女孩儿的人，一切都是我的错。之后她便总是审视地看着我，好像是想弄清楚我到底是谁，是什么人。我伸手想抱她，抚摸她，而她却害怕地往后退缩，好像我要去打她。我越是表现出爱她，就越是失去她，而那个一直讨厌她的父亲却是赢得了她。到最后，两个人都发了狂，父亲越是反感，女儿就越是表现出崇拜。而我，却感到如此的孤独，像一个不相干的外人……

你的父亲，因为想要个男孩儿，又回到了迈锡尼。这次我没有责备他。怀孕的整整九个月里，我都在祈祷能是个男孩儿。可当我又一次生下了女儿，我真是诅咒那一时刻，诅咒他在我身体里种下的那粒种子。我是一个母亲，

---

① 阿伽门农（Agamemnon）：迈锡尼国王，斯巴达国王的哥哥，攻打特洛伊希腊大军的主帅。

我本不该下这样重的诅咒。我特别地后悔，我哭啊哭啊，直到今天仍未停止哭泣。我感到自己有罪，俄瑞斯特斯，我怕是我的诅咒为伊菲革涅亚[1]带去了她的不幸，谁知道呢……但是，无论如何我不是那个残忍地将她送去献祭的人，如此冷酷……

家中的生活变得更加的糟糕，你的父亲几乎断绝了一切和我们的来往。如果不是他的声音偶尔从屋外传来，我根本无法相信他的存在。当然，他也一定是在想如何可以摆脱我，再娶个别的女子——真但愿他能这么做。很遗憾，他没有敢这么做，因为他知道，那样会撕破与我家族的关系，从而削弱他在联邦中的地位。俄瑞斯特斯啊，女人结婚是为了爱与被爱，而男人们呢，他们结婚只是为了权力……

我就是这样，在极度的孤独中抚育着伊菲革涅亚，好像天神把她置身于荒蛮的野外，就连厄勒克特拉也学着她父亲的样子，对妹妹[2]不理不睬。有一天她看见孩子在院子里无人看管，竟往她的嘴里塞泥巴。如果不是乳母及时赶过来，孩子早被噎死了……

我亲爱的俄瑞斯特斯，我这样跟你描述厄勒克特拉，你千万不要产生错误的印象。我不是说她自孩童时候起就是这般的可怕，没有谁出生时就是个怪物，就做出可怕的事情。这才是我们的悲剧啊。而我想让你知道的是，因为你的父亲，我不仅失去了伊菲革涅亚，也失去了厄勒克特拉。是你的父亲，使她羞于做一个女孩儿，使她憎恨自己，也憎恨我。你可知道，对于伊菲革涅亚的献祭，她居然不曾掉过一滴的眼泪……？当然啦，她这样做都是为了避免显出与父亲作对……而她若是个男子，也不会把置我于死地视为自己唯一的生活目标，她是为了自己的女儿身才想着要去复仇，而并非为了她的父亲……

［似乎又自大门处听到了什么声音，走到门口，听了听，好像意识到什么，压低声音问道。

俄瑞斯特斯……俄瑞斯特斯……？

［发现门外并没有人。转过身来，一边说话，一边慢慢向前走来，好像

---

① 伊菲革涅亚（Ipphigeneneia）：阿伽门农与克吕泰墨斯特拉的女儿。

② 希腊神话中，普遍认为伊菲革涅亚是大女儿，厄勒克特拉是二女儿。这里是本剧作者自己的解释。

前边有一扇虚拟的窗户。

哦，我的天啊，但愿你能打开那扇门，但愿你能出现，能来得及去阻止她即将犯下的错误，告诉她，若是你，你绝不会那样去做……绝不会。……外面的景色多美啊，皓月当空……我与埃癸斯托斯在这样的夜晚经常出去散步，偷偷摘一些葡萄……这是去年的事了吗……？

[快步走向桌子，再次读信。

最后，让我说说你吧，俄瑞斯特斯。唉，我的儿子啊，我本不该对你说这些，我以前从没这样做过，但现在我必须，必须对你说出全部的真相，没有一丝隐瞒，也绝不歪曲事实……那天，你父亲又像往常一样喝醉了，但这次……他根本不知道自己身在何处，与谁在一起。我在睡梦中，感觉到他向我扑过来，嘴中叨念着一个叫哈利杜拉的女人的名字，还有各种恶心的词汇。他的呼吸中带着令人无法忍受的气味，酒气和食物的味道，令我作呕。我一把推开他，想要脱身，想要走开。但他动作比我快，他把我抓住，开始用闻所未闻的恶毒语言咒骂我，打我。他把我扔到床上，像野牛一般扑到我的身上。我用手指紧紧地掐住他的脖子，如果我有力气的话，一定会把他掐死。他怒不可遏，对我大打出手，把我打昏过去。当我醒来时，他已离开。他强暴了我，或者说他并没有强暴我，因为他想要的，根本不是我，而是那个叫什么哈利杜拉的女人，他只不过把我当成她罢了。这便是他最后一次和我在一起，而那难闻的酒气和汗臭，也成了我们婚姻的最后记忆。第二天我去找他，把这一切告诉了他。如若不然，一旦我怀上孩子，他必定会以为我与别人发生了关系。而他呢，只是说了声他知道了。

就是在这样非正常的情况下，你来到了世上，我的孩子，我唯一的欢乐。生活难道不是很荒谬吗？你看，哪怕是此时此刻，我虽把你称作自己“唯一的欢乐”，却做出了其他母亲绝不可能对孩子做出的事。或许我对你说出了那么多可恶的、恐怖的话，不可救药地毒害了你年幼的心灵；或许我赌上了一切，也将失去所有，我使你憎恨你的父亲，也憎恨我。但是我别无选择，我没有其他办法来拯救自己，也只有这样，我才不至于失去你。如果我不对你说出实情，俄瑞斯特斯，如果不让你知道孩子是怎么来的，让你知道他做出了什么，我又付出了什么，我就真的会失去你了。对于我来说，你是我的血脉、我的乳汁、我的痛苦、我的欢乐，多少的不眠之夜，枕边的摇篮曲，天堂般的抚摸……

不用再说这些了，哪一个母亲没有这样的体会，这样的感受——这是母亲的天性，神赐的天性——然而他却带着他那雄性的自负，要夺走我的一切。不仅是他！你知道，当埃癸斯托斯回到迈锡尼时，你父亲手下的人都说些什么……？“快救救他的儿子，把俄瑞斯特斯从她手里夺过来，那恶毒的巫婆会杀死他的。”

“他的儿子”，他们在厄勒克特拉的指挥下，把你弄走，为了不让我杀死你，我，杀你……当然，我也有责任，俄瑞斯特斯，我也犯了错。隐瞒真相真是最大的错误，可惜我明白得已经太晚了。你可绝不要犯这样的错误。我们总以为不去追究真相，真相就会放过我们……真是谬论啊！……我要是早知道不该在他人面前假扮幸福的妻子和母亲，顾及所谓的丈夫、领袖、家庭、族人，我要是早有勇气离开，我们的家族也不会变得如今这般相互仇杀。我不曾知道隐瞒真相会付出这么惨重的代价，竟一步步让它走向后来的深渊。所以我现在告诉你一切，我的儿子，尽管有些话是如此赤裸裸的直白！你要原谅我……因为如果我还是默不作声，那岂不是把沉默留给你，却任由它滋生罪恶……

你是在夜里出生的……！那夜雨下得很大，人们都说这孩子是幸运的征兆……他得了儿子，高兴极了——但怎比得了我的欢快——他的态度改变了些许，对我也更像个人了。当他想见你时，他就唤我亲自把你带到他的房间去。当他来看咱们的时候，他会弯下身，对着你的摇篮说：“她还不错，嗯？她总算做到了。”对我来说，虽然这些话有些讽刺和模棱两可，但也足使我感到欣慰。你看我竟变得如此隐忍。我在乎的只是他终于成了一位好父亲，尽管只是对我们三个孩子中的一个而已。

你的姐姐们已经开始上学了。厄勒克特拉让她的老师们个个刮目相看，她一天就能学会别的孩子十天才能学会的东西。当宫殿修建新的大门时，她总是跑去观看，她向工匠们要来凿子和锤子，自己也想去凿石头。他们拗不过，就给了她。还有一次，她用一排芦苇棍做了一只日晷，那时她还不到十岁。是啊……伊菲革涅亚比她小三岁，我这个可爱的宝贝只对音乐感兴趣。而她们两个，俄瑞斯特斯，对你都是疼爱有加，特别喜欢。以至于当厄勒克特拉抱着你的时候，好像有一种超乎于单纯的喜爱的感觉。你可以想象那是什么吗？等你长到会走路了，她就把你领走，她找到你们的父亲在哪里，走过去让他看到你们，好像是在对他说："看啊，你现在有儿子了，别再为我是个女孩儿而生气了。"可我却怀疑，你的父亲根本就没明白过这些……无论如何，我们确实度过了相对平和的几年时光，也许是最好的时光了，因此才显得如此的短暂。

你五岁的时候——还记得吗？——你父亲决定亲自来教育你，他说他要亲自培养自己的儿子。而你比我更清楚，他其实并没有花多少时间在你身上，只不过是向你的保傅们发号施令罢了。但是你啊，我的儿子，你经常偷偷跑出来，跑到我这儿来，借口说你肚子疼，以此来逃课。或者你拿着刚掉的乳牙来找我，我们把它丢给老鼠去吃，好让新的牙齿再长出来[①]……当然，我身边还有伊菲革涅亚。俄瑞斯特斯，我爱你们每一个人，我对你们的爱同等的多，但事实上只有伊菲革涅亚让我感到真正的快乐，让我觉得自己有个孩子。只有伊菲革涅亚给了我这种感觉！你想想啊……她是那么的可爱，那么的漂亮，可她真是个骗子啊，天啊！……她竟用虚假的幻象让我相信，一切都是如此的美好……

而后战争来了。他们一找到由头，就立刻投入了战争。这战争是多么的无意义、多么的不公平，不用我再在这里自说自话，因为所有当初参战者悲惨的下场，就足以说明这一切……我甚至还曾希望，他回来后能变一个人，我幻想着特洛伊能给那些幸存者一个教训。大错特错。阿伽门农洋洋得意地回来了，他去了特洛伊，他看到了，他离开了[②]，而在那里的那十年并没有让他清醒。

起初我还在迟疑，"或许他是在演戏？或许他需要有人帮他走出错误和错

---

① 希腊民俗故事，说小孩儿的乳牙掉了，要丢给老鼠，老鼠会给孩子带来新的牙齿。
② 这几句使人想起恺撒大帝在小亚细亚吉拉城大获全胜时说的话："我来了，我看到了，我征服了。"

觉的洞穴”……但当我鼓起勇气婉转地问他，那么多的牺牲是否值得时，他立刻暴跳如雷，野兽似的冲我怒吼，禁止我再提起这个话题，说“对于这些事，女人没有资格发表意见”。你明白吗，俄瑞斯特斯？他竟禁止我对一场令我失去了我的伊菲革涅亚的战争有想法。可你越是被禁止，就越是有思考的必要……过去，我对任何事都没有自己的想法，恰恰是他使我对所有的事都有了思考。听着，对他们那场“光荣”的战争，我还有很多要说的。他们是如此地疯狂，以至于阿尔戈斯[①]穷苦的民众们——那些世界上最卑贱、最饥饿的人，竟争先恐后地武装起来，跑到街上没日没夜地高呼口号“打到特洛伊去，打到特洛伊去”。好像阿尔戈斯人从他们身上剥削走的，却要向特洛伊人去讨还似的。

在我看来，最悲惨的要数那些斯巴达的母亲们，他们送孩子参战，祝愿他们“要么站着高举盾牌，要么躺着在盾牌上死去”[②]……他们的孩子为什么宁愿去送死，也不愿失败？他们的敌人到底是谁？敌人到底在哪里？

我当时要是明白了这些，一定会站出来对她们说：“妇女们啊，到斯巴达去寻找你们的敌人吧，我就是在迈锡尼找到了我的敌人。”……她们现在又能说些什么呢……？你不要以为我这么说，是想让你觉得我的胸怀有多么博大，可以去关心他人……不，俄瑞斯特斯……我这么说，只是为了再次证明，我把自己孩子们的生命看得高于一切。我自己的子宫，我自己的脐带，与别人在特洛伊的利益有何相干？这就是我为什么至死也不能容忍对伊菲革涅亚的献祭，不能原谅你父亲的原因，无论他是死是活。

[突然站了起来，惊恐地用手捂住嘴，好像被自己的话吓到了似的。茫然地走了两三步，在四散的纸张中跪下，失神地捡起一张，说道：

俄瑞斯特斯，你还记得吗？……要是孩子出去玩儿得太晚了，做妈妈的会惊慌失措的。孩子扁桃体肿了，孩子发烧了……就是因为这些可笑的原因，妈妈都会惊慌失措、六神无主。所以你能明白，当他们把母亲的孩子夺

---

① 阿尔戈斯（Argos）：古希腊城邦，位于伯罗奔尼撒半岛东北部。“阿耳戈斯”也指阿耳戈利亚平原，包括了阿耳戈斯、迈锡尼等地。

② 原文为“要么拿着，要么躺着”，斯巴达母亲们送孩子上战场，把盾牌递给他们时说的话。

走……够了……无论怎样，我都无法释怀失去伊菲革涅亚的痛苦……但我还想说说别的……

［又回到桌前，在纸张中寻找着某一页。找到后，读道：

对，就是这个。因为我为自己的遭遇而痛苦，所以我也可以理解他人的痛苦。但还有另外一个原因，俄瑞斯特斯，因为我认识了埃癸斯托斯……是他，是他教会了我如何理解他人。

让我谈谈我对埃癸斯托斯的愧疚吧……在阿尔戈斯，会有很多人来证明，不是我把他带回迈锡尼的。是人民需要他，俄瑞斯特斯，是人民让他回来的。但是，为了向你表明我不是在找借口，我这就告诉你，我比所有的人都期盼着他的到来。自从你的父亲把他流放在外，他就远远地隐居在帕尔诺纳斯山[①]里。见过他的人，都说他是个既智慧又甘于寂寞的人。当人们问到他战争会带来什么后果，他回答说："特洛伊将是阿尔戈斯的终结。"

是时候该有人清醒地站出来了，这无休无止的战争早已吸干了我们的国家。当人民开始质疑战争和阿伽门农时，阿尔戈斯人还能将目光转向何人呢？我派了一些早年认识他的人去找他，希望他能回来。他放弃了在山里安稳的生活，来到了迈锡尼。他独自一人，未佩戴刀剑，与他为伴的只有他的思想、他的勇气，以及他高贵的心灵。他到后所做的第一个决定，就是停止了发往特洛伊的供给。而他在公民大会上做的第一份声明中说，一旦阿尔戈斯的生活走上正轨，一旦你，俄瑞斯特斯，长到了十八岁，他便会再回到帕尔诺纳斯山里去。

［双手自桌上收拾起一摞纸，站起身来……走向台前，有些纸从她的手中滑落到地上。

儿子啊，道出全部的隐私对于一个女人来说，不是件容易的事情，尤其是一个妈妈面对自己的孩子。但是你必须知道这些，必须由我来告诉你这些。因为尽管爱情对于女人来说是最神圣的，但它也是最容易使她受到侮辱的。埃癸斯托斯来到迈锡尼的那一年，我三十六岁，已是诗人口中所说的西沉的

---

① 帕尔诺纳斯山（Parnonas）：伯罗奔尼撒半岛东南部的山脉，在拉科尼亚（Lakonia）和阿卡迪亚（Arkadia）境内。

夕阳了。如果那时候有人问我，“生活到底是什么……”，我会这样回答他：“生活就是一种惩罚，我们都得经受，还必须得保守秘密。从一开始，父母就不会对孩子道出真相，孩子也不会对他们的孩子讲。就这样，这惩罚假借生活之名，周而复始，永不停息。”这就是我所知道的。是埃癸斯托斯让我改变了想法。他使我明白，生活既不可能每天充满快乐，也不会永远苦恼悲伤，不是命运永远虐待我们……反倒是我们人类，常常把自己的命运弄得很糟……

厄勒克特拉最先跳出来，想尽办法，使我们走到了今天这个地步！……厄勒克特拉，她父亲永远的牺牲品。

就这样，他们那边准备好了一切，只等阿伽门农回来。我们也准备好了。有很多人建议埃癸斯托斯在你父亲回来之前就离开，他说：“如果我像盗贼一样离开，人们就将真的把我当作盗贼。”他意志坚定，他的灵魂如此正直。俄瑞斯特斯，我只得听从了他的决定，尽管我已经知道他错了。我清楚地意识到结局将是什么，谁先下手，谁才可以保存性命。当初，决定[①]是我做的，不是埃癸斯托斯。我是迫不得已才做出的这个决定，为了拯救我的导师、我的爱人、我的男人，我愿意付出生命的代价。是我让他回到了迈锡尼，我要为他的生命负责。我并没有告诉他我的决定，我只靠着几个我信得过的人便做了所有的事。埃癸斯托斯是一切都结束后才知晓的，但这结束只是对阿伽门农才适用，对于我们，一切都还尚未了结。在迈锡尼，他们的人[②]总是更强大的……

[茫然地走到台前，手中的纸一张张落到地上。

埃癸斯托斯现在该是在自己的房间里，走廊尽头可以看见大海的那一间。可能他还尚未入睡，他总是看书看到很晚，经常忘了吃饭。在我给你写信之前，我给他送去了热酒、奶酪、核桃和面包干，他很喜欢这些。我从他那里拿了信纸……纸不多了……你说会不会不够用啊？我不该给你写他都爱吃些什么东西，但现在就这样吧。要是我擦去这些，就会弄脏信纸，你也会疑惑，我到底都擦去了些什么。除此之外，还能有什么别的原因吗？……是的，我

---

① 指杀死阿伽门农的决定。
② 指站在阿伽门农一边的人。

的儿子，我爱埃癸斯托斯，你若是认识他，你会明白的……这就是我为什么说，是他给了我新生，给了我光明。如果他们允许，他也会给整个阿尔戈斯带来新生，交给你一个全新的迈锡尼，一个洁净的、和平的迈锡尼……但是事情没有这样发生，也再不可能这样发生了。我们已经许愿不再流血，我们不愿背弃誓言。现在他们把我们包围了，我们只得放弃回到山里过平静生活的梦想。能做的，只有等待……

［再次回到桌前，写信。与此同时，房门无声地打开了，厄勒克特拉出现了，她侧身让俄瑞斯特斯进去。克吕泰墨斯特拉毫无意识地继续书写。

我就要结束了，俄瑞斯特斯，我要对你说的都已经写下了。只是……天神保佑，别让你重蹈你祖父和你父亲的覆辙！解脱出来吧，俄瑞斯特斯。还有，我的儿子，去救救我们的厄勒克特拉，不怨你姐姐，无论她做了什么，都请你原谅她。给她念念我的信，告诉她我从没有，从没有……

［俄瑞斯特斯走近她，双手握着刀，准备砍向她。

［灯光在刀举起的一瞬熄灭。

［剧终。

晚　餐

（“晚餐”三部曲之二）

出场人物

阿伽门农（Agamemnon）

克吕泰墨斯特拉（Clytemnestra 或 Klytaimnestra）

埃癸斯托斯（Aegisthus）

卡珊德拉（Cassandra）

＊以上人物为死亡时的年龄，但看上去并不像死者。

俄瑞斯特斯（Orestes）

厄勒克特拉（Electra）

伊菲革涅亚（Iphigeneia）

＊以上三人为青年时代，但看上去要比他们的实际年龄显得更加衰老，甚至比亡魂们更加颓败。

佛罗斯（Folos）

＊一位中年农民，欧里庇得斯笔下厄勒克特拉名义上的丈夫。

［这部作品在设定上，不需要真实历史年代的布景和服装，而是发生在剧院的排练中。因此餐桌要布置得像是在舞台上，铺着白色的桌布，在显著的地方放着葡萄酒和面包等物品。

［故事大约发生在克吕泰墨斯特拉和埃癸斯托斯死后几年（而就在他们死前，阿伽门农和卡珊德拉也刚刚死去）。俄瑞斯特斯此时已经得到雅

典的审判，并从陶洛人那里找回了伊菲革涅亚，两人一同回到阿尔戈斯，见到了厄勒克特拉。

［故事发生的地点在（阿尔戈斯境内）佛罗斯（打理得很好的）农舍的一楼。屋子中央有一张供多人使用的长条桌子，桌布已经铺好，上面摆放着餐具（盘子、瓶子、杯子等）。

［外边悠悠传来圣诗班的歌声，听起来像是拜占庭教堂的音乐。

［伊菲革涅亚上，仔细地打量着屋子和桌子。几乎是与此同时，克吕泰墨斯特拉、卡珊德拉、埃癸斯托斯、阿伽门农自舞台深处出现。前三位看着伊菲革涅亚，而阿伽门农看上去似乎在回避着什么。克吕泰墨斯特拉向女儿走了两三步……

克吕泰墨斯特拉　……伊菲革涅亚……！伊菲革涅亚……！你别动，把头转过来，让我看看你……！

［当然，伊菲革涅亚没有任何察觉。

克吕泰墨斯特拉　……一开始我真是难以认出你来……！如果不是看到你与厄勒克特拉和俄瑞斯特斯在一起，我甚至会问你是谁……！这是多么可怕呀，我竟认不出自己的女儿，还得问她是谁……！

［伊菲革涅亚非常缓慢地围着桌子踱步，仔细地看着桌上的食物和餐具。

克吕泰墨斯特拉　……连伊菲革涅亚也老了……鬓角都有白头发了……她离开了这么多年，我从不曾想时间在她的身上也会留下痕迹……我的孩子们都是好样的，一个比一个好。而她，却是那最纯洁、最无瑕的……！我曾为你担心啊，伊菲革涅亚……你小时候只知道玩儿，只知道让我给你讲笑话，逗你乐。我总是说："天啊，这孩子这么单纯，今后可怎么面对生活呀？！"但好在我错了……你连那些野蛮人[①]都

① 野蛮人：指陶洛人（Taurioi）。陶里刻（Taurike）半岛位于黑海北岸的斯库提卡（Skythika）半岛，据说是诸神统治之外的荒蛮之地。伊菲革涅亚在祭坛上被狩猎女神救下之后，来到该地，成为狩猎女神的祭司，与陶洛人生活在一起，直至她的弟弟俄瑞斯特斯将她找回。（见欧里庇得斯的悲剧《伊菲革涅亚在陶洛人里》）

对付得了。现在你回来了，而且看上去比所有的人都要好……！不是吗，伊菲革涅亚……？

埃癸斯托斯 ……她听不见你，你别忘了……

克吕泰墨斯特拉 天啊，为什么？我们离得是如此的近……！

埃癸斯托斯 ……我们不已经……

克吕泰墨斯特拉 ……如果我伸出手，我都会触碰到她……！

埃癸斯托斯 ……你就算是抱住她，她也什么都不会知道……

克吕泰墨斯特拉 ……就一下，就让她感到我在这儿，我在看着她……！

卡珊德拉 ……你至少还能看得到他们……

克吕泰墨斯特拉 ……你别嫉妒我，卡珊德拉，这可是更大的折磨……

卡珊德拉 ……想想你要是连这个都没有……

克吕泰墨斯特拉 你恨我，卡珊德拉，但这不公平，我跟你解释过多少次……他把你带到迈锡尼来的第一天起，我就很同情你……每当我听你唱起那悲伤的特洛伊歌曲，我就会想到我失去的孩子——伊菲革涅亚，我的心被撕得粉碎。但是我喜欢你……是你让我感到杀死阿伽门农的决定是正确的……

卡珊德拉 ……难道就因为我让你觉得你是正确的，我就得付出生命作为代价……？

克吕泰墨斯特拉 ……那是一个被诅咒的夜晚，发生了很多不公平的谋杀。而最不公平的，就是对你的杀害……！

卡珊德拉 伊菲革涅亚，我的父亲叫普里阿墨斯，我的母亲叫赫卡柏，我的祖国叫特洛伊和伊利昂……！被掠到他乡是什么滋味，这你知道[①]，所以请你想想我的处境……

埃癸斯托斯 （自言自语）……“想想我的处境……”[②]

阿伽门农 ……他们为什么把餐桌布置在这里，难道在我们自己的家里不是

---

① 伊菲革涅亚被父亲献祭时，狩猎女神自祭坛上救下了她，并把她带到陶洛人中。此后伊菲革涅亚一直生活在那里，远离自己的祖国，直到俄瑞斯特斯将她找回。（见本书第 120 页脚注①）

② 这里暗指埃癸斯托斯也曾因为王位之争，被驱逐出境，被迫流落他乡。

更好吗？

克吕泰墨斯特拉 ……俄瑞斯特斯和厄勒克特拉希望在这里……

阿伽门农 ……他们不该离开那里，这样人们会以为迈锡尼成了荒漠……！现在连伊菲革涅亚也回来了，他们应该再回到家里去……！那里才是俄瑞斯特斯该去的地方，他还在等什么……？

克吕泰墨斯特拉 ……他已经尽力了……！伊菲革涅亚就是俄瑞斯特斯找到并带回来的[①]……！

阿伽门农 ……我知道……但愿我能向他表示我的感激……伊菲革涅亚，这一直以来都是我的心病……原谅我，女儿……！况且，我已经为此受到了严厉的惩罚，比任何人受到的惩罚都要重……！在奥利斯[②]我赌上了一切，也失去了一切……！我当初要是知道你已经预料到这些，该有多好……！那样的话，现在我们又都聚在一起，将会是件多么幸福的事……！带上俄瑞斯特斯和厄勒克特拉，回到迈锡尼去，回到家里去，为什么要让家里的大门紧锁……？今天，你们就不该把亡灵的餐桌支在这里，这毕竟是别人的家……！

埃癸斯托斯 ……你说得对，可我们终究是在一起了……来吧，从这个窗口向外看看……我们墓地的景色是多么的美啊……！

阿伽门农 我知道，伊菲革涅亚，我要跟你说的这些话听起来会很奇怪……！你当初离开了这里，因此保持了纯洁与天真，这真是受到了天神的保佑……！帮帮俄瑞斯特斯，帮他拯救我给他留下的一切……这才是他现在该做的……！请你大度些，原谅他

---

① 俄瑞斯特斯杀死母亲克吕泰墨斯特拉后，被复仇女神追逐，四处逃窜。最终，他在雅典接受了众神的审判，由于雅典娜的保护，被判无罪。之后俄瑞斯特斯受到阿波罗神谕的指引，前往陶里刻去夺回狩猎女神的神像。陶洛人不喜外乡人，凡是外来的人都被他们杀死了。俄瑞斯特斯被俘，并被送往祭坛。即将行刑前，发现祭司竟然是自己的姐姐伊菲革涅亚。姐弟俩终于相认，并一同离开陶里刻，返回家乡。（见欧里庇得斯的《伊菲革涅亚在陶洛人里》）

② 奥利斯（Aulis）：希腊东部的一个海湾。希腊大军出征攻打特洛伊前，曾在这里聚集。阿伽门农就是在这里射杀了狩猎女神的鹿，引起女神的愤怒，致使港口无风，舰队无法起航，也无法返回。阿伽门农也是在这里以祭杀伊菲革涅亚为代价，平息女神的愤怒。

和你姐姐[1]对你们母亲的杀害，就像我原谅了你们的母亲对我的杀害，就像你母亲也原谅了我对你所做出的一切……！

埃癸斯托斯 ……哎呀，你们干吗要这样徒劳地苦恼呢，脑袋里的思想是没有声音的……

克吕泰墨斯特拉 ……不……！既然今天我们又聚在一起，我们可以把很多以前从没说过的话拿出来说说……！

埃癸斯托斯 ……为什么呢……？就让他们享受一下不被你们扰乱的时光吧……！即或他们听不到你们在说些什么，难道你们没有注意到，你们越是强求，就越是使他们记起过去……？我说你们还是快过来看看外边吧……无论我们如何苦恼，外边的世界都依然是美好如初啊……！那些在我们的坟头上劳作的工人们，身上淌着热汗……我们曾经也流过汗的，还记得吗……？这些幸运的人，总是口干舌燥，他们大口大口地喝着凉水，水顺着下巴流下来，打湿了他们的脖子……沁凉了他们的胸毛……而最要紧的，是这水滋润了他们的内心。……把咱们的墓地建在那块山坡上，这可真是个绝妙的好主意……！四座坟墓一座挨着一座，每座里面都放着一些我们的残留的骸骨……干得好，厄勒克特拉……！只是那些挖坑的人可真是糊涂，他们埋葬我们那些尊贵的骸骨的时候，一定是出了错……他们把我的头盖骨放到了阿伽门农的墓穴里，把克吕泰墨斯特拉的手放到了卡珊德拉的坑洞中……可是，我并没有觉得自己换了脑子，甚至都没感到头疼……你们呢……？树木、青草、野兽、蝗虫、幼蛹、蜜蜂、蜘蛛、蜥蜴、蛇、鸟儿、青蛙，正感受着照耀在它们皮肤上的暖暖的阳光。它们转动着生命的轮盘，它们根本不

---

① 希腊神话中普遍认为，伊菲革涅亚是姐姐，厄勒克特拉是妹妹。此处希腊文原文（sister）没有“姐、妹”之分，因此翻译沿用作者在三部曲之一《给俄瑞斯特斯的信》中的人物设置，把厄勒克特拉当作姐姐。（见三部曲第一部《给俄瑞斯特斯的信》）此外，本剧之后也曾提到，厄勒克特拉是阿伽门农的第一个孩子。（见本书第 142 页脚注①）

需要知道我们是谁，我们做过什么、经历过什么……大地就是这样智慧地让万物再次掺和在一起，管你什么好人、坏人、富人、穷人……既然现在无论咱们是否乐意，都拥有了同样的命运，那我得奉劝你们一下……别总想着迈锡尼才是一切，也别以为咱们的死亡就是他们的终结……

[伊菲革涅亚从桌子中央拿起一只杯子，坐在桌子边上，陷入沉思。她听到好像有人来……站起身，匆忙把杯子放回原处，并向门口走了两三步，等待着……佛罗斯走进来，手里拿着一罐红葡萄酒，在之后的交谈中，他将酒倒入桌子上摆着的两只瓶子中。

佛罗斯　……这事儿终于也办成了……!

伊菲革涅亚　……是啊……

佛罗斯　……当然啦，实质上并没有什么区别，但不管怎样，这是个好主意……

伊菲革涅亚　……是的，是个好主意……既然她是这么地想这样做……

佛罗斯　……你无法想象她是多么想这么做……！她一直在等你回来……！

伊菲革涅亚　……我的姐姐总是这样的，她只要想做什么，就一定竭尽全力……!

佛罗斯　……这我可领教了，伊菲革涅亚，我着实是领教了……!

伊菲革涅亚　……我能想象。……是她选择了这个位置……?

佛罗斯　……是的，她不想让坟墓建在路边很显眼的地方……她把四个人紧挨着葬在一起，但不想让人看到……他们害怕……我们找了可信的工匠，让他们发誓不说出去……这就是你姐弟们现在的生活……尤其是厄勒克特拉，她只想着这些，她还能做什么呢……

伊菲革涅亚　……我看到了……

佛罗斯　……可你到这儿才刚刚几天……

伊菲革涅亚　……可是我已经明白了……

佛罗斯　……你看，她除了自责对母亲做过的事，还后悔自己毁了俄瑞斯特斯……

伊菲革涅亚　……这不是我姐姐的错……

佛罗斯　……当然不是她的错，我也这么对她说……但是如果你这么对她说了，情况会更糟，她陷到自己的情绪中，备受折磨……俄瑞斯特斯也是一样……！

伊菲革涅亚　……我的小俄瑞斯特斯……

佛罗斯　……我知道，这本不用我来说，既然我和你们处得这么近——帮帮他们，伊菲革涅亚，尽量帮帮他们吧，不然他们就完了……！

伊菲革涅亚　……不是尽量，是尽我所能，他们是我的同胞，在这个世上，对我来说还有什么比他们更重要的呢……！

佛罗斯　……是啊，我的伊菲革涅亚，幸好你当时离开了，所以你现在能理智地思考……

伊菲革涅亚　……所以我才来了！不然的话，我会继续留在蛮人那里，在那里我找到了生活的目的，我没有丝毫的怨言……

［*佛罗斯奇怪地看着她。*

伊菲革涅亚　……你一点儿也不用奇怪……！那些被我们称为蛮人的人，他们倒乐意保持自己的野蛮，因为他们不想沦为和我们一样……！我是可怜我的弟弟和姐姐，不然我永远不会离开那里……我背叛并欺辱了心地纯洁的人们，他们像孩子一样善良，我却骗他们说自己马上就会回去……！可我又能怎么做呢……？俄瑞斯特斯跑遍了世界才找到我，他不停地说"快呀，伊菲革涅亚，快，我们可怜的母亲在等你"……他这么说着，就好像一切都还正常，可那时，他却早已亲手杀死了她……！

佛罗斯　……你在之前就已经知道了这一切……？

伊菲革涅亚　……不……！所以我才无法理解……！他一会儿说自己杀了她，一会儿又说"来呀，她在等着你"……

克吕泰墨斯特拉　……这是真的，伊菲革涅亚，他是为了我才把你带回来……！为了给我一些安慰……！

阿伽门农　……也是为了我……！他纠正了我在奥利斯犯下的过错……！我

所犯过的最大的错误……！

伊菲革涅亚　……看得出噩梦和良心是如何折磨着他……我也明白了我的命运就是要我回到这里来，不然我们的不幸永远都不会完结……

佛罗斯　……太好了，伊菲革涅亚，加把劲，你们本该有自己的生活，你们还都年轻……！

伊菲革涅亚　……年轻……？你从哪儿看出我们年轻……？不，我们从来就没有年轻过……我们甚至连孩童时期都不曾有过……！但我们自己并不知道……任何在迈锡尼出生的人，打降生那一刻起，就是苍老的、罪恶的[①]……！

埃癸斯托斯　……我的天啊，我也曾说过同样的话……！

阿伽门农　……不，伊菲革涅亚，你不要被他们传染，一切都会过去的，事情总会过去的……

伊菲革涅亚　……那里[②]能有什么好事情啊……？就连我们的母亲写给俄瑞斯特斯的信也是一样……

克吕泰墨斯特拉　……我写那封信是为了提前阻止他！

伊菲革涅亚　……他要是没收到那封信，情况也许会好上一千倍……！

克吕泰墨斯特拉　……若是那样，我将给你们留下什么样的回忆啊……？

伊菲革涅亚　……他总是随身带着信，把它藏在枕头底下……！这信比他犯下的谋杀更强烈地折磨着他……！

佛罗斯　……可是，要是他在事发之前就读了这封信，哪怕是一两个小时之前……！！

伊菲革涅亚　……那也无济于事……！

佛罗斯　……为什么……？

---

① 指阿忒柔斯（Atreus）家族所受的诅咒，阿忒柔斯是阿伽门农的父亲，这个家族的人世代因为犯下过各种罪孽，所以受到诅咒。比如阿伽门农的曾祖父坦塔罗斯曾经杀了自己的儿子佩洛普斯（Pelops），把肉煮来给众神吃，以测试众神是否明察秋毫。同样，阿伽门农的父亲阿特柔斯，也曾把弟弟堤厄斯忒斯（Thyestes，即埃癸斯托斯的父亲）的儿子的肉，煮来给弟弟吃。这些祖先的罪孽受到天神的惩罚，所以整个家族里充满了仇杀和乱伦。

② 指迈锡尼。

伊菲革涅亚 ……因为他不会相信信里所写的任何事……！

克吕泰墨斯特拉 ……可我写的都是真的……！

伊菲革涅亚 ……他不相信，是因为他不愿意相信……！而厄勒克特拉也不会允许他去相信……！

佛罗斯 ……可是，当他们后来读到了信的内容……

伊菲革涅亚 ……他们读到的就再也不是一封简单的信，他们读到的是他们所做的行径……！他们不停地这样读着、读着……（沉默……伊菲革涅亚看着桌子）……我的心也随着他们碎了……！我要是不爱他们这么深就好了……！

克吕泰墨斯特拉 ……别这样说，伊菲革涅亚……家庭是生命中最美好、最有力量的东西……！

［沉默稍许。

伊菲革涅亚 ……八只盘子，八只杯子，八……

佛罗斯 ……厄勒克特拉说，要像大家又都坐在一起一样……

伊菲革涅亚 ……她也是这么跟我说的……连我们坐在哪儿、怎么坐，都安排好了……（自桌子左边指向右边——自观众视角）……你在这儿，你边上是埃癸斯托斯，我、我们的父亲、俄瑞斯特斯、我们的母亲、厄勒克特拉、卡珊德拉……

［佛罗斯倒好第二瓶酒，伊菲革涅亚从他手中拿过来。

伊菲革涅亚 ……给我吧，我来把酒倒到杯子里……

佛罗斯 ……你不先等他们来吗……？

伊菲革涅亚 ……他们随时都会来，让我也做点儿什么吧……！这红颜色真好看啊……！

佛罗斯 ……埃癸斯托斯管这颜色叫“落日霞红”……那我来切面包吧……

［他们继续谈着话，与此同时伊菲革涅亚不紧不慢地往杯子里倒酒——当倒到厄勒克特拉、俄瑞斯特斯和自己的杯子时，她特意没有倒满酒，而是又倒进了些别的东西。佛罗斯在一旁，在一个台子上切着一只圆面包，然后把切好的面包放在藤编的敞口篮子里，放在餐桌上。

伊菲革涅亚 ……我的姐姐，这么多年住在这里，她都睡在哪儿……？

佛罗斯 ……睡在哪儿……？你可别说我照顾不周，这不能怪我……看，就在那边壁炉旁，她把床铺在阁层上，就睡在那儿……！自从我们结婚的第一天晚上——如果你管那叫作结婚的话——我就让她睡在楼上的房间里，我睡楼下……可她就是不干……！你猜这是为了什么……？因为这样的话，晚上她下楼的脚步声就会吵醒我，我就会问"厄勒克特拉，你去哪儿？"……

克吕泰墨斯特拉 ……"厄勒克特拉，你去哪儿？"天啊，我曾多少次地这样问她……

伊菲革涅亚 ……你们结婚是谁的主意，是我母亲的，还是埃癸斯托斯的……？

佛罗斯 ……不知道，我从没问过，但问又有什么意义呢……？

伊菲革涅亚 ……那你是怎么想的，难道你不觉得奇怪吗……？

佛罗斯 ……不，因为你的母亲向我解释过原因……！她说，如果厄勒克特拉不尽快离开迈锡尼……

伊菲革涅亚 ……我懂了……！

克吕泰墨斯特拉 ……我似乎看到了接下来要发生什么，伊菲革涅亚，我听到了，就像是越来越近的脚步声……！为了阻止她实施她的计划，我把她带到了这里……！

伊菲革涅亚 ……可这又有什么好处呢……？

佛罗斯 ……一点儿好处也没有……！但那个时候，我没有理由不相信你母亲，我以为我应当帮这个忙……！我与埃癸斯托斯和你母亲是多年的朋友……每当他们到平原上去散步，他们几乎都要来我这儿，亲手从树上摘一只无花果、一只苹果，或者一只桃子……

埃癸斯托斯 ……多么美好的日子啊……

佛罗斯 ……冬天的时候，他们会进屋来取暖，埃癸斯托斯喜欢聊天，我也一样……确切地说，你现在坐的地方，正是他经常坐的地方。他坐在那里，向外张望……

伊菲革涅亚 ……那么真的举行婚礼了吗，我是说真正意义上的婚礼……？

克吕泰墨斯特拉 ……当然没有……

佛罗斯 ……当然没有，只是做了一些掩人耳目的事，也就是说——为了让大家知道，不是他们把她赶走了……！你没跟厄勒克特拉谈过这些吗……？

伊菲革涅亚 ……谈过，但我想听你告诉我，这对我很重要……！你明白吗……？

佛罗斯 ……我太明白了，伊菲革涅亚……！而且我也一直在寻找机会告诉你，因为你是她的妹妹，我只有跟你才能说出……说出我全部的想法……！尽管他们逼着她和我假结了婚，但她却丝毫没有表现出很在意的样子，反而倒像我就是她自己选中的意中人……！到了晚上，就剩下我们两个人的时候，她对我说："他们可以假借结婚之由，把我从迈锡尼弄走，但我可没必要完全如了他们的意……你要是真想让我成为你的妻子，我比你更加迫切地希望这样做……！快来让我们享受这夜晚吧"……！

伊菲革涅亚 ……（仔细聆听过后）……那你呢……？

佛罗斯 ……我吓坏了……！她看出来了，于是开始解释，"我想要个孩子"，她说："只有我有了孩子，我才能不再在乎其他的事情。"……我当然没有相信她这话，很明显，她是在为自己被驱逐这件事进行报复！我们真那样了的话，她就可以说，他们骗了她，那个什么假结婚其实是真的……！她跟我这样的一个农民生孩子，以此来证明他们是如何羞辱阿伽门农的女儿的……！难道她不就是这样计划的吗……？

伊菲革涅亚 ……很可能……

佛罗斯 ……而当她看到我经受住了考验，她就不再这样做了……从那儿以后，她便睡在壁炉边。而每当我以为她睡着了，她便偷偷地离开，窜回迈锡尼，去会见你父亲的朋友们，商讨他们[1]的计划……他们[2]把她送到我这儿，本是想让她过得好些，可我却表现得这么没用……！对于这一切，我也是有责任的，伊菲革涅亚，我有很大的责任……！

伊菲革涅亚 ……天神作证，你有什么错呢，你并不知道……！

佛罗斯 ……可她也是在无知的状态下，被扯了进来……！

伊菲革涅亚 ……不，你没有任何责任，是我们这些不洁净的人使你搅进了浑水……！

佛罗斯 ……既然我告诉了你一切，就让我再跟你倾吐一些连厄勒克特拉自己也不知道的事情，这些事能说明我也是有责任的……！自从她不再挑唆我以后，我便开始——我想说——我便开始感到……她好像完全变了一个人……！她浇灌花园，亲手制作木鸽子笼，她修好破旧的工具，开始织布……！她变得越来越漂亮……她收集雨水，用来洗头发，还买了一面大镜子……那样子，就像是一个年轻的姑娘自她的内心深处复活了……！即便在淡淡的烛光下，她的皮肤也光鲜得如同苹果般闪亮……虽然我已经不再年轻，但还是被深深地吸引了……

伊菲革涅亚 ……你又不是块木头，就算你爱上了她，也是人之常情……！可你形容的这些美好的景象都在哪里呢，之后又发生了什么……？

佛罗斯 ……把这酒壶拿去，倒干它……厄勒克特拉就像是这样，突然之间，就什么都不一样了……

伊菲革涅亚 ……她皮肤衰老，双手总是藏在腋下，晚上要是不睡到我的枕边来，她根本无法合眼……！

克吕泰墨斯特拉 ……哦，伊菲革涅亚……！你看他们是多么地需要你……！

---

① 指阿伽门农的同党。
② 指克吕泰墨斯特拉和埃癸斯托斯。

伊菲革涅亚 ……我们做出了多么糟糕的事情……！

阿伽门农 ……这些事情你都知道吗……？

克吕泰墨斯特拉 ……我怎么能知道所有的事情……？

阿伽门农 ……怎么没有人告诉我……？我对我自己的孩子，竟什么都不知道……！

埃癸斯托斯 ……这不是很不可思议吗……？我们都死了那么多年了，仍然还有很多事情不知道……？你也别奇怪，大家多多少少都会是这样，人们从他们的子孙那里，了解自己的历史……

［伊菲革涅亚和佛罗斯转向门前……俄瑞斯特斯和厄勒克特拉上。

俄瑞斯特斯 （向佛罗斯）……现在把门关好，咱们小声说话……！

佛罗斯 ……我会把所有门都关好的，你别怕……

厄勒克特拉 ……（紧紧地拥抱伊菲革涅亚）……高兴吗……？

伊菲革涅亚 ……是的，我很高兴……

厄勒克特拉 ……那么我们的餐桌呢……？

伊菲革涅亚 ……布置好了，厄勒克特拉……

厄勒克特拉 ……不……！蜡烛还没摆上……！蜡烛在哪儿……？

佛罗斯 ……在这儿呢，厄勒克特拉，你别急，我这就拿……

厄勒克特拉 ……请你把它们点上……！（向伊菲革涅亚）……你是不是也感觉到，我们都在这里了？

伊菲革涅亚 ……也许，我们都在了……

厄勒克特拉 ……（热切地）……你也相信这些吗……？

伊菲革涅亚 ……现在我什么都相信了……

［俄瑞斯特斯来到一只水盆前，水盆边有用来洗手的水壶和毛巾。

俄瑞斯特斯 ……你可以给我倒水吗……？

厄勒克特拉 ……好的，俄瑞斯特斯……

伊菲革涅亚 ……让我来吧……！我来给你倒水，俄瑞斯特斯……

厄勒克特拉 ……所有人都得这么做……！

［……从远处传来歌声——一种拜占庭教堂音乐的圣歌……姐弟三人

相互为对方倒水洗手——他们的动作看上去很带有仪式感……

厄勒克特拉 ……来……

[圣歌声渐强……大家来到桌前，按照刚才伊菲革涅亚与佛罗斯的对话中说的次序坐下，亡灵们也来到他们中间……圣歌声停止。

俄瑞斯特斯 ……（把脸埋在双拳中，目光盯着前方，自言自语）……“俄瑞斯特斯，我亲爱的儿子……我知道自己的时日不多了，但依然看不到你的归来。这让我浑身战栗……”

厄勒克特拉 ……我们给工匠们送食物和葡萄酒去了吗……?

佛罗斯 ……送了，厄勒克特拉，我给工匠们和邻居们都送去了各种食物……

厄勒克特拉 ……那好，让我们开始吧，你们过来……你过来啊，俄瑞斯特斯，向亡灵们祈祷吧……!

俄瑞斯特斯 ……什么祈祷……我不记得了……

厄勒克特拉 你记得，俄瑞斯特斯，你好好想想……!

俄瑞斯特斯 我不记得了，厄勒克特拉……!

伊菲革涅亚 ……必须要这样吗……?

厄勒克特拉 ……当然……！没关系，俄瑞斯特斯，我记得……（她把胳膊支在桌子上，双手手指交叉……其他人也学着她的样子，圣歌）“哦，灵魂与肉体的主宰啊，我从未停息召唤那死去的阿伽门农、克吕泰墨斯特拉、埃癸斯托斯、卡珊德拉，我的声音充满恐惧，请饶恕我们所犯下的罪孽……”

[他们饮酒……卡珊德拉低声哼着一首哀伤的特洛伊歌曲的旋律，然后停下，准备说话。与此同时，伊菲革涅亚拿起面包篮，给大家分面包……厄勒克特拉接过面包，放在亡灵的身前。

卡珊德拉 ……我的父亲叫普里阿墨斯，我的母亲叫赫卡柏……我有很多的兄弟姐妹……我的父亲没有发起过不义的战争，也没有为了自己的目的，把女儿拿去献祭……我的母亲从未把别的男人带进她的闺房，也从未杀死过自己的丈夫……我的兄弟姐妹们也从没有杀死我的母亲和母亲的情夫……！我为什么要跟你们混在一起……？！

［圣歌的声音停止。

伊菲革涅亚　……你们家的面包可真香啊……

佛罗斯　……面包就该是这么香的，葡萄酒和橄榄油也一样，它们可是大自然的三种馈赠，象征着丰收……

伊菲革涅亚　……那么谁来和面呢……？

佛罗斯　……厄勒克特拉啊……

厄勒克特拉　……他瞎说，他自己和面……

佛罗斯　……是的，但她也帮我一起做……烘烤的时候，那可是关键啊，我呢，只是简单地把烤炉加热，把面包放进去，就不用管了……然后啊，厄勒克特拉要观察温度、颜色……快好的时候，她把面包拿出来，在上面抹上掺了水的蜂蜜，再撒上层面粉，再放进去烤一会儿，直到飘出香气来。现在啊，她可比我干得好多了……

伊菲革涅亚　……她从小就喜欢做这些……

厄勒克特拉　……这是从母亲那里继承来的……

伊菲革涅亚　……我记得你总是爱去厨房，在那里一待就是很久……

厄勒克特拉　……她也是这样，她在那里可不只是命令别人做事，她自己也动手做饭，尽管我们有两个厨师……但她自己知道，她的手艺很好……！

克吕泰墨斯特拉　……我曾经有多少梦想啊，我有那么多的东西要教给你们……

埃癸斯托斯　……你们还记得面包的美味吗……？

阿伽门农　……面包和酒都是那么的美味，可现在无论我想起什么，都会深深地刺痛我的心……

埃癸斯托斯　……这或许也是我们该受的惩罚啊……

［他们开始时不时地吃口东西，有时喝一口酒……亡灵们的动作间歇更长一些，动作看上去像是在宴饮中。

俄瑞斯特斯　……“俄瑞斯特斯，我亲爱的儿子……”

伊菲革涅亚　……这酒也是自己家酿的吗……？

佛罗斯　……是的，用我自己的葡萄酿的……

埃癸斯托斯　……我和你们的母亲品尝过他葡萄园里的紫葡萄……

佛罗斯　……还有橄榄、奶酪、蜂蜜，都是自家产的……要是有什么我没有的，就跟邻居去换，我给他们小麦、酿酒的葡萄汁、橄榄油，换回大豆、肉、鱼，还有新鲜的鳗鱼或鳗鱼干……伊纳霍斯河[①]入海口那儿，有的是上好的鱼……这些，就是从那儿打来的……

厄勒克特拉　……渔夫跟我说他认识咱们的母亲……以前他经常去迈锡尼，给咱们家供货……

克吕泰墨斯特拉　……我记得他……！真的，厄勒克特拉，他还记得我……？

卡珊德拉　……我也记得一位渔夫和一条河……我和我妈在河水里寻找我的妹妹……一位渔夫从他的渔网里捞出了她，把她给了我们……！

阿伽门农　……我去特洛伊，并不是为了淹死孩子……！

卡珊德拉　……可是斯卡曼德罗斯河[②]的渔夫们却打捞起无数被淹死的孩子……

阿伽门农　……那是战争……！

卡珊德拉　……在你回迈锡尼之前，俄瑞斯特斯，先去特洛伊看看吧……

伊菲革涅亚　……你再跟我们说点儿什么别的……？

佛罗斯　……你们想让我说什么……？

俄瑞斯特斯　……让我看看你的手……！

佛罗斯　……我的手……？给……（伸出自己的手，翻过来又翻过去地给他看……）

俄瑞斯特斯　……（仔细地看过之后）……厄勒克特拉说得对……你是个

---

① 伊纳霍斯河（Inachus）：又译为“伊纳科斯河”，位于伯罗奔尼撒半岛。

② 斯卡曼德罗斯河（Skamandros）：即 Scamander，特洛伊地区最大的河流，特洛伊战争主战场，位于小亚细亚西北部，伊达山脚下，今天的土耳其境内。

好人……

佛罗斯 ……好人……？不，俄瑞斯特斯，我不是……况且，啥才叫好人嘛……！只是没有必要让我做个坏人罢了……不过我觉得，问题就出在这儿……比如人们会说："他可真是个圣人，连只蚂蚁都没踩死过"……可我就想啦，他干吗要去把蚂蚁踩死呢……？难道他就没有注意过，这小小的活物，是多么的高贵吗……？没注意过它们想什么、要什么吗……？

埃癸斯托斯 ……嘿，我的朋友，我可真想你呀……说下去，说下去……！

佛罗斯 ……你看它穿过高山、穿过悬崖，背上背着比自己身高还大的货物从田野的一边儿走到另一边儿……！它把自己的家和储藏室都建得那么完美，它知道河水上涨的位置，以便为它的王国挖好管道……！它是个不知疲倦的工匠，聪明绝顶、心地善良，只要看到谁有困难，就立刻会上去帮忙……！我看到过许多这样的事儿，而高高站着的人们啊，却不曾低下头注意过这些，所以也就不会去理会这些……可要是哪天他们真的注意到了，他们就会明白许多现在不明白的事情……

伊菲革涅亚 ……不明白什么……？

俄瑞斯特斯 ……什么都不明白……

佛罗斯 ……对，俄瑞斯特斯，他们什么都不明白……比如人们住在这片土地上，认为这土地是自己的……！可他们的行为呢，却好像他们是来自另外的世界，全然不知应该如何做、如何生活，才算对自己好……！但是啊，这简简单单的、自自然然的蚂蚁，却什么都知道。哦，还有那从枯枝上落下的最后一粒种子……！它躲在角落里，它知道必须等待夏天过去……初雨时节①，它长出根茎，牢牢抓住大地……整个冬天，它都在储蓄自己的能量，等待着春天的到来……当温度回升，它感受到季节的来临，开始筹划什么时候可以放心地

① 这里指的是秋天的初雨。希腊属地中海式气候，夏季炎热干燥，秋天开始下雨，整个冬天湿润多雨。

长出枝叶……然后啊……它知道，在成千上万的草木之中，自己是什么样的物种，该长什么样的叶片，开什么样的花朵，释放什么样的香气……！时光中，它把一切安排得井井有条，根本用不着什么手啊、工具啊，只需要土壤、肥料和一点点的水……

埃癸斯托斯 ……这都是从咱们那儿听来的……！

佛罗斯 ……当然，它还有很多别的能量……！而所有这一切的智慧，都蕴含在一粒小小的种子里，钉子头儿那么大点儿的种子……可人呢，却像个过客，混混沌沌、飘忽不定……！由于我一直在观察这些神秘的现象，也就没有机会成为什么好人，或者坏人了……所以，我什么也不是……

伊菲革涅亚 ……你与埃癸斯托斯谈论的就是这些……?

埃癸斯托斯 ……有这些，也有别的……

佛罗斯 ……我只知道这些，也只能说这些，他可知道得更多，他是个有学问的人……

厄勒克特拉 ……是啊，他很有学问，他来迈锡尼的时候，带了上千本的书……！

伊菲革涅亚 ……我从未见过他，他也从未到家里来过……

厄勒克特拉 ……他怎么可能来呢，他被放逐了……！是终生放逐……！

伊菲革涅亚 ……是谁把他赶走的，我们的祖父吗……?

厄勒克特拉 ……咱们的父亲也参与了……！是血腥的仇杀[1]把他们分隔开了，难道你不知道吗……?

伊菲革涅亚 ……我知道我们那遍地黄金的迈锡尼[2]总是一片血红……

阿伽门农 ……你们的母亲和他自己都可以作证，现在谁也不能再把我们分开了……

埃癸斯托斯 ……这个他们一定知道，你不用担心……

---

① “血腥的仇杀”希腊原文为“血”。希腊语中这是一个双关语，指本具有“血缘”关系的亲人，却被“血仇”分隔开来。

② “遍地黄金的迈锡尼”曾经是荷马对迈锡尼的描写。

伊菲革涅亚 ……厄勒克特拉……

厄勒克特拉 ……嗯……?

伊菲革涅亚 ……卡珊德拉有多大年纪……?

厄勒克特拉 ……跟你一样，或许更年轻些……

伊菲革涅亚 ……那么他们公开住在一起，他就不在乎这样会伤害到咱们的母亲……?

厄勒克特拉 ……他们没有住在一起，而且我认为，他从未把她带到过自己的睡房去……

阿伽门农 ……是的，伊菲革涅亚，在迈锡尼，我从未与她共眠……

伊菲革涅亚 ……那他为什么把她带到这里来……?

厄勒克特拉 ……我怎么会知道……? 我只知道他……要是你在，能看到的话，你根本无法相信自己的眼睛，他——哦，我的天，但愿他的灵魂原谅我这么说——他再也没有了强大的阿伽门农的威风，他沉沦沮丧，外表哀伤且颓废……这现象我不愿意接受，我找了各种各样的理由……我说他累了，他病了，他的沉沦是暂时的……！他把自己关在房间里，在那里发布命令，他变得行为乖张，变得从来没有过的古怪……

阿伽门农 ……我自己也说过，伊菲革涅亚！在奥利斯，我赌上了一切，也失去了一切……如果当时我理解了奥利斯给我的“信号”[1]，我就不会再继续前往特洛伊了……

厄勒克特拉 ……就连俄瑞斯特斯，他也很少召见他……！

阿伽门农 ……我不想让我的儿子看到我一会儿生病，一会儿又是沮丧、压抑的样子……俄瑞斯特斯是我们的希望，他应当对我和迈锡尼保有繁荣和乐观的印象……

厄勒克特拉 ……让他[2]自己告诉你更多的事情……！他与父亲谈话，离开时却显得忧郁且急躁，不想见任何人……

---

① 指天神已经用“港口无风”来阻止他起航了。
② 指俄瑞斯特斯。

俄瑞斯特斯 ……你别让我说……我什么都不想说……！

阿伽门农 ……为什么不说，俄瑞斯特斯……？我到底对你做错了什么……？你可真不像我，我实话告诉你，这简直是伤透了我的心……！然而只有你才是我的继承者……！我又能把我的想法告诉谁呢……？如果这些想法你不能全部同意，你就选择那些你觉得对的……！

俄瑞斯特斯 ……正是这些束缚着我，勒得我无法呼吸……！我再也不想听，也不想说……！

厄勒克特拉 ……好了，俄瑞斯特斯，我们不再说这些了，你静一静……！

克吕泰墨斯特拉 ……今天我们能够再聚到一起，这多好啊，让我们别再彼此伤害了……

阿伽门农 ……好吧，我不再说了……

厄勒克特拉 ……在那段日子里，卡珊德拉一直独自一人，只是偶尔才请求到花园去，或者到有织布机的地方去……

俄瑞斯特斯 ……她总是唱歌，伊菲革涅亚……！我经常听到她唱歌……！

厄勒克特拉 ……是的，是这样的，她唱歌……那些歌声让你流泪……！你知道，我喜爱她……！

伊菲革涅亚 ……我也大胆地承认……！我想她，甚至多过于咱们的父母……！你把她葬在这墓地，真是好啊，也给她放上盘子和杯子吧……

厄勒克特拉 ……如果她在这里的话，我想她现在就在我的身边……

卡珊德拉 ……我在你的身边……！

伊菲革涅亚 ……我们的母亲怎么能那样做，我真是无法想象……！

克吕泰墨斯特拉 ……那不是我做的，伊菲革涅亚，我永远不会去做那样的谋杀……！

厄勒克特拉 ……那不是我们母亲的错，也不该怪埃癸斯托斯，这我很了解……！

伊菲革涅亚 ……他们为什么不把她送回特洛伊去，在还来得及的时候，把她送到他们自己人那里去……？为什么要让我们也承担这不公正的行为造成的不公正的包袱……！

卡珊德拉　……我祝福你，伊菲革涅亚，还有你，厄勒克特拉，还有你，俄瑞斯特斯……！我送给你们一千份的祝福……！但愿我曾有机会逃脱，有机会踏上回乡之路，哪怕那路已无处可寻……！因为特洛伊已不复存在了，伊里昂城内我的亲人们也不复存在了……活着的人背上背着行囊……他们沿街乞讨，充满恐惧地躲在马厩里过夜……而那些坚持不住的，倒在路边暗自死去……旁人匆匆掩埋了他们，继续赶路，直到停下来，掩埋另一些人……通向特洛伊的道路，已然成了一条逃亡之路……现在，你若是还想寻到特洛伊的痕迹，你就去看看那些难民吧，黑色的乌鸦追踪着他们；去看看十字路口站着的那些黑衣的妇女吧，她们在那里询问："你是否见到过这个男人，见到过这个姑娘，这个男孩儿……"

［*外边传来乐曲演奏的声音，还有歌声，以及庆典上欢快的人声——声音来自很远的地方。*

俄瑞斯特斯　……这是怎么了……？

佛罗斯　……（*站起身，向外面看了一眼*）……他们没有向这边来，去别的地方了，应该是有人在结婚……（*回到座位上*）……伊菲革涅亚，既然我们谈到埃癸斯托斯……

伊菲革涅亚　……我们的堂叔埃癸斯托斯，对于他，我只见到过他的尸骨……

佛罗斯　……他送过我两本书，你想看看吗……？厄勒克特拉已经看过了……

伊菲革涅亚　……是的，我很想看，可不是现在……！有人说他是自己来的，有人说是我们的母亲请他来的……事实到底是怎么回事……？

厄勒克特拉　……是咱们的母亲请他来的，母亲做得对……！

伊菲革涅亚　……她爱上他也对吗……？

厄勒克特拉 ……是的，伊菲革涅亚，她爱上他是对的……！你要是她，也会爱上他……那些年我在这里，我非常清楚她过得有多么的孤独……！那时她还是那么的年轻，那么的漂亮……

克吕泰墨斯特拉 ……谢谢你，厄勒克特拉，谢谢你这样说，伊菲革涅亚不在这里，她不知道……

伊菲革涅亚 ……我甚至都快忘了她的样子……！

厄勒克特拉 ……你这样说太可怕了……

伊菲革涅亚 ……是啊……！我想念她……每每心如刀绞……这感觉就像个孤儿似的……

克吕泰墨斯特拉 ……我的心更痛啊……！

厄勒克特拉 ……让我来告诉你，这样你就能再次想起她……她，毋庸置疑，她可是个非同寻常的人，漂亮极了，甜美可人，就像一只有着天底下最漂亮的眼睛的雌鹿……我连她的一根手指头都不如——我跟你这样说，是为了帮助你想象——认识她的人，都说我很像她，说我有着她的特点……！而日子越久，就越是更像……！

克吕泰墨斯特拉 ……是的，伊菲革涅亚，这是真的……

厄勒克特拉 ……俄瑞斯特斯也这么对我讲……！

俄瑞斯特斯 ……"你去哪儿了，俄瑞斯特斯，你为什么还在耽搁……？"

克吕泰墨斯特拉 ……快把信撕了吧，我的儿子……我写这信可不是为了折磨你……！

厄勒克特拉 ……但现在不用别人告诉我了，我自己照着镜子就可以发现……我的眼睛变成了她的眼睛，我的嘴变成了她的嘴……！难道你们记得过去我的太阳穴上曾经有过青筋……？

伊菲革涅亚 ……厄勒克特拉……！我不知道这是不是我的想象，但是……再给我讲讲她的眼睛……是不是栗色的，像蜜糖一般……？

厄勒克特拉 ……是的，当她在我们的床边，俯身亲吻我们的时候，她的瞳孔会变大，看起来就更美丽了……！

伊菲革涅亚　……她是不是总爱用双手捧起我们的脸，看着我们的眼睛……？

厄勒克特拉　……是啊，伊菲革涅亚，那样子就像是在询问，询问那些她无法说出的话……！

伊菲革涅亚　……用她那来自内心的深处的目光向我们询问……？被阴影遮住的内心深处……？

厄勒克特拉　……哦，我的天啊，的确是这样，你还说你不记得了……！我再告诉你些别的，你一定会记得的……每当她用你刚才说的那种目光注视着你，你是否听到了一种声音，一种从院子里的深井里传来的声音……？

克吕泰墨斯特拉　……那时我总是会有不祥的预感……

埃癸斯托斯　……我曾对她说，她的目光中充满着记忆……

厄勒克特拉　……下午的时候她会坐在西边的屋子里——就是我们学竖琴的地方，你还记得吗……？

伊菲革涅亚　……有很多壁画的那间……？

克吕泰墨斯特拉　……壁画的那间更过去一点儿……

厄勒克特拉　……是另一间，有一扇对着阳台的门，一直能望见大海，光线充足，她可以在那里做刺绣……

俄瑞斯特斯　……你为什么不说说她的手……？伊菲革涅亚，要我们对你说说她的手吗……？

伊菲革涅亚　……说过很多次，你忘记了吗……？但是不要紧……

厄勒克特拉　……那手是苍白的、空洞的、忧伤的……对不对，俄瑞斯特斯……？那时候，她还戴着祖母给她的绿宝石戒指……当她做刺绣累了，便靠在窗口，向外眺望，或是打开本书来读……要是碰上她喜欢的内容，她会读出声来……忽而停下来，想一想，再读出声来……有时候她还会将最后几句唱出来，那歌声在空中回荡，直到黑夜降临……

伊菲革涅亚　……你经常监视她吗……？

厄勒克特拉 ……经常，无论她在哪儿，只要有可能……

伊菲革涅亚 ……可你从未爱过她，从未接受过她啊……！

厄勒克特拉 ……那时候是这样的……！从我认为的那时候起……！

伊菲革涅亚 ……我也说的是那时……

厄勒克特拉 ……所以我才监视她……！为了让我自己可以偷偷地看着她，为了让她没有机会与我讲话，或者过来碰我……！日子一天天过去，我总是能知道她在哪儿、在干什么，但不会让她发现，我感到我对她形成了很大的威胁……！

克吕泰墨斯特拉 ……我都知道，厄勒克特拉……我就是为了你，才将门缝半开半掩……我希望你能看到我，我的宝贝，这样就好像我也能看到你……！我没有告诉过你，是因为那样的话你就会走开……！而只有这样，我才不至于完全地失去你……！

厄勒克特拉 ……那曾是我唯一的快乐……！多么的快乐啊……！

克吕泰墨斯特拉 ……对我也是，厄勒克特拉……！

厄勒克特拉 ……我多想告诉她，现在我——可她又怎么能听得见呢……

克吕泰墨斯特拉 ……我听得见，厄勒克特拉……

厄勒克特拉 ……现在我却爱上了我原本所憎恨的……！监视她倒是对了，反而让我拥有了那么多的记忆，让我爱上了这些记忆……！如果我得到她的戒指就好了……！她说过会在我结婚的时候送给我的……可你知道我这个可怜的人是如何回答她的吗……？"别想把你这可耻的戒指传给我！"……如果能找到戒指，伊菲革涅亚，我能留下它吗……？

伊菲革涅亚 ……当然可以，厄勒克特拉……你是大女儿①，她答应过你的……

厄勒克特拉 ……谢谢你，衷心地谢谢你……！

---

① 希腊神话中普遍认为，伊菲革涅亚才是阿伽门农的大女儿，而厄勒克特拉是二女儿。这里是本剧作者自己的解释。（见三部曲的第一部《给俄瑞斯特斯的信》）

伊菲革涅亚 ……可你为什么说如果能找到，戒指丢了吗……？

厄勒克特拉 ……我找过她的抽屉……哪儿都没有找到……！但只是在那个可怕的清晨[1]找过……之后我们便离开了家……

伊菲革涅亚 ……她没有戴着吗，当她……？

厄勒克特拉 ……那时她如果戴着，我会看到的……！

俄瑞斯特斯 ……我抓住她的手，一根手指一根手指地掰开……她没有戴着……！

克吕泰墨斯特拉 ……我很多年前就把它弄丢了……在我下定决心进入你们父亲卧房的那个夜晚[2]……那戒指是我的母亲传给我的，我本应当再传给我的女儿，它不应该被鲜血玷污，所以我便把它摘了下来……！我没有玷污它，但却弄丢了它……我十六岁起就一直戴着它……日后，每当我看着手指上戒指所留下的痕迹，我就想，这真是个不祥的预兆……！

伊菲革涅亚 ……那埃癸斯托斯呢……？

厄勒克特拉 ……什么……？

伊菲革涅亚 ……你经常看到他吗，你和他说过话吗……？

厄勒克特拉 ……是的……

伊菲革涅亚 ……你们在哪里见到的，怎么见到的……？

厄勒克特拉 ……在迈锡尼……！

伊菲革涅亚 ……那个时候吗……？咱们父亲回来之前……？

厄勒克特拉 ……之后，那时候父亲已经死了……

伊菲革涅亚 ……那么说从那时起，他们就相爱了……？

厄勒克特拉 ……我不知道……！别人说他们打一开始就在一起了……

克吕泰墨斯特拉 ……不是的，厄勒克特拉……！

厄勒克特拉 ……可我并不相信……但是这又有什么意义呢……？我刚才跟你说过，她做得对……！

---

① 指俄瑞斯特斯杀死克吕泰墨斯特拉的那天。
② 指克吕泰墨斯特拉谋害阿伽门农的那天。

伊菲革涅亚 接着跟我说说埃癸斯托斯……

厄勒克特拉 ……我们在他房间的门口面对面碰上了……为了不让我逃开，他紧紧地按住我的肩膀，对我说："给俄瑞斯特斯带口信去，让他回来，不用害怕……既然你们视我们为猛兽，那么在他回来之前，我和你的母亲离开这里……帮帮他，厄勒克特拉，天神保佑你们"……

佛罗斯 ……他说的是实话，你知道的……

埃癸斯托斯 ……我说的是我们最大的期盼！我们离开……！

佛罗斯 ……他们两个就是坐在那里说的……

厄勒克特拉 ……他说的当然是实话，所以我才告诉你们……

伊菲革涅亚 ……可你当时却没有相信他……！

厄勒克特拉 ……我向他吐口水，对他说："我可没有那么愚蠢，会带着俄瑞斯特斯落入你设下的陷阱，就像当年你对我父亲做的那样"……他伤心欲绝，对我说："小心啊，厄勒克特拉……自己为自己设下的陷阱，才是最可怕的……一旦掉进去，我们的灵魂便也会深陷其中，它将成为一个迷宫，使我们再也无法逃脱"……

［卡珊德拉哼出悲伤的旋律。

俄瑞斯特斯 ……俄瑞斯特斯，我亲爱的儿子……！

伊菲革涅亚 ……他外表长得怎么样……？

厄勒克特拉 ……他即或是死了，也很英俊……当我亲吻了死去的母亲时，我也亲吻了埃癸斯托斯……

佛罗斯 ……他个头很高，浅栗色的头发，眼睛里充满着智慧……

厄勒克特拉 ……他与咱们的父亲长得很像……！比父亲更好看些，但是很像……或者说是非常像……

伊菲革涅亚 ……真的吗……？！多么古怪的巧合啊……！

厄勒克特拉 ……是啊……当我看到死去的他，我吓了一跳……！我心里想，"天啊！要是不知道的话，人们会说我杀死了咱们的父亲……！"

伊菲革涅亚 ……你有没有看到过咱们的母亲与埃癸斯托斯在一起……？

厄勒克特拉 ……看到过很多次，午后他们经常在附近的山坡上散步，或是去田野里……

伊菲革涅亚 ……那你看到了什么，他们般配吗，他们看起来快乐吗……？

厄勒克特拉 ……试着想象我要给你描述的，你就会看到画面！……每到长满灌木和荆棘的地方，他就把她抱起来，她也搂着他，把头靠在他的肩上……他给她采花……（沉思地）他给她采花……

伊菲革涅亚 ……在那里你也监视他们……？

厄勒克特拉 ……能跟到哪儿就跟到哪儿……啊，伊菲革涅亚……你从没有见过像午后的他们那样幸福的人……！

伊菲革涅亚 ……厄勒克特拉，你是如此的聪明！聪明的人对什么都会产生质疑！既然，既然你看到过你所形容的一切……难到你就没有质疑过，也许我们的母亲并不是你想象的那样，不是你恨之入骨的那样……？！ 而对于我们的父亲，那个你极度崇拜的父亲，你就如此坚信，他就是你想象中的那样吗……！？

厄勒克特拉 ……现在我可以告诉你，我不再对任何事情坚信不疑……！其实我对咱们的父亲并没有什么美好的记忆……！他轻视我，折磨我……！我的童年无比痛苦……！只有母亲知道我曾流过多少眼泪……

伊菲革涅亚 ……那你为什么还要做那些事……？

厄勒克特拉 ……为了不成为无足轻重的人，为了在迈锡尼不被蔑视……

伊菲革涅亚 ……可这又怎么能怪我们的母亲……？你该恨的是他，而不是她，你本该站在她那一边……！

厄勒克特拉 ……可她也被蔑视，被鄙弃……！迈锡尼只有伟大的阿伽门农至高无上……！然后是俄瑞斯特斯……！他把我们的母亲当作奴隶，对我看都不看一眼，把你拿去当祭品……！我不想沉沦……但我还是沉沦了，而且越陷越深……

伊菲革涅亚 ……天神作证，我不曾希望，也不愿看到人们相互怨恨……现在再翻来覆去地讨论谁对谁错，已经没有意义了……就像人们常说的，死者无论犯下过什么罪孽，都应得到安宁……！但是难道你们看不出，所有的这一切都来自我们家族那无可救药的诅咒……！

阿伽门农 ……不要亵渎神明，我的女儿……！

伊菲革涅亚 ……我爱你们胜过爱我自己千倍，但我祈求天神，让我们三个成为那最后的孽缘……

克吕泰墨斯特拉 ……你别吓唬我……！

伊菲革涅亚 ……厄勒克特拉，你能想象我们有了孩子会怎样吗……？谁能保证他们不会像我们一样被罪恶污染……？他们将了解到我们的故事，而我们的故事却来自我们那不可救药的诅咒……！

埃癸斯托斯 ……你还是那个只会笑、只会玩儿的孩子吗……？

［俄瑞斯特斯站起身来，走向前面。

厄勒克特拉 你去哪儿，俄瑞斯特斯……？

俄瑞斯特斯 ……你想让我告诉你她的手是怎么样的吗……？

伊菲革涅亚 ……你别问我，你想做什么就做吧，俄瑞斯特斯……！

俄瑞斯特斯 ……过来，厄勒克特拉……！

俄瑞斯特斯 ……（圣歌再次响起，俄瑞斯特斯从口袋里拿出母亲写的信，信有很多张纸）……她只拿着那最后的几页信纸……（把信纸递给厄勒克特拉，厄勒克特拉接过来，坐在桌子的对面）……而更多的信纸放在桌子上……（把信纸放在厄勒克特拉面前）……屋里只有蜡烛的光……有两页纸的角上甚至被烧焦了……（从桌上拿起一把刀，来到厄勒克特拉身后一两步的位置）……门半掩着……我看了一眼，看见她正在读信……我屏住呼吸，以免她听见我……因为她那时要是回了头，让我看见她在看着我，我就什么也干不了了……！我盯着她的脖子，步步逼近……我只能盯住她的脖子，紧盯着那一个地方，我无法尝试去看她……我渐渐走近她，直到可以触碰到她……（模仿行凶的动作……圣歌的声音消失了……伊菲革涅亚震惊了……佛罗斯更是惊恐地站起身来……亡灵们恐惧地看着他们……俄瑞斯特斯再次模仿行凶的动作……厄勒克特拉——模仿——倒在地上……）

克吕泰墨斯特拉 ……你们为什么要重复这些，你们这是怎么了？

阿伽门农 ……让他们停下来……！

俄瑞斯特斯 ……我顺势弯腰看向桌前，看见那些信纸上写着我的名字“俄瑞斯特斯，我亲爱的儿子……”我回身向你看去……你盯着我……我感到你像是在抱着我。我跪下身……你的手，你的手拿着那最后的几页信纸，手抬起来，又垂下去……（抓住厄勒克特拉的手，边说边做着同样的动作）……我一根一根地掰开你的手指，把信拿了出来……那手变得空荡荡的，如此忧伤，好像是在沉思……（向伊菲革涅亚）……你来看看啊……！

［伊菲革涅亚走过去。

俄瑞斯特斯 ……厄勒克特拉在门口看到了，她浑身战栗……（厄勒克特拉站起身来）……她抓住我，把我带到父亲的房间。他们就是在那里杀死的他，我们要到那里去告诉他这一切……

厄勒克特拉 ……我们是这么想象的，我们是想要这样……但事实上根本什么也没有发生……我锁上门，为俄瑞斯特斯清洗血污……

俄瑞斯特斯 ……外边有人在奔跑，他们兴高采烈地喊着“那母狗完蛋了，那坏女人完蛋了……”！

伊菲革涅亚 ……哪些人……？

厄勒克特拉 ……我们的朋友[①]，曾经站在我们这边的人……他们涌向街头，燃起火光，疯狂地大肆庆祝……！

俄瑞斯特斯 ……我们在读她的信，而他们却四处寻找我们，用拳头不断地敲着门……

---

① 暗指三位复仇女神。开始时是俄瑞斯特斯与厄勒克特拉要为阿伽门农复仇，所以说复仇神站在他们一边。而后来，姐弟两人犯了杀母之罪，反而受到复仇女神的追逐。

厄勒克特拉 ……那真是如噩梦般的夜晚……！

俄瑞斯特斯 ……天刚一亮，我们偷偷走了出来……！但他们发现了我们，他们开始追我们，要把我们带回去……打那儿以后，他们便从未停息……！

伊菲革涅亚 ……厄勒克特拉……？

厄勒克特拉 ……看起来他们一直都在迈锡尼，在那里等着呢……！他们敞开大门，装饰街道，挂上旗帜，豪吃豪饮，酩酊大醉，不时地在街头巷尾寻找我们的踪迹……！

阿伽门农 ……（站起身）……听着你的话，我失去了所有的希望……！

俄瑞斯特斯 ……我不能再回到那里去……！

厄勒克特拉 ……你不会再回去的，我向你保证！……只要我活着，我就不允许任何人把你带回去……！看着我的眼睛……我难道不是一直信守诺言的吗……？

伊菲革涅亚 ……我现在也在这儿，俄瑞斯特斯……！

俄瑞斯特斯 ……所以我才想让你看看她的手……！

伊菲革涅亚 ……你们现在看着我的眼睛……我们离开这里，不是对所有人都好吗……？永远地离开这里……？我的意思是，离得远远的……！在那里，俄瑞斯特斯，没有人再会追逐你……而你，厄勒克特拉，你也不会再做噩梦了……

克吕泰墨斯特拉 ……这是什么意思……？

埃癸斯托斯 ……她这是说……

克吕泰墨斯特拉 ……伊菲革涅亚，你这是在吓唬我……！

阿伽门农 ……我不能允许他们这样做……！他们这是背叛……

厄勒克特拉 ……俄瑞斯特斯……？

俄瑞斯特斯 ……就在今天……！

厄勒克特拉 ……但愿这样……那我们要去哪里呢……？

伊菲革涅亚 ……我会告诉你们的……！

厄勒克特拉 ……你待过的地方吗……？

伊菲革涅亚　……我已经想好一切了，你们不用担心……！来，我们再坐会儿，让我们先把晚餐……吃完……！

［他们回到桌前自己的座位上……外边又传来音乐和歌声。

俄瑞斯特斯　……嘘……！

［佛罗斯安慰他，并向外张望。

佛罗斯　……还是刚才的人，他们去参加庆典呢……

厄勒克特拉　……（向佛罗斯）……我们得离开了……！

佛罗斯　……我能说些什么呢……？你们要是觉得对，就去做吧……！

俄瑞斯特斯　……这只有你知道，你可要保密啊……！

佛罗斯　……放心吧！

俄瑞斯特斯　……（举起杯子）……为了咱们的远行……

［伊菲革涅亚、厄勒克特拉、佛罗斯也举起各自的杯子。

厄勒克特拉　……我永远也不会忘记你的……

［众人饮酒。

阿伽门农　……这么说，他们这是要走了，他们已经决定了……？

埃癸斯托斯　……看样子是的……

卡珊德拉　……我知道会这样……

克吕泰墨斯特拉　……怎么会？你怎么会知道？

卡珊德拉　……要是我，我也会这么做……！

克吕泰墨斯特拉　……她为什么不说他们要去哪儿……！

阿伽门农　……俄瑞斯特斯、伊菲革涅亚、厄勒克特拉，如果我还活着，你们的背叛就能要了我一次命……！可现在我死了，却要了我十次命！因为死人是无力的，是不设防的……！你们不能走……！俄瑞斯特斯，我的儿子，你必须把一切都忘记，留下来……！如果需要，你甚至可以忘记你是我的儿子……！不要再提起我的名字，也禁止其他人提及，把我的名字抹去吧，从所有的地方，哪怕是从我的坟墓上……！把所有能使你想起我的都收起来，去除掉，就像我从来没有来到过这世上，但是你要留下来……！你没有权力让迈锡尼空巢无主……！迈锡尼从我父亲、我祖父、我曾祖父之前就存在了……！难道就因为你们的自哀自怨，便要把他们所创造的历史葬送掉吗？……好好想一想……！倘若你们离开了迈锡尼，你们将什么都不是……甚至连特洛伊的难民都不如……！

［卡珊德拉站起身来。

伊菲革涅亚 ……我都来不及再看它一眼了……（高高地举起自己的杯子）……再见了，迈锡尼……！（喝了一口酒）

［圣歌的声音再次响起……俄瑞斯特斯倒在桌子边，头枕在胳膊上。

厄勒克特拉 ……你怎么了，俄瑞斯特斯……？

俄瑞斯特斯 ……我困了……

厄勒克特拉 ……你想让我扶你躺下吗……？

克吕泰墨斯特拉 ……让他留在我的身旁吧……！（伸出手去，抱住他）

俄瑞斯特斯 ……我更喜欢在这儿……

伊菲革涅亚 ……我也想让你在这儿……！

阿伽门农 ……这是多么令人悲哀的决定，俄瑞斯特斯……为什么要做这样的牺牲，伊菲革涅亚……？就这样让迈锡尼从此成为荒漠，渺无人烟……？！

埃癸斯托斯 ……你为之伤心的，是什么样的牺牲，什么样的迈锡尼啊……？还记得当我们走到地狱大门时，石碑上刻着的字吗，它说“你们，从这里走”……（举起手，像是指着大门上的石碑）……“我们活着时只知道动手动脚，死了，才知道思考”……行了，咱们别再耽搁了……

卡珊德拉 ……经过了十年的战争，他们掠夺后的一切都已成为了灰烬……但所有的人带着战利品，无论什么，只要是特洛伊的就行，以此来证明他们是胜利者……回乡的路上，他们低着头，悄声谈论着他们的胜利，就像是从葬礼上回来一样……他们路过很多地方，或是因为恐惧，或是因为羞耻，他们不愿让人们看出他们是谁……阿伽门农一路上独自一人，默默无语……夜晚他大声呼叫卫士醒来……卫士们问他怎么了，他说“我梦见我们又要到特洛伊去”……他们对他说“放心吧，我们这是回迈锡尼去”……他看着星光，更加恐惧地低语道“回去，还是原来的路吗……？”只有到了阿尔戈斯，他才显出一丝生气，勉强换上了一身好一点儿的军装……他的妻子在卧室杀死的，可真是个一文不值的人……留下一具毫无生气、又毫无价值的尸体，那个在边境之时，他自己亲自打扮过的尸体……

阿伽门农 ……可能的……一切皆是有可能的……当你做一件事的时候，发生的不仅仅是你做的这件事……还有很多可能发生，无论你愿不愿意……也许正是出于这个原因，我竟落得个如此可笑的下场……！也是由于这个原因，当我唯一一次看清了一切时，却已到了我那可笑的最后的时刻……！我孩子们的母亲成了我的刽子手，在我的房间里，我的床榻上……那里放满了我的日用品，朋友们送来的礼品、纪念品，还有很多我非常喜欢的小物件儿……！我躺在平整的、干净的、散发着香气的床单上……看着旁边我的袜子、我的鞋子……对于我这样一个人来说，这样的结局真是可笑，可它绝不仅仅是因为巧合……我记得，后来我每每看着屋顶缘木上的节疤……就像是孩子的眼睛在看着我，它们像是等着我，说些什么……说说那些我始终迟迟未说出口的……

［厄勒克特拉像刚才俄瑞斯特斯一样，倒在桌子边。

佛罗斯 ……厄勒克特拉……？

厄勒克特拉 ……没事儿，我有点儿累了……

佛罗斯 ……（站起身）……当然啦，从昨天起你就没睡过觉……！

伊菲革涅亚 ……休息会儿吧，我亲爱的……

佛罗斯 ……（靠近厄勒克特拉）……桌子太硬了，我给你拿个东西垫一下……？（他似乎发现了什么……俯下身子去观察……终于明白了什么……转身看着伊菲革涅亚……伊菲革涅亚的沉默证明了他的猜测）……伊菲革涅亚……？

伊菲革涅亚 ……嗯……

佛罗斯 ……她这不是在睡觉……！！

伊菲革涅亚 ……对，不是……！

佛罗斯 ……你怎么知道的？你要说什么……？

伊菲革涅亚 ……你的杯子，是干净的……！

［佛罗斯抓起厄勒克特拉喝干的杯子，看着杯子……而克吕泰墨斯特拉抱住厄勒克特拉。

佛罗斯 ……这是你干的……？

伊菲革涅亚 ……我……一个连蚂蚁都没有伤害过的人……

［佛罗斯跑过去……伊菲革涅亚喃喃地说道。

伊菲革涅亚 ……这一切都是出于我的爱……

［向下倒去，佛罗斯扶住她，排练此时结束……扮演埃癸斯托斯的演员走到台前。

演员 ……女士们、先生们，我们并没有刻意打断你们正在观看的排练，只是这个独幕剧就是这样突然地结束了……因此我应编剧之邀，转告大家，这里似乎丢了一些台词，可作者无论如何也找不到了……

……而我个人却认为，那些台词根本就没有必要……因为作者想要跟我们说的——如果他有什么要说的——他已经都说了……

……在排练中我们感到，我们所扮演的人物，都承受着家族的诅咒和激烈的情感，陷入一种疯狂的、无望的自我毁灭之中。

……或许这一切都源自我们这个家族，它从我们的家里开始，蔓延到通往特洛伊的道路，而我们又得到了什么呢，只能说是我们统统成了自己灵魂的逃亡者……

……此外，或许只有因爱而生的勇敢行为，才能为我们带来治愈和净化……因为只有爱，才是最勇敢的……只有爱的种子才会像刚才我的同事（说出扮演佛罗斯的演员的名字）说的那样……种子从干枯的、无用的枝叶上落入大地，就这样……

……最后，请大家原谅我使用的这些词汇，灵魂、净化、勇敢、种子，尤其是“爱”这个词，这些已经过了时的词汇……但也许这是出于某种尴尬的绝望吧……谢谢……

[剧终。

通往忒拜之路

（“晚餐”三部曲之三）

出场人物

演员／过路人

守兵[①]

女人（守兵的妻子）

女儿（他们的女儿）

仆人[②]（守兵的父亲）

［扮演过路人的演员上场。

演员 ……女士们、先生们，我们现在位于忒拜城外的一座山丘上。对，就是你们知道的那座忒拜城[③]，尤其是从悲剧中读到过的忒拜城。从山坡上，我可以清晰地看到古城区，天气要是没有雾霾的话，我甚至可以望见远处的宫殿、神庙和豪宅……还有那些在工地上给政府修路的工

---

① 守兵：人物原型取自于索福克勒斯的悲剧《安提戈涅》中的守兵，即向克瑞翁（Kreon）报告波吕涅刻斯（Polyneikes）尸首被埋葬，以及该行为是安提戈涅（Antigone）所为的人。（见索福克勒斯《安提戈涅》第一场、第二场）

② 仆人：人物原型取自于索福克勒斯悲剧《俄狄浦斯王》中的牧羊人，即忒拜老国王拉伊俄斯（Laios）的牧羊人，他的到来证实了俄狄浦斯（Oidipous）的出身。（见索福克勒斯《俄狄浦斯王》第四场）

③ 忒拜城（Thebes）：又译为“底比斯”，希腊中部维奥提亚（Boiotia）境内的一座城市，雅典西北方约40公里。在古代希腊，忒拜曾是非常重要的城邦，与雅典、斯巴达等齐名。（见索福克勒斯悲剧《俄狄浦斯王》《安提戈涅》，以及埃斯库罗斯的《七将攻忒拜》）

人们，也清晰可辨。不过今天呢，看着好像没有人在干活，昨天也没有……当然啦，这很正常不是吗？每到这样动荡的时刻，任何东西都会停止运转的……！就连那些生活在最底层刚够温饱的人，汽车上最后一只轮子①，他们也无从知道第二天会是个什么状况……山下城里的人们起了冲突，打得很厉害，他们掀起路障，把整个街区都烧了……我不知道安提戈涅②是否意识到她这么做将给大家带来什么，但现在的事实是，旧的伤疤再一次被揭开，那伤口深深的，忒拜城内燃烧的火焰就是证人。我不知道你们坐在这里，是否也能看到那火光……暂且不说这些了吧，反正接下来你们也会继续听到的。现在我最好还是用几句话来交代一下舞台上并未出现的布景……这里应该有一座清贫的农舍，农舍外是一个用石头围起来的大大的院子……不远处有个小屋，也看不出到底是牲口圈、房间、还是装橄榄的储藏室……这边是农舍的房间，那儿是木质的院门，大概在这儿吧，还有一口水井……然后呢，我们设想，随处还散落地放着一些大口大口的缸、一支牛车的轮子、一些工具、一个饮水槽……等等这些……也就是说，让人一眼便可以看出，住在里面的人应该是靠种地生活，养了些山羊什么的，还在政府部门兼任个小职，比如农管局、公安局什么的③……

我觉得差不多了……我只想提醒大家，院门在这儿，喏，现在我正从这儿出来，可一会儿我将扮作那些放弃忒拜城逃离此地的人中的一员，会再从这儿走进去……

［演员下，灯光熄灭。再次起光时，他（已扮作过路人）又站在院门口，肩上背着一个大包袱，手里提着一只擦得很干净的箱子，向着农舍喊话。

过路人 ……里面有人吗……？

---

① “汽车上最后一只车轮”，希腊俗语，指社会最底层、最没有权力的人。

② 安提戈涅（Antigone）：俄狄浦斯的女儿。

③ 这样的人来自社会底层。战后希腊，不少农民进城讨生活，他们无法进入主流社会，只能在政府部门谋得一些最普通的职位，收入低廉，生活清苦。

……这儿有人吗……？

……我能打点儿水吗……？

……这儿没人吗……？

[一个同样年龄的女人走出来，审视地看着他，没有开口。过路人显得有些局促，没话找话地说……

过路人　……今天太阳够热的……

女人　……你是谁……？我不记得你了……

过路人　……我是……

女人　……你想要什么……？

过路人　……我能打点儿水吗……？

女人　……打吧……

过路人　……谢谢……

女人　……完事儿你走吧……

过路人　……我就走，你别怕……

[过路人到井边打水，喝水，并往一只水壶里灌了一些水。而这段时间中，女人的丈夫——守兵也出来了，半躲在他妻子的身后，两人同时审慎地看着过路人。

过路人　……你们要是还有些多余的面包、奶酪什么的，我有钱，可以买……

女人　……我们没有……

过路人　……没关系……（再次背起包袱）……好像，有些事你们还不知道……

女人　……我们不知道什么……？

过路人　……你们真是太幸运了……！

女人　……你怎么知道……？

过路人　……你们这山丘上，很是安静……！远离尘世……！太幸运了，相信我吧……

守兵　……你说你是个过路的……？

过路人　……就算是吧……

守兵　……过什么路……？

过路人　……我要离开这儿……！我又不是疯子，留下来干吗……？忒拜城已经被弄得翻天覆地了，不管你愿不愿意，你都会被扯进去，而且别想再撇清楚……！昨天我就把我老婆、我孩子送走了，我有三个孩子，今天轮到我走了……！

［夫妻两人的身后，他们的女儿也走出来，大约十八岁到二十岁的样子。

守兵　……就是说，你从山下城里来……？

过路人　……从下边来……

女人　……那你有没有看见一个小伙子，二十三岁，高高的个子，黄头发，很漂亮，有一个……

守兵　……（打断她）……停……！（向过路人）……你别听她的……！（向妻子）……他又不认识他，怎么能见过……？（向过路人）……她说的是我们的儿子……（胆怯地向前迈了一步，用信任的口吻问）那么，忒拜城到底发生了什么……？

过路人　……（也用信任的口吻，压低声音）发生了什么……？那些浓烟能告诉你……你没看到吗……？天都被熏黑了……！可你们知道我怎么看？他们干吗不去烧个干净啊，反正是他们自己的东西……！克瑞翁[1]或是俄狄浦斯[2]的财产里，有你的份儿吗，有我的份儿吗……？都是他们自己家族的，都得传给他们自己家族的人，那么我干吗要去关心什么时候传到这伙人手中，什么时候又轮到另一帮人那里……！上帝保佑，我还有脑子，不站在任何人一边，我既不是他们的追随者，也不受他们的蛊惑……！我也从来没为他们任何人做过事，我没用过他们的钱，没受过他们的利……！所以啊，让

---

① 克瑞翁（Kreon）：俄狄浦斯妻子（即母亲）的弟弟。俄狄浦斯死后，他摄政掌管忒拜城，厄忒俄克勒斯（Eteokles）和波吕涅刻斯（Polyneikes）兄弟俩死后，克瑞翁成为忒拜城国王。

② 俄狄浦斯（Oidipous）：因解开斯芬克斯之谜而当上忒拜国王，又因杀父娶母而亲手挖瞎自己的眼睛。

他们全都自己挖自己的眼睛去吧①……我说得不对吗……？

［仆人也从农舍走了出来，与家人站在一起，他的年纪已经很大了。

守兵 ……我们听你说到克瑞翁……！真的吗……？

过路人 ……无论你听到什么，信就是了……

守兵 ……你的意思是……？

过路人 ……当然是真的……！当他得知自己的老婆也自杀了，他无法自拔，整个人都崩溃了……在此之前他老婆得知了自己儿子的事，而那儿子之前又得知了安提戈涅的事，这简直就是连环套啊②……！正因如此，他们的对手才趁机重新夺回了政权……！就像人们常说的“胜者为王”，你听说过这话吧……？他们这真是在轮班儿哪……！你记住我的话：这厄运还会再继续，直到最后一位被搅进他们这摊浑水的人……！所以，离他们越远越好……

女儿 ……可安提戈涅和海蒙有什么错呢……

守兵 ……嘘……！

过路人 ……什么……？（作思考状）

守兵 ……小点儿声……！

过路人 ……唉，一方面吧，我也为他们难过，我又不是畜生……可你知道吗……？这样的悲剧时有发生，既不是第一次，也不是第二次，但往往因为当事人不是克瑞翁的儿子，不是俄狄浦斯的女儿，所以你就从来都没听说过，也从不会为他们难过，他们就这样不被人知晓……！难道我说错了吗……？还有啊，既然说到这儿，安提戈涅也不全是无辜的，是她最先挑起的事端③……！

女儿 ……可那是她的兄长啊，我要是她，也会那么做的……！

守兵 ……不要说这样的话……！！

---

① 这里暗指俄狄浦斯挖去自己的眼睛，而“自己挖去自己的眼睛”也因为俄狄浦斯的故事成了一句希腊俗语，意思是“因为自己的过错而毁了自己”。

② 指克瑞翁的儿子海蒙（Haimon）因得知未婚妻安提戈涅的死而自杀，母亲欧律狄刻（Eurydike）得知海蒙的死而自杀，最后克瑞翁得知妻子欧律狄刻的死而伤心欲绝。

③ 指安提戈涅违背法令，埋葬自己的哥哥波吕涅刻斯。

过路人 ……对，可她毕竟违反了禁令……！

女儿 ……如果那个不被安葬的人是你，你想让秃鹰和野狗吃了你吗……？

过路人 ……如果我已经死了，让谁吃了我都行……！但是有一点不同，我就是变成尸体，也跟政治没有关系，然而……

女儿 ……（干脆地打断他）这哪儿有政治什么事儿啊，她只是埋葬了她的兄长……！

守兵 ……（很不安地）你们没事儿说这些干什么呀……！

过路人 ……也许她那么做并不是出于这个，既然死了的是个政客，那么自然而然地她便也被搅了进去……

守兵 ……嘘……！看在上帝的份儿上……！（向他的女儿）进去，你从不说这些事儿的，现在这是怎么了，我的天啊，主啊……！

过路人 ……孩子嘛……

守兵 ……他们也就知道这么多……别理他们……

过路人 ……（拿起包袱和箱子）……我走了……

守兵 ……走好啊……

[过路人离开，其他人留在原地，沉浸在思绪里，没有人开口说话，也没有人动弹。稍许，守兵慢慢走向院门边，好像不敢走过去似的，其他人仍站在原处。

女人 ……你听见他的话了吗……？任何有一点点脑子的人，都会这样做的……！

守兵 ……（与妻子对话的全程都像是在小声地自言自语，且回避看她）……让他们先处在我的位置上，再看看他们会怎么做……

女人 ……他就不会让自己处在你的位置上……！

守兵 ……说起来都容易……

女人 ……就算说，你也得说砸了……

守兵 ……对，当然了，别的人都是聪明的……就我是个傻瓜……

女人 ……你要不是傻瓜，就不会去把你看到的一五一十都说出来了……！

守兵 ……但问题是，不是我说“我要去”的……

女人 ……可去的是你啊，又不是别人……！

守兵 ……没谁是神经病，会主动说“各位，放心吧，交给我吧”……每个人都只顾着撇清自己……而那个试图逃走的呢，他们把他抓了回来，没少揍他……！所以我们才说，没有别的办法了，还是抓阄吧……

女人 ……那这抓阄的主意是谁出的……？

守兵 ……管他谁呢，这么做是对的，所有人都同意的……

女人 ……谁的主意……？

守兵 ……我的……

女人 ……我就知道！！！

守兵 ……嗯，你真行……

女人 ……是你，你才是真行……！

守兵 ……为什么，你觉得有什么不对……？你能找到别的办法……？你这个聪明人，你倒是告诉我你能怎么办……！说呀……你那不饶人的舌头呢，哑巴啦……？

女人 ……我还能对你说什么，你连你自己在说什么都不明白呢……！

守兵 ……跟她真说不明白……

女人 ……什么也别说了，闭嘴吧……但凡还有点儿意识的人，就不会开口……

守兵 ……你能不能别绕弯子，给咱说清楚点儿……？

女人 ……你出的主意抓阄，可偏偏落到了你的手里！！！

守兵 ……我怎么知道会这样……？！

女人 ……你们全家都是倒霉蛋，你还没意识到吗……？！

守兵 ……（急切地恳求）……看在上帝的分上，别说了，他听着呢……！

女人 ……（看了仆人一眼，然后走到台中）……但是我错了吗……？咱不谈这些严重的，你想让我谈谈那些小事，来给你证明证明吗……？

守兵 ……你爱怎样就怎样吧……

女人 ……你们抓过多少次阄，有时候是山羊，有时候是乳猪……？十次，二十次……？你中过吗……？从来没有……！恰恰这次抓阄看谁去向克瑞翁报告有人掩埋了叛徒的尸体，你倒是中了……！

守兵　……嘘……！

女人　……（快哭出来）……还是他自己的主意……为什么，上帝啊，我们都是穷苦的人，我们造了什么孽呀……？

女儿　……我们原本没有，但现在却在造孽……

女人　……你住嘴，这儿没你说话的份儿……

女儿　……我有，我当然有，我是什么，外人吗……？

女人　……让我来跟他理论，用不着别人帮忙……

守兵　……她总是以羞辱我为乐……

女人　……（泄气地）……你以为这是我的乐子吗……？

守兵　……这次无论如何，这次……发发慈悲吧……！我心中的折磨已经够多的了……！我已经看到我的话惹出了什么祸……！我不是畜生……！

女人　……所以，要是另一派再卷土重来，你就是第一个被绞死的人，甭管是不是因为抓阄，反正你是揭发安提戈涅的那个……

守兵　……胡说，我从没有说是安提戈涅……！

女人　……还用你去指名道姓，那样的所作所为谁不知道是她干的……上帝饶恕她，她想惹祸，那是她自己的事，可我们招谁惹谁了……

守兵　……真是倒霉啊……

女人　……人不是常说吗，别让厄运找上你[①]……？

守兵　……这厄运总是追着我，但是，我有我的看法，你有你的……在你看来我是自己愿意，主动掺和进去的，你以为我现在是在为自己开脱……

女人　……你喜欢到处瞎掺和，喜欢谈论公家的事儿……

守兵　……你听着，我又不是只无足轻重的虫子[②]……

女人　……你以为你有多高大……？

---

① 原文为“让蛇咬上你”，来自希腊俗语“被黑色的蛇吞了”，意思是“厄运等着你呢”。
② “虫子”俗语中比喻无足轻重、毫无意义的人。

守兵 ……（生气地）……我没做错什么……！

女人 ……（也又生起气来，两人再次争吵起来）……那你就别乞求我发慈悲……！

守兵 ……我根本没打算从你这儿得到怜悯……！

女人 ……你也根本不值得……！一辈子总是把事情弄糟，然后再装着后悔……！现在也是一样，想在我们面前掩盖自己……！但是我太了解你了，我才不轻信你的谎话呢……

守兵 ……我只想说一句……

女人 ……（打断他）……我也只对你说一句，我儿子在哪儿，他在城里干什么……？你看，又是浓烟，看啊，火光……！孩子疯了似的要跑去忒拜城，这到底该怪谁……？怪谁……？

守兵 ……记住我此时此刻说的话：如果有一天你发现把一切都归罪于我是太冤枉了，你会哭得很惨的……！

女人 ……等着瞧吧，但愿他好好回来，不然的话……等着瞧吧……

［女人离开，嘴里叨念着同一句话，走向屋子。

［深深的沉默。守兵在某处坐下，他的女儿走近他。仆人坐在一只小凳子上。凳子放在一只大木箱上——这样他便可以看得远一些。他离其他人有一点距离。

仆人 ……你们干吗不大点儿声，好让我也听见……？

守兵 ……（大声地）我们没在说你……（向女儿）下次你别在生人面前这么口无遮拦……

女儿 ……我没说什么呀……

守兵 ……你听见我的话了吗……？

女儿 ……我想，咱们两个谈谈……

守兵 ……如果你想说的是你妈那番话……

女儿 ……我并不把全部事情都怪罪于你……

守兵 ……和这婆娘我从来都谈不拢……

女儿 ……我也不想羞辱你……

守兵　……你们女人啊，脑子跟别人不一样……

女儿　……我关心的是另一件事……能让我问问你吗……？

守兵　……你以为我愿意往自己单薄的肩膀上扛这些责任……？这可能吗……？好好地去惹这些灭顶的灾难……？为什么啊……？是能当上公安局局长啊，还是能涨几毛钱工资……？

女儿　……不……

守兵　……这辈子我害过谁吗……？有谁能指责我出卖过灵魂，没有底线，没有情感吗……？

女儿　……不……

守兵　……那她骂什么……？她为什么就不能理解理解我跟她解释的话，反倒要去重复别人说的……

女儿　……她说的跟他们不一样……

守兵　……一样的，只不过是用她自己的方法罢了……，……你刚才想要问我什么来着……？

女儿　……你当初为什么没逃走……？

守兵　……逃走……？……什么时候……？

女儿　……在去的路上……！走了一半的时候……？

守兵　……逃走，我能去哪儿……？

女儿　……上山上去，去能藏身的地方，有很多的啊……

守兵　……那又能得到什么呢……？就算我不去报告克瑞翁，也会有别人去的，埋葬的事情很清楚，所有的都在指向安提戈涅……

女儿　……可不要是你去说，这就是我希望的，这样我也就不用一辈子有负罪感了……！

守兵　……你负什么罪，和你有什么关系……？

女儿　……难道我不是你的女儿吗……？

守兵　……这能怎么样……？

女儿　……你当时要是有胆量逃走，等大难过去，而不是低下头颅……

守兵　……你竟这样说……！

女儿 ……为什么不呢……？谁逼着你非得一条道走到底去报告的……？

守兵 ……那你们呢……？你们会怎么样……？你以为这样他们会放过你们……？他们不得用迁怒于你们来迫使我投降……？你想要这样的结果吗，为了保护安提戈涅而牺牲你们……？以你们为代价我自己当英雄……？你以为我是这么卑鄙吗……？不，我的心肝儿，我是可以选择的，而我的选择就是你们……！——你错了，我并没有像牲口①一样低下头，我有知觉，知道自己身上背负着什么，知道自己该往哪里去……！只有我自己知道，从哨兵岗楼到克瑞翁驻地的这段路上，我都经历了什么……昨天晚上，我看到你哭了很长时间②，你没错儿，你是个女孩儿，这我理解……他们两个都还那么年轻，真是好啊，多么好的一对儿啊，他们本来正打算结婚呢……！海蒙和安提戈涅……！可现在呢……你以为我心里没在替他们流泪吗……？多少次我暗地里为他们哭泣啊……况且，他们这么小的时候我就认识他们了……早年间，我在宫殿里站岗，他们总是一起在花园里面玩儿，安提戈涅、伊斯墨涅③、厄忒俄克勒斯④、波吕涅刻斯⑤、海蒙……是啊是啊……！我细心呵护着他们，生怕他们爬到树上摔下来，或者掉到哪个水池子里，弄湿了身子着凉……他们真是活蹦乱跳的孩子，淘气得很呢……！当下午我拿出面包想加个餐的时候，他们就凑过来，看着我……还问我："你吃的这是什么啊……""面包，"我说。"这么黑啊？我们没有这样的面包，"他们回答我："我们只有白面包"，然后还让我把面包也给他们尝尝……

女儿 ……（感动地）……他们喜欢吗……？

守兵 ……很喜欢……他们还拿我的橄榄和洋葱，好多次都给我吃得干干净

---

① 这里"牲口"是双关语，既指用来驮东西的牲口，又比喻身体强壮但没有情感的人。

② 指女儿在替安提戈涅哭泣。

③ 伊斯墨涅（Ismene）：俄狄浦斯的二女儿，安提戈涅的妹妹。

④ 厄忒俄克勒斯（Eteokles）：俄狄浦斯的大儿子。兄弟二人因王位之争自相残杀后，被克瑞翁认定因保护城邦而死，按英雄的礼仪得到厚葬。

⑤ 波吕涅刻斯（Polyneikes）：俄狄浦斯的二儿子。为与厄忒俄克勒斯争夺王位，集结外邦盟友攻打忒拜，死后被克瑞翁定为叛徒，下禁令不得被安葬。

净的……他们吃得饱饱的，却把我扔在那里饿肚子……！直到有一天，他们的监护人看见了，冲他们喊：“太不像话了，你们干吗呢，立刻吐出来。”“不，我不吐，”安提戈涅这样说，其他孩子也学着她的样子……监护人就冲着我发脾气：“看我怎么教训你”，他一边这样说，一边向我的肚子揍了两拳……！幸亏欧律狄刻[①]从窗口看到了，向他喊：“放开那人，他做错了什么……？”可就由于这个，他们把我换去了另一座岗哨……换来换去的，就被换到了最后那座倒霉的岗哨上……！哪怕最可恨的仇敌，我都不会祝愿他被……我下岗的时候，快是接近中午了，周围一个人都没有，我独自走在回忒拜城里的路上……天气前所未有的热，日头高照，阳光刺眼，没有一丝的风，树叶都静止不动……一片死寂……！道路上、田野里、湖水边……整个平原之上，唯一还在动换的就是我了……我这辈子从来没有这么怕过……！一路上我都在想，“我的上帝啊，这地方是怎么了……？俄狄浦斯他……”（好像要换个话题）……那些事你听说过的……简而言之，俄狄浦斯走了，克瑞翁来了，之后俄狄浦斯的一个儿子叫来了外邦的军队，攻打自己的兄弟和克瑞翁……兄弟俩自相残杀……安提戈涅违背了禁令埋葬了被判定是叛徒的那位……！多么可怕的事情……！这些人都是伟大的人，干的都是伟大的事儿，大风大浪里的……可我呢，我连条整裤子都穿不起[②]，被他们看作鞋子上的尘埃，我凭什么突然之间就被卷进他们的灾难之中，跟着团团转……！我也想过逃走，还有别的各种想法都想过……唉，又能怎样呢……？前有狼后有虎啊[③]……！但还有件事……也许是顶顶重要的……这个我跟你妈都没说过，她不会理解，可我要对你说……就是，有一种恐惧，我也不知它是怎么来的，但它严厉地对我说：“按照命运给你指好的路走吧，别看其他的地方，这些事不是你能决定的……！就连那些自以

① 欧律狄刻（Eurydike）：克瑞翁之妻，海蒙的母亲。
② 原文为“我连第二条内裤都没有”。
③ 原文为“前边是火海，后边是地裂”，希腊俗语，比喻“仅有的两种选择，都十分危险”。

为有决定权的人都无法改变命运，你又是个老儿，心里居然还打着那样的盘算……？”

女儿 ……这些是你亲耳听到的……？

守兵 ……你想让我起誓吗……？

女儿 ……不用……

守兵 ……我不记得到底是走在哪段路上时听到的这些话，但我一定是听到了……！

女儿 ……那然后呢……？

守兵 ……（向女儿指指屋子那边，看到妻子正在那里）……她在偷听呢……

女儿 ……那然后呢……？

守兵 ……我寻思着，我把埋葬的事儿报告给哪个军官，就可以了事了，可他们却把我架起来，带到了克瑞翁本人跟前……

女人 ……谁要是饿了，就过来吃饭吧……

女儿 ……那野蛮的冷血动物听到你的报告一定很高兴吧……

守兵 ……不是的……

女儿 ……可大家都是这么说的……！

守兵 ……当时在场的是我，不是大家……！如果你想听我来形容的话，他好像感到天翻地覆似的，我看到他硬撑着自己以免摔倒……

女儿 ……别人不是这么说的……

守兵 ……那你相信谁的，是别人还是你自己的父亲……？

女人 ……他跟你说什么呢，这么半天……？

女儿 ……哎呀，你有完没完……？

女人 ……每次只要他一把事情搞砸，他的嘴就不停地叨叨叨……

守兵 ……你给我听着，我不是个不懂事理乱来的人，我也接触过几个有文化的……他是个好人，不管怎么说，我就是这么认为的。他既然下了禁令，就不该有人违反。可是，他哪知道，他那是自己给自己挖了个坑……！

女儿 ……受害的是安提戈涅，不是他……

女人 ……你怎么不说说咱们，难道咱们逃出那个坑了……？（走向大门）……这没心没肺的家伙跑哪儿去了，外边这么乱，他怎么一点儿都不替我想想……？

女儿 ……要我去找找他吗……？

女人 ……你别动，看我不打死你！让我替一个担心还不够吗……？（挡住通往大门的路）……别让我看见你靠近大门，我把你头发揪下来……（向丈夫）……你看着，别让她也走了，不然我找根绳子上吊去……！

守兵 ……你别走，听到了吗……？

女儿 ……听到了……

［女人向屋子那边走去，来到仆人身旁。

女人 ……要我给你准备饭去吗……？

仆人 ……（摇头拒绝）

女人 ……那我把饭给你拿到这儿来……？

仆人 ……大门锁了吗……？

女人 ……我也不想这么做……

仆人 ……还是锁了的好……

女人 ……不是这扇门的问题，都怨另一扇门……

守兵 ……别烦老爷子了……！

女人 ……你们别总逼得我喘不过气来……！

守兵 ……谁逼你了……？

女人 ……你们，还能有谁……？别来烦你，别去烦老爷子，我一辈子被你们堵着嘴（向女儿）他们一辈子不让我说话，为了别让我指出他们都干了什么……

守兵 ……别听她胡说……

女人 ……我不想让她听我说，我要让她听你们说，她还有他[1]，好让他们别学着你们的样子去做……！

---

① 指两个孩子。

守兵 ……我们干什么了……？我们是偷东西了，还是杀人了，我们干什么坏事了……？你倒说说啊……！

女人 ……你当初要是听了我的话，我们会落到现在这个境况吗……？我难道没有求过你，求你留在砖窑上，那是份儿安稳的工作，能养家。可你非要进城去，搅到人堆里去，去——

守兵 ……（打断她）首先啊，进城可不是我自己要去的，是他们来把我叫去的。再者（向女儿）……她就像记不起来了似的……！那时候，境况跟现在一样，人们在挨饿，都指望能在政府部门找份儿差事，大家都求着——

女人 ……（打断他）我们有自己的营生，是别的人在求差事。人家能把工作拱手给你，全是因为对老爷子当年出来作证表示的感谢……！要说你就都交代出来，别总说一半——

守兵 ……闭嘴……！

女人 ……我的上帝啊，请你饶恕我，难道这真是你们家的传统……？

守兵 ……你不害臊……！

女人 ……是我该害臊，还是，这是我们的不幸……？

仆人 ……（大声地）……你们在说什么事，干吗不大点声儿，让我也听听……？

守兵 ……我们没在说你……

仆人 ……那你们干吗相互指着我……？

女人 ……他对你也没说实话，我们是在谈论你……

仆人 ……你们听我说……！我把很多事情埋在心里，是为了不使自己苦恼，可不是因为感到羞愧……我的名声很好……！所有我做过的，都是好事……！（向守兵）……人们都这么说……

守兵 ……我也是这么对她说的……

女人 ……你是个好人，只是你没做过好事……！

守兵 ……你何必那么在意，他说那……

女人 ……你翻来覆去地到底想解释什么……

女儿 ……你们在说什么呀，这又是怎么一回事……？

守兵 ……现在发生的事还不够吗，你还要把老账也揭开……？

女人 ……你凭什么说那就是老账……？

女儿 ……你们干吗不把话说清楚……？

仆人 ……（激动地）过来，我问你们，回答我……！他们给了我一个婴儿，让我杀了他，可我没杀……！这能成为对我的指控吗……？你们一个个地回答我……（向女人）……要是你的话，你会杀了他吗……？

女人 ……我是个女人……

仆人 ……（向守兵）……你呢……！

守兵 ……我们谈过这个的……

女人 ……不，我不会杀了他，但也不会找办法让他活下去，我不会亲手把他交给另一个人去养大①……

守兵 ……那人是个外邦人……！

女人 ……什么叫外邦人……？是个人②都知道这世界小得很呢……

女儿 ……什么孩子杀不杀的……？告诉我……

女人 ……你是聋啊还是傻啊……？难道你还没明白吗？

守兵 ……你这样做上帝是不会原谅的……

女儿 ……我们和这事有什么关系……？（看向仆人）

女人 ……让他们自己告诉你，他们不让我说……

女儿 ……你们又在瞒我什么……？

守兵 ……我们知道自己在做些什么……

女儿 ……什么意思……？

守兵 ……你看到有谁站出来说三道四了……？你以为只有咱们被搅进了这些事情……！

女儿 ……你们为什么要瞒着我啊……？难道我不是你们的孩子吗，难道我

---

① 指忒拜的牧羊人（即仆人这一角色）接到命令，让他把国王襁褓中的儿子扔到山里弄死。牧羊人不忍心杀死孩子，把他交给了来自科林斯的另一个牧人。而那婴儿便是俄狄浦斯。

② 原文为“母鸡都知道”，母鸡在希腊俗语里被比作最不起眼的人。

没有权力知道你们是谁，我又是谁吗……？你们听着，如果你们不告诉我，我就去别的地方问，我不会不查个水落石出的……（冲向大门）

守兵 ……（向他的女人）……你看看你都惹出了什么麻烦……？（用力抓住女儿，不让她走开）

女人 ……（向女儿）……要走你就走吧，但是带上你那些破衣服一起走，别让我再看见你……！我可能是管不住我的嘴，但在咱们这个家里，我对得起任何人，哪怕是我的妹妹，我也没对她说过一句过分的话……！可是今天，如果他们不说，就是刀山火海，我也要亲口把一切都告诉你……！

守兵 ……你倒是说说，你在吓唬谁……？那个圣人一样的人到底做了什么坏事……？（向他的女儿）……你听我跟你说，我的女儿，这是一个误会……我是为了你好，有些事情才不希望让你知道……！况且你就是知道了，对你也不会有什么好处……

女儿 ……没有好处就没有好处……！

仆人 ……（向守兵的女儿）……到这儿来……告诉我你想知道什么……你的要求我总是都会满足的，不是吗……？

女儿 ……你都做过什么，你们在隐瞒我什么……？

仆人 ……（向守兵）……她说什么……？

女儿 ……（从父亲手中挣脱，跑向仆人）我要你告诉我有关那个婴儿……

仆人 ……我不忍心……

女儿 ……你从哪里得到他的……？

仆人 ……是他们给我送来的……

女儿 ……是谁……？

仆人 ……我不记得了……

女儿 ……你记得的……！

仆人 ……（向守兵）我告诉她吗……？

守兵 ……（心情沉重地）……告诉她吧……

仆人 ……是伊俄卡斯忒[①]给我的……

女儿 ……什么时候……?

仆人 ……很多年前了……

女儿 ……他们给你送到哪里了……?

仆人 ……送到我的羊圈，在喀泰戎山[②]上……冬天，太阳老早就下山了，我点起火，准备热饭……

守兵 ……你独自一人……

仆人 ……我独自一人……其他牧羊人都去冬季的牧场了……那时，传来狗叫的声音，我打开门，想看看外边发生了什么……我看见下边，水槽边上，有几个女人……我看不太清，天已经黑了……（向守兵）……是几个女人来着……?

守兵 ……你跟我说过，是三个……

仆人 ……我大声地问她们这么晚了在山里干什么，是不是迷路了……?然后一个女人回答说她们是来找我的……“要是这样的话”我对她们说……

守兵 ……你忘了说了，一开始你觉得害怕来着……

仆人 ……我是害怕了，夜里山上可什么都有……但是我忽然听见婴儿的哭声，还有一个女孩子的声音在哄他……（向守兵）……这时候我才对她们说“进来吧”，对吗?

守兵 ……是这时候……

仆人 ……只有一个女人过来了，她说她是乳娘，是她在给孩子喂奶，因为伊俄卡斯忒还太小、太单薄，没有那么多奶水……然后，我的天啊，她对我说起了那个神谕[③]……！还说因此不能让这个孩子活下去……“那您想让我做什么……？”……“拉伊俄斯[④]拣选了你，伊俄卡斯忒

---

① 伊俄卡斯忒（Iokaste 或 Jocasta）：忒拜城的王后，俄狄浦斯的母亲和妻子，克瑞翁的姐姐。
② 喀泰戎山（Kithairon）：维奥提亚境内的一座山。
③ 指伊俄卡斯忒和拉伊俄斯自德尔菲（Delphoi）得到的神谕，说他们未来的孩子会杀父娶母。
④ 拉伊俄斯（Laios）：忒拜城的老国王，伊俄卡斯忒的丈夫，俄狄浦斯的父亲。

也同意……这一切都是暗地里进行的，且要保守秘密……对于你，他们两个都很信任……！

女儿 ……他们为什么信任你……？

仆人 ……因为我的父亲曾是他父亲的仆人，我和拉伊俄斯也在年轻时就认识，他对我一直印象很好，很赏识我……

守兵 ……咱们家名声都很好……

女儿 ……后来呢……？

守兵 ……乳娘离开后，伊俄卡斯忒来了……

仆人 ……是的……乳娘离开后，伊俄卡斯忒来了……她在火边坐下，给孩子喂奶……

守兵 ……就像在与孩子告别似的，这个你也别忘了说……

仆人 ……她也很赏识我，她是个彬彬有礼的人……我哭了起来……等她喂完奶，把孩子放在我的羊皮褥子上，她亲吻了他，转过身来再一次对我说："我们信任你"……我一个人对着婴儿待了好久，我看着他，困意全无。当我躺下时，应该已经是半夜了……

守兵 ……不……！首先是狗和一只山羊走过来，躺在了婴儿的身边，这个你别忘了，很重要的，然后你才过去的……

仆人 ……动物总是比人知道得更多……！早上我醒来的时候，我就开始琢磨，他们选择了我到底是什么意思……？是因为他们信任我……？他们知道我不是坏人，是个心善的人……所以也许有两个意思……！我既不会让他活下去，但也会让他活下去……！我就用羊奶凑合着喂那孩子，直到第二天来了一个过路的牧羊人，他从科林斯[1]来，是我的朋友，一个大好人……我告诉他我得到一个被遗弃了的婴儿，可能是哪个女人的私生子，你过来看看……这时候……

守兵 ……（向女儿）……你注意这个……

仆人 ……哪个……？

---

① 科林斯（Corinth）：又译为"科任托斯"，伯罗奔尼撒半岛东北部，雅典以西，希腊大陆与伯罗奔尼撒接壤之处。俄狄浦斯后来被膝下无子的科林斯国王所收养。

守兵 ……没事，你继续……

仆人 ……他要我把孩子给他，他去送给一个没有子嗣的朋友，那人会像接受上帝的礼物一样接受他的……

守兵 ……是他求你给他的，这个你没说……（向女儿）他逼着他的……！

仆人 ……这能成为对我的指控吗……？我问你们……！

女人 ……你这样做也许是在与上帝的意愿作对，你脑子里没过一过对神的敬畏吗……？

仆人 ……我们做的这一切，不都是上帝允许的吗……？难道还分一半一半不成……？

女人 ……连拉伊俄斯都无法逃脱的罪恶，你却要去承受吗……？

仆人 ……拉伊俄斯是个高尚的人，他敬畏神谕……！我为什么就不能敬重拉伊俄斯……？难道我不也是高尚的人吗……？

女人 ……可有什么好的结果呢……？

仆人 ……难道他没有长大成人，没有成为一个伟大的人、一个重要的人……？难道他没有为忒拜做过很多好事……？

女儿 ……爷爷，你对我说……

女人 ……这些努力都是白费……

仆人 ……这能成为对我的指控吗……？

女儿 ……也就是说……你是那个后来证明……

仆人 ……胡说……！我既没有证明什么，也没有出卖任何人……！是另外的那个人①，都是那个被诅咒的人……

女儿 ……另外的哪个……？

仆人 ……那个他们叫来问责我的人，他一整天一直都在追问："不是你把孩子给我的吗……？快承认吧，不是你在喀泰戎山上把他交给我的吗……？"

守兵 ……你们饶了他吧，别再折磨他了，你们没看他……

---

① 指科林斯的牧人。俄狄浦斯的养父（科林斯国王）死后，科林斯的牧人来到忒拜报告死讯，因而引起了俄狄浦斯对自己身世的质疑，并命令忒拜的牧人前来作证对质。

仆人 ……若不是这样，我为什么要害俄狄浦斯……不是我救了他，让他活下来的……？我爱他，他就像是我亲生的一样，我欣赏他……！我怎么会与他的敌人为伍……？

女儿 ……但如果你了解到，他杀死了自己的父亲，你也许会……

仆人 ……胡说……！那是克瑞翁和同伙们的诡计……！是他们杀死的拉伊俄斯……！而不是俄狄浦斯！俄狄浦斯也没有与伊俄卡斯忒生孩子，孩子是他跟别的女人生的，伊俄卡斯忒再也没生过孩子了……！

女儿 ……那么他们的结局为什么会是那样的……？

仆人 ……这都是谁说的……？他们好着呢……！伊俄卡斯忒去了斯基罗斯岛[①]，（向守兵）她去她姐姐那儿了，不是吗……？

守兵 ……去她姐姐那儿了……（感到一丝悲伤）……

仆人 ……那里是她的家乡……！而俄狄浦斯呢，他在议会上说："你们忒拜人都太狡猾，太不知感恩了……！"然后他便再次回到科林斯去了……！他难道不对吗……？

［沉默。稍许，守兵站起身来。

女人 ……我就是为了听这些才跟你们争吵的……？为了让你们再来说这些骗人的童话……？

守兵 ……（向女儿）……如果不是老爷子在这儿，我会跟你解释清楚的……

女儿 ……不用，最可怕的那部分我已经听明白了……！（沉默）……除非，你想让我就这么轻易地相信了你们所说的其他的一切……！

守兵 ……不……！我只求你一件事，可怜可怜他吧，他们残忍地鞭打了他整整两天，你要是看见我们找到他时他的惨状，你到现在还会掉眼泪的……！"叛徒！"……听听，这个上帝温顺的羔羊居然被叫作叛徒……！我是从鬼门关门口把他给救回来的[②]。整整有一年的时间，你跟他说这个，他跟你说那个，完全无法沟通，我费了很大的努力才使

---

① 斯基罗斯岛（Skyros）：又译为"斯库罗斯"，爱琴海上的一座岛屿，位于尤俾亚东面。

② 原文为"从哈罗斯的牙齿下救回来"，意思指"从将死的危险中得到解救"。希腊神话中，哈罗斯（Charos）负责将死者的亡灵带到冥府。

他恢复过来……（几乎落泪）

[女儿若有所思地向屋子走去。

女人 ……赶紧趁热把饭吃了吧……（沉默，向守兵）……你给她做双凉鞋吧……大姑娘家，成天光着一双脚走路，多寒碜啊……？（沉默）……等乱子过去了，咱们找块布，我给她缝条连衣裙……（沉默）……我说什么你可别嚷嚷啊……该发生的已经发生了，你去看看，再找份别的工作……你有手艺，你还能当个皮带鞋鞋匠，还有木匠，或去掘土……即便是在家里头，你也可以做一些东西，然后拿到城里去卖……咱们用不着再为了口面包，还总指望着什么德尔菲[①]，什么这个那个的神谕了……

守兵 ……盐……卖盐倒是个好生意……那些从埃莱特利亚[②]运盐的人，你知道他们……

女人 ……那你用什么运啊……？

守兵 ……用驴啊……

女人 ……哪儿找驴去啊……？

守兵 ……找找看……

女人 ……（向屋里喊）……伊洛……！你要是吃完了，把饭给你爷爷也拿出来……（向守兵）……买驴需要钱啊……

守兵 ……一开始我先用肩扛，然后再买牲口……

女人 ……（再次向屋里）……你听见了吗……？赶紧吃，把饭给老爷子拿来，然后把剩下的盖好……我去给山羊割草去……

守兵 ……得了，我去吧……

女人 ……别往远了走，你就在这附近，要是有人来，也好躲……（向屋里）……伊洛，听见没……？你怎么不回答，聋啦，还是哑啦……？

[女人生气地向那边走去……听听里面，然后一次次地喊自己女儿的

---

① 德尔菲（Delphoi）：位于希腊中部，雅典西北方向，与伯罗奔尼撒半岛隔海相望。古代希腊祈求阿波罗神谕和占卜的地方，建有阿波罗神庙。

② 埃莱特利亚（Eretria）：雅典以东优卑亚岛（Euboea，又译为“埃维亚岛”）内的一座城市。

名字，越来越不安，声音也越来越大。守兵听到妻子不安的叫声停住脚步，也更加不安地注视着里面的一切。女人从屋子里走出来，感到非常疑惑。

女人 ……她没在里面……！也不在后面……见鬼了，她跑到哪里去了……？

守兵 ……（爬到某个高处——即便是爬上一只大箱子也可——看了一圈四周，喊道）……伊洛……伊洛……

[女人似乎想到了什么，又向屋内跑去。守兵走向院门，虚拟地打开大门。女人惊慌地跑过来。

女人 ……这小崽子说到做到了，这铁石心肠的家伙……她走了……！

守兵 ……不可能……！

女人 ……她把装着衣服的包也带走了……

守兵 ……（大喊）……伊洛……

女人 ……都怪你……！

守兵 ……伊洛……

女人 ……（疯狂地跑向他，几乎把他推了一个跟头）……你去把她找回来……！我要你把我的孩子们带回来……！（扑到他的身上，捶打他，要掐住他）……你若不把他们带回来，我就掐死你……

[守兵试图把女人的手臂从自己的脖子上拉开，他紧紧地抓住她，把她放倒，趴在她的身上。

守兵 ……看着我的眼睛，看着我的眼睛……！不是你希望把一切都告诉她的吗……？不是你想让她了解所有的事情的吗……？

女人 ……（费力地抬起一点身子）……现在你看着我的眼睛……！这就是问题的所在吗……？是她知道了一切……？还是你们干的那一切……？你这个没出息的……！这小人……！没用的家伙……！

守兵 ……好……！如果我不把他们给你带回家，我绝不回来……（冲向大门，下场）

女人 （一动不动地在那里站了一会儿。之后，忽然好像恢复了她的愤怒，想了想，面部表情由于失望而拧紧了）……我的上帝啊，我都做了什么……！他现在这是去哪儿……！我这是让他去哪里啊，这是把他往虎口里送吗……？！（低声重复着这些话，好像在与自己混乱的灵魂对话）……回来……你听见了吗……？回来……回来……你听见了吗……？

［剧终。

回家吧，奥德修斯

出场人物

1. 奥德修斯（Odysseas）：职业英雄

2. 利桑德罗斯（Lyssandros）：唯一没有背叛奥德修斯的人

3. 皮罗斯（Pyrros）

4. 阿里斯托斯（Aristos）

2、3、4 是对奥德修斯怀有怨气的同伴们。最后一位是最年轻的，高高的个子、体格健壮、俊美的脑袋，但是头脑却有些迟钝。

5. 菲拉莱托斯（Philaretos）

6. 阿伽西阿斯（Agathias）

7. 克里托斯（Kleitos）

8. 珀吕克拉提斯（Polykratis）

9. 埃尔皮诺拉斯（Elpinoras）

10. 奈菲丽（Nepheli）："军人娱乐中心"的前艺人

11. 埃福安德罗斯（Euandros）：一个充满问题的国度的政府主席

12. 克丽奥（Kleio）：主席的公关助理

13. 喀耳刻（Circe）：天神佑护的女王

14. 尼基阿斯（Nikias）：一位不速之客

15. 服务生：痛恨历史的年轻人

16. 外交官：当代的爱国主义者

17. 佩涅洛佩（Penelope）：理想中完美的妻子

18. 忒勒马科斯（Telemachus）：叛逆年龄的男孩儿

19. 姑娘甲：录音师

20. 姑娘乙：上流社会的女孩儿

21. 两位摄影师

第一幕

［本剧发生在当代，第二次特洛伊战争二十几年后。

第一场

［海滨。有一处平台，是一个废弃了的、略显过时的海滨娱乐中心。破碎的玻璃、坏了的凳子、斜挂着的一块牌子上写着“海滨冷饮部——奥德修斯”。

［皮罗斯坐在平台边沿上钓鱼，菲拉莱托斯在不远处吃东西，手中拿着一盒打开的罐头。

［埃尔皮诺拉斯站在菲拉莱托斯身旁，用孩子般渴望的目光盯着红色的罐头盒。克里托斯远远地蹲在一旁，戴着眼镜，认真地读着一张破烂的报纸。

［阿里斯托斯弹着一把小布祖基琴①，阿伽西阿斯在投骰子。

［所有人都穿着身上露有破洞的海军制服。

［传来利桑德罗斯的声音，他喊道“上将先生……上将先生。上将先生……”

［菲拉莱托斯转身看着声音传来的方向，大声喊话。

菲拉莱托斯　利桑德罗斯先生！……

克里托斯　别管他，好好享受你的！……他把咱们弄到这儿来，他简直让咱

① 布祖基琴：Bouzouki，一种希腊民间弹拨乐器。

们头疼死了！……

菲拉莱托斯 （向埃尔皮诺拉斯）你像条狗似的看什么呢，你没吃饭吗？

埃尔皮诺拉斯 我想要那个罐头盒子。

菲拉莱托斯 你要它干什么？

埃尔皮诺拉斯 玩儿。

克里托斯 你什么也别给他……把它扔海里去……他都收了五百多只盒子了……船上臭得跟垃圾堆似的。

利桑德罗斯 （气喘吁吁地上，一边还擦着汗。他自豪地穿着海员制服，手里拿着一本会计账本）他在哪儿？

阿伽西阿斯 谁？

利桑德罗斯 奥德修斯！

阿伽西阿斯 你问我吗？

利桑德罗斯 我好像听到了他的声音。

阿伽西阿斯 一定是听惯性了的错觉。

利桑德罗斯 这回是真的，我耳朵里一直听到他的声音。皮罗斯船长……

皮罗斯 什么事？

利桑德罗斯 （怯声地）鱼钓得怎么样？

皮罗斯 时候不对啊[①]，利桑德罗斯先生，连鱼都对咱们失去了信任。

利桑德罗斯 是啊，是啊！

克里托斯 我之前从报纸上读到说，战后鱼都变得狡猾了。

利桑德罗斯 这是怎么回事，克里托斯先生？

皮罗斯 是那些淹死了的人让它们开了眼。在这场战争中，利桑德罗斯先生，可淹死了不少的人。

利桑德罗斯 可我们，作为人，我们可不能狡猾！我们不是鱼！

菲拉莱托斯 我们就是被淹死了的。

利桑德罗斯 我在找奥德修斯……你们中或许有谁看到他了？

---

① 双关语，即指季节不对，也指时代不行了。

阿里斯托斯 估计他正躺哪儿睡觉呢。

利桑德罗斯 （反应强烈地）他没在睡觉，他是在思考。他从来都不睡觉，他整日整夜地在思考。

阿里斯托斯 他在睡觉。

利桑德罗斯 （气愤地）他就算睡觉，也是应该的。他也是人，他也会累。

皮罗斯 一个人越是聪明，他就越容易累。

利桑德罗斯 大脑真是个奇妙的东西。

克里托斯 最近啊，你看到的，大海好像也招惹他了似的。

利桑德罗斯 他厌烦大海了，你们想让他怎样呢？他自小儿就天天跟大海在一起，他去世的奶奶曾跟我说，他还没学会走路，就已经能像海豚一样游泳了。

阿伽西阿斯 可暴风雨把咱们给甩到哪儿去了，他告诉过你吗？

利桑德罗斯 岛上啊……

阿伽西阿斯 哪座岛？叫什么名字？

利桑德罗斯 圣・玛丽亚・拉・多洛罗萨[①]……

阿伽西阿斯 胡说！地图上根本没有这么个岛。

利桑德罗斯 既然奥德修斯这么说，那就一定有。

克里托斯 没有，你这个木头疙瘩！醒醒吧！你的上将在骗我们所有人呢……

利桑德罗斯 又来了！……

皮罗斯 当初他被海浪卷走，你们就该让他像狗一样被淹死……我这倒霉的人向你们喊“把他扔了喂鱼去”！可你们这群傻瓜却把绳子扔给了他，把他给拖了回来……他呀，他可不仅是把我们坑惨了……他早晚有一天还得把伊萨卡[②]也给毁了。

利桑德罗斯 （气愤得颤抖）上帝啊！……

---

① 一座臆想出来的岛屿。

② 伊萨卡（Ithaca）：位于希腊爱奥尼亚海的一座岛屿，奥德修斯的故乡。（因为荷马史诗《奥德赛》以及奥德修斯归乡的故事，“伊萨卡”一词在西方语境中也被喻为“精神故乡”。）

克里托斯 不幸的是伊萨卡还蒙在鼓里。我之前读到报纸说，他们用公共筹款的钱给他又立了座雕像，也就是说，用穷人们可怜的血汗钱。

利桑德罗斯 他们做得好。他是第二次特洛伊大战中的头号英雄，全世界都知名的。

皮罗斯 这些都是为了迎合外国，对咱们自己吃紧的经济没什么用。

利桑德罗斯 在特洛伊，他们给他授了那么多的勋章，是不是这样？

皮罗斯 在特洛伊，他们拿这些勋章玩儿打仗呢。奥德修斯向墨涅拉俄斯[①]拽了一块，墨涅拉俄斯就向奥德修斯拽两块。奥德修斯向阿喀琉斯拽了三块，阿喀琉斯就向奥德修斯拽四块。

利桑德罗斯 （*忍无可忍地*）我禁止你们再说这些难听的咒骂！尽管咱们都是同伴，但奥德修斯高于一切！……

菲拉莱托斯 诶，那你到这儿来干什么，赶紧滚回你主子那里去吧！

利桑德罗斯 我哪儿都不去！（*气愤地*）我想知道你们在做什么打算？

克里托斯 那你坐下来，让我们全都告诉你！你先坐下，可别给我累着！你也算是战争中负过伤的呢。

利桑德罗斯 负过伤，是啊。但我并没有像你们一样，变成一个无政府主义的无赖。我没有用抹布抹去那光荣的历史，再给英雄们的脸上抹黑。

克里托斯 是啊，当然啦，你有光荣的历史，可我们没有！你们是参加过阿伽门农[②]大撤退的，难道不是吗？

利桑德罗斯 我就是在那里打仗的，在那里负的伤。

皮罗斯 对你来说那当然是正确的。因为你是搞经济的，因为大撤退是证券所使的一个手腕儿，为的是让“阿开奥斯[③]铅业公司”的股票贬值。

利桑德罗斯 这是诬陷！……

---

① 墨涅拉俄斯（Menelaos）：斯巴达（Sparta）国王，阿伽门农（Agamemnon）的弟弟，特洛伊希腊联军的副统帅。特洛伊战争因他的妻子海伦（Helen）被特洛伊王子帕里斯（Paris）拐走而引起。

② 阿伽门农（Agamemnon）：迈锡尼（Mycenae）国王，希腊联军的总统帅。

③ 阿开奥斯（Achaios）：特洛伊战争时泛指希腊人。

阿伽西阿斯 听听这畜生！

阿里斯托斯 听听这马屁精！

皮罗斯 你老了，可老了还没长脑子！

利桑德罗斯 你们不害臊！至少你们要尊重我身上的伤口，我身上有三处被子弹打穿了呢。

菲拉莱托斯 （激动地）我有五处呢！！！

利桑德罗斯 也就是说，我住了六个月的医院，还有我得的十字战斗勋章，都是为了使股票跌下来，好让将领们去购买？

皮罗斯 他们买了，难道不是吗……？

利桑德罗斯 要是奥德修斯听到你们这么说，他会气昏过去的！……

菲拉莱托斯 上帝保佑！！！我想回到伊萨卡，我要回家，你明白吗？我想见到我妈、我爸……我希望我还来得及见到他们……

利桑德罗斯 难道奥德修斯就不想见到他的家人吗？

菲拉莱托斯 不！他不想！！！

所有人 他不想！

阿伽西阿斯 他现在已经习惯了伟大的生活，心里再装不下小小的伊萨卡了，佩涅洛佩[①]太太他也装不下了。

利桑德罗斯 （惊吓地）皮罗斯船长……

皮罗斯 他生来就是个机会主义者！可我们想要回去，我们漂泊在外，老了，真他妈的！……

利桑德罗斯 （处境两难，既害怕又感慨）难道我没老吗？我不想回去吗？但要是我们不再把他当作英雄，我们怎么回去呢？我们要是不按应该有的方式返回，他又该如何给咱们这些失踪多年的人弄到一份像样的退休金呢？你们每天坐在阳光底下，弹着你们的布祖基琴，诋毁着他。可他呢，正拼着命地想法儿让你们的未来能变得更好。

---

① 佩涅洛佩（Penelope）：奥德修斯的妻子。

菲拉莱托斯　先回去再说吧，我们可不要什么未来。我们有手，可以自食其力。

利桑德罗斯　他告诉我说，我们一踏上伊萨卡，他就会把市中心所有的烟草店和政府部门里的咖啡馆儿都交给咱们管理。如果议会不批准过户，他就关闭这些倒霉的店铺，然后使用强制法再分配给我们。难道你们看不上这一切吗？你们还想要什么啊……？

［他停了下来，因为珀吕克拉提斯走了过来。他的脸上和衬衫上都是机油，用一团麻絮擦着手。利桑德罗斯一看到他好像立刻说不出话来，他慢慢地离开，一边像开始时那样喊着“上将先生……”克里托斯和菲拉莱托斯走近珀吕克拉提斯。

珀吕克拉提斯　（向埃尔皮诺拉斯）你干吗呢？

埃尔皮诺拉斯　玩儿呢。

珀吕克拉提斯　（从兜里掏出一只橙子，递给埃尔皮诺拉斯，然后对所有人说）发动机哒哒哒地转[①]呢，咱们随时可以出发……

所有人　（除了皮罗斯）太好了！

珀吕克拉提斯　（看着又去钓鱼的皮罗斯）咱们都同意了吧？

皮罗斯　这是第十七次起义了，你们还没闹够吗？

珀吕克拉提斯　第十七次，也是最后一次！同伴们，这是唯一的机会了！这次咱们不是在码头，而是身处无人之地。这儿既没有巡抚营[②]，也没有警察局！他得不到任何人的帮助。

皮罗斯　（将信将疑地）也不会从我们中间得到帮助吗？

［停顿。

珀吕克拉提斯　咱们得以名誉来起誓，你们是男人的，就把手伸出来！

皮罗斯　扯蛋！难道那十六次咱们没发过誓？

珀吕克拉提斯　难道你听说过，有哪场革命是第一次就成功了的？读读历史

---

① 原文为“发动机在唱歌呢”，“唱歌”为双关语，意为不停地说，指机器不停地开动。

② “巡抚营”，专指1833年成立的负责城市安全的军队，遍布整个希腊境内。1920年后，城市里设立了“城市警察局”，“巡抚营”则只管理省级地区。1984年，全境由“希腊警署”接替管理。

去吧，看看革命都需要怎样的准备。

［皮罗斯走过来，脸上多少带有些冷漠。

珀吕克拉提斯 “我们凭着圣神的故乡伊萨卡起誓，凭着正等待着我们的家人起誓……”

同伴们 （大家纷纷跟着重复）

珀吕克拉提斯 “我发誓至死忠实于这次起义，不要被奥德修斯的唠叨、恐吓或花言巧语所蛊惑……”

同伴们 （重复）

珀吕克拉提斯 “愿我不要可怜他，如果需要，我会把他打烂撕碎。让我一刻也不要忘记，我们虽是七位同伴，但我们大家同心同德！”

同伴们 （重复）

珀吕克拉提斯 打倒暴君！

所有人 打倒！

珀吕克拉提斯 他在哪儿？

［长时间的沉默，没有人知道该说些什么。

菲拉莱托斯 没人看见他。

皮罗斯 就连利桑德罗斯也是一大早就在找他。

［停顿。

珀吕克拉提斯 好吧，没关系。（向皮罗斯）你、克里托斯和其他的人，你们在岸上找……我和埃尔皮诺拉斯去树林看看……无论找到什么，以五声口哨为信号……船上会合……都同意吗？

所有人 同意。

［皮罗斯、克里托斯、阿里斯托斯、阿伽西阿斯及菲拉莱托斯下。

珀吕克拉提斯 （向埃尔皮诺拉斯）咱们找奥德修斯去……明白了吗？（看向众人离开的方向，小声嘟囔）……你们何必在乎是第十七次还是第一千次！……难道你们还有什么别的事可做吗？

［他也离开了。埃尔皮诺拉斯走在他前边，低头看着地，像猎犬一样嗅着。

［奥德修斯打开了娱乐中心的一扇窗户，跳到平台上。他穿着海军军服，脖子上挂着望远镜和相机。他伸了个懒腰，打着哈欠，掸掸身上，整理衣服。他看看四周，看到了写着自己名字的娱乐中心的牌子，感到十分惊喜。然后举起望远镜，看向远方。

［奈菲丽上场。她是一个中年女子，但看上去很年轻，穿着颜色鲜艳的衣服。看到奥德修斯，感到有些吃惊，小声嘀咕着。

奈菲丽　怎么又有人！……

奥德修斯　您早上好……

奈菲丽　今天这儿是怎么了？你们都是从哪儿来的啊？

奥德修斯　我们是沉了船的水手。

奈菲丽　你们就不能到别的地方去沉船吗？我在这儿游泳呢，我得晒太阳……

奥德修斯　如果打扰了您，我离远点儿。

奈菲丽　嗯，当然打扰啦！我游泳可是全裸的，晒太阳也是全裸的。

奥德修斯　我这就离开。

奈菲丽　那赶紧着，我十二点得回去上班呢。

奥德修斯　您工作吗？

奈菲丽　不然我怎么生活？我又不是沉船的水手，也不是游客。

奥德修斯　（指着牌子，像是要问什么……）

奈菲丽　（充满美好回忆地）海滨冷饮部——“奥德修斯”！过去的辉煌啊！过去这里可是车水马龙的，我们排着长队等位子。

奥德修斯　它关门了？

奈菲丽　旅游业发展到另一块海滩上去了，像这样的地方就都关张了。你看，人们的喜好变了，年轻人需要摩登的店铺，不要这些老古董！行了，你走吧，现在，我要脱衣服了。

奥德修斯　我能不能留下来，我不看你，咱们说说话？

奈菲丽　你经常这样得逞的吧？

奥德修斯　我以我水手的荣誉向您保证……

奈菲丽 （大声笑起来）你瞧瞧……这种话我可听得多了……什么水兵啊、陆军海战队的啊……

［传来利桑德罗斯的声音，他又在喊：“奥德修斯，上将先生……上将先生……”。

奥德修斯 怎么……？

奈菲丽 （一只耳朵注意地听着利桑德罗斯不断呼喊奥德修斯的声音，显得有些恍惚）水兵和陆军海战队，我太知道你们是怎么回事了……

奥德修斯 （向利桑德罗斯的方向喊）这儿呢！（向奈菲丽）您有怨言？

奈菲丽 （吃惊地上下打量着奥德修斯。而奥德修斯显得很得意的样子，这样的打量对他来说似乎很正常。奈菲丽扑向他，拥抱他，不停地亲吻他，并上气不接下气地说）我的奥德修斯，我的奥德修斯，我的快乐，我的阳光，我的心肝……

［利桑德罗斯上场，看到这一切，行了个军礼，又下场。

奈菲丽 你为什么消失了？……我这个可怜的人等啊、等啊……我做错了什么，竟让你一去不再回头？

奥德修斯 （努力地挣脱她的拥抱，害怕地后退，惊慌地看看四周）……你是谁？你是谁啊……？

奈菲丽 你一点儿也想不起来我了吗？

奥德修斯 （颤抖着，绝望地环顾四周，小声嘟囔）伊萨卡……伊萨卡……这不可能……这不可能……（想要跑开）

奈菲丽 （突然大笑起来）我说你等等……你以为自己在哪儿？

奥德修斯 在……在伊萨卡？

奈菲丽 我亲爱的，你别激动……我们离伊萨卡还远着呢！

奥德修斯 你发誓！……

奈菲丽 我干吗要骗你啊？

奥德修斯 我以前来过这儿？

奈菲丽 我想你不会来过。

奥德修斯 那我究竟是在哪里？

奈菲丽　在喀耳刻[①]的岛上。

奥德修斯　（高兴地）在喀耳刻的岛上！你从哪儿知道我的？

奈菲丽　咱们在别的地方认识的。

奥德修斯　别的什么地方？

奈菲丽　（开始边跳边唱——曲调很像《莉莉·玛莲》）

“在那港湾，

在那沙滩，

年轻的勒托[②]，

寻找着她的爱恋……”

奥德修斯　（非常兴奋地与她一同唱起来）

“我会在某个夜晚，

来到你的身边，

在你的臂弯，

让我来躲藏，

我小小的优雅的勒托……”

奈菲丽　（感动地）现在你想起来了？

奥德修斯　（同样感动地）米蒂利尼岛[③]！在那个叫“疲惫的水兵”的酒吧。

奈菲丽　那可是我最辉煌的时候！……（学着主持人的样子）“现在，由奈菲丽给我们献上不朽的爱国作品《水兵来信》”。

奥德修斯　“奈菲丽！舰队的小情人儿，娱乐圈的头牌女郎。”

奈菲丽　别说了，你都快让我哭出来了！你呢，你也是最迷人的军官。我们认识的那天，正好在开伤兵义卖会。你给我买了一盆栀子花，花盆上还刷着带有米诺斯风格[④]的花纹。记得吗？

---

① 喀耳刻（Circe或Kirki）：又译基尔克，荷马史诗《奥德赛》中的魔女，住在艾艾埃，据说在意大利和西西里之间的海上。喀耳刻曾经以美食诱惑奥德修斯的水手，使他们变成猪。

② 勒托（Lito或Leto）：女子名，也是希腊神话中阿波罗和阿尔忒弥斯的母亲。

③ 米蒂利尼岛（Mytilene）：又名莱斯沃斯岛（Lesvos），希腊北部爱琴海岛屿，与土耳其隔海相望。古希腊女诗人萨福的出生地。

④ 米诺斯风格（Minoan）：来自希腊克里特岛（Crete）米诺斯文明的风格。

奥德修斯　都过去多少年了啊！……

奈菲丽　我不要知道多少年！（沉默了一会儿，然后说）那时你为什么要离开我，那么突然？我一直都不明白！

奥德修斯　因为我们在打仗。

奈菲丽　可是，我们就是在战时结识的啊，要是你愿意，我们本可以继续的。

奥德修斯　还是让你突然之间失去我好一些，不然的话，我还得给你找些愚蠢的借口。

奈菲丽　但至少我能知道……

奥德修斯　那样会更糟的……对这种事，我还是很有经验的。我们无法为我们做出的最正确的决定找到合适的理由，而所有的解释都是那么的可悲。我离开了你，是这样的，但是，我给你留下了一个完美的疑惑，任何美丽的解释，都无法与它匹敌。

奈菲丽　你跟我说过要与佩涅洛佩离婚，然后娶我。而我也一直坚信你会和我结婚的。

奥德修斯　如果我告诉你，那时候我都相信什么……

奈菲丽　这第二次特洛伊大战毁了太多的人。

奥德修斯　可是我们赢了。

奈菲丽　我并不是想让你负责，但毕竟，因为你的原因，我走上了一条错误的道路。

奥德修斯　我也没有要你负责，尽管你是第一个让我背叛了佩涅洛佩的人。因为你，我也走上了另一条路。

奈菲丽　好路还是坏路？

奥德修斯　也不能说好，也不能说坏。就只是“另一条路”。

奈菲丽　刚才我拥抱你，你为什么那么害怕呀？你把我当成谁了？佩涅洛佩吗？

奥德修斯　你真把我胆都吓破了。（高兴地搓着双手）那么说，这里是喀耳刻的岛屿！太好了！你无法想象，当我第一次踏上一片土地的时候，这对我来说意味着什么！我重生啦！

奈菲丽 你知道吗，在这里，他们可把你供作神明呢？他们崇拜你！他们有以你的名字命名的大街，还有酒店、私立学校、巡洋舰、小说……都叫你的名字。就是在伊萨卡，也没有他们这么对你的……

奥德修斯 但愿是这样。我非常需要既不认识我，我也不认识他们的人。当你与相同的人生活久了，你会感到四周一片死寂……你对任何事都不再确信……那么，好啊！谁可以去通知他们，我来了？

奈菲丽 我去。

奥德修斯 现在马上去。

奈菲丽 （收拾自己的东西，准备离开，又停住脚，问道……）你没有打算回伊萨卡去吗？

奥德修斯 现在还不是时候。

奈菲丽 并不是艰难险阻妨碍了你回去，是吗？那些都只是传说，对吗？

奥德修斯 现在还不是时候。

奈菲丽 可我记得，你从来就没想过要回去……

奥德修斯 那时我是因为其他原因才不想回去。

奈菲丽 那么现在又是什么原因？

奥德修斯 已经不是同样的原因了。原因嘛，也会跟着我们一起老去的。它们也会患上哮喘、血糖，得个失眠症，还会感到不安、疑虑什么的。

奈菲丽 可是你想想，可怜的民众们还一直以为，你为了伊萨卡、为了佩涅洛佩、为了忒勒马科斯伤心欲绝呢……

奥德修斯 民众嘛，他们有他们自己喜欢的那套。如果哪些事他们不喜欢，他们就不会去相信。你可能认为我欺骗了那些幼稚的人，而实际上，我们根本不知道到底是谁欺骗了谁。现在快去吧，去吧，咱们都晚了。

奈菲丽 你想让我去告诉谁呢，是喀耳刻本人，还是总理本人？

奥德修斯 你行吗……？

奈菲丽 我就在王宫里工作。

奥德修斯 在王宫……？

奈菲丽 打扫房间的。

奥德修斯 在总理那儿。当然啦，咱们以前就认识这事，是咱们自己的事儿，可别让别人知道……

奈菲丽 我跟他们说过的，这样我才在王宫找到的工作。

奥德修斯 我亲爱的，咱们别再耽搁了。

［奈菲丽刚要走，又停住脚步，问道。

奈菲丽 刚才要不是我认出你，你会认出我来吗？

奥德修斯 不，我认不出来。你呢？

奈菲丽 我要不是听见他们喊你，永远也认不出来！……

奥德修斯 我们变化都挺大的，嗯？

奈菲丽 看样子是的。

奥德修斯 你的背原来长得多漂亮啊！……你睡觉的时候，还一直爱把脸蒙在枕头里吗？

奈菲丽 根本不可能了……我有点儿哮喘。你呢，还是拿那个弹簧做健身吗？

奥德修斯 做，不过又有什么用呢？

奈菲丽 你还一直那么快乐吗，成天吹口哨，讲那些奇闻趣事吗？

奥德修斯 一直是。只要是我自己能掌控的，我都没变。可是，你看，并不是所有的事情我们都能掌控……

奈菲丽 你喝咖啡还放那么多糖吗？

奥德修斯 一点儿糖都不放了……我血糖高。

奈菲丽 不，这不可能，奥德修斯不可能血糖高。

奥德修斯 最后一次测试时，我血糖 1.40[①] 呢。

奈菲丽 别呀……你要把我弄哭了……想来杯冰咖啡吗？我保温箱里有。

奥德修斯 来点儿吧……然后把窗户关上，把灯也关上。

---

① 血糖 1.40：相当于 14。

奈菲丽 （感动地）窗户？

［奈菲丽给他倒咖啡。

奥德修斯 （轻声唱）

“在那港湾，
在那沙滩，
年轻的勒托，
寻找着她的爱恋……”

奥德修斯 现在快去吧，咱们都晚了，晚了！

奈菲丽 我有汽车，一点儿都不会晚的。

［奈菲丽下。

奥德修斯 （喊）利桑德罗斯！

利桑德罗斯 （上场）上将先生，请您下命令。

奥德修斯 那些家伙在哪儿哪？

利桑德罗斯 我想他们正在岛上到处找你呢。

奥德修斯 他们一刻都离不开我，嗯？

利桑德罗斯 我担心他们又在策划什么坏事了。

奥德修斯 太妙了！

利桑德罗斯 他们简直就是卑鄙之人，上将先生！您就应该把他们都送进监狱里去。

奥德修斯 那我到哪儿再找别的人去啊……？

利桑德罗斯 今天他们看上去比以往更加疯狂……

奥德修斯 你说他们回来了，他们在找我……？

利桑德罗斯 是的，上将先生。

奥德修斯 那你再过这边儿点儿来，好让他们看见咱们。

［向前走了几步，来到更显眼的位置。

奥德修斯 但问题的关键是，利桑德罗斯先生，关键是咱们两个人怎么做，而不是那些人怎么做。

利桑德罗斯 下命令吧，我的奥德修斯。

奥德修斯　你看见刚才跟我说话的那个女人了？

利桑德罗斯　仅仅从远处，上将先生。

奥德修斯　那是个坏兆头。咱们现在在喀耳刻的岛上，就是说离伊萨卡远得很。

利桑德罗斯　我们以前来过这里吗？

奥德修斯　从来没有。

利桑德罗斯　这样的话，我们倒是可以贷款把船修好，再买些燃油。

奥德修斯　什么船，利桑德罗斯？这条破铜烂铁的船吗？

利桑德罗斯　可你早上还说……

奥德修斯　你没看到它都坏成什么样了吗？你下去看过发动机了吗？

利桑德罗斯　对发动机我一窍不通啊。

奥德修斯　船头的挡水槽漏水了，泵不能工作了，发动机的两个轴承烧坏了，还有油泵也废了。

利桑德罗斯　就是说一团糟啊……

奥德修斯　这次，咱们没有什么船了。如果这些蠢货、这些倒霉的职业水手再闹出点儿乱子，走不出五海里咱们就得被淹死。

利桑德罗斯　你得去劝劝他们。

奥德修斯　能劝得动吗？

利桑德罗斯　这又不是第一次了。

奥德修斯　我还能说些什么新鲜的？我哪儿他妈总能找到新的办法？这不是一次两次的了！……我都平息了十六次起义了！我就一个脑子，到底让我先干什么？

利桑德罗斯　那就让他们用这艘破船，让他们自己走吧。

奥德修斯　他们不能走！没有我，他们不能回去！因为那样的话，他们将面临一个残酷的问题：你们把奥德修斯丢在哪里了？你们怎么能不带着奥德修斯就回来了呢。这无论对他们，还是对我们，可都是个大麻烦。如若不然，多少年前我早就把他们甩掉了，他们和咱们也早就都自行解脱了。

利桑德罗斯　这些社会的败类！

奥德修斯　但是，在这个地方，利桑德罗斯，我们却可以一劳永逸地把问题解决啰。如果我能有几天的时间，我们就可以坐上全新的船出发，而且还有他们的舰队来护航。在这里，人们都很崇拜我呢！

利桑德罗斯　在哪里人们都崇拜你。

奥德修斯　他们用我的名字命名街道、学校、巡洋舰。

利桑德罗斯　那咱们可得不惜一切代价留在这里，好让咱们的船进船厂去修理。

奥德修斯　你真是个目光短浅的人……！咱们要乘着全新的船离开，要在一百声欢送的礼炮中离开。所以我才说我们真不走运，这条破船本该在咱们撞上礁石的时候就碎成碎片，粉身碎骨才是，而不是现在这样，像个苏丹[①]女皇似的立在船底板上。现在呢，我们距伊萨卡一步之遥，却面临着即将沉船的危险。因为我们下一个即将停靠的码头，就是伊萨卡了，利桑德罗斯！

利桑德罗斯　哦，不，上将先生！无论是上帝还是魔鬼，都不希望这样！你的意思是，咱们受了这么多年的折磨，就是为了在伊萨卡门口被淹死？

奥德修斯　而且我觉得轴承已经裂了，就在连接变速装置的那个位置。难道方向舵没失灵吗？它总是把我甩出三四十度呢。

利桑德罗斯　是的！皮罗斯也是这么说的，我们向一个方向起航，却在另一个地方落锚。

奥德修斯　那他们干吗还坚持要离开？他们是想用细绳儿把轴承和泵绑起来吗？

利桑德罗斯　你说得对！这讨厌的东西早就该被撞碎了！

奥德修斯　本来是可以这样了结了的。

［停顿。

---

① 奥斯曼帝国时期最高统治者的统称。

利桑德罗斯 上将先生……俗话说“有了雅典娜，也得自己动动手”[①]啊。

奥德修斯 你什么意思？

利桑德罗斯 咱们别什么都指望着运气啦。暴风雨和礁石把它们能干的都干了，剩下的，得咱们来干了。

奥德修斯 你心里在想……？

利桑德罗斯 我在想，我们到底该想船啊，还是伊萨卡？

奥德修斯 我们在那上面消耗了那么多年！

利桑德罗斯 我们是在消耗我们的生命！

奥德修斯 那些好时光我们都忘了吗？

利桑德罗斯 我从来就没喜欢过它！它是个倒运的家伙，上将先生。

奥德修斯 （充满情感地）它是我们的船啊，利桑德罗斯！

利桑德罗斯 一艘破船！

奥德修斯 （装作为这个想法而感到恐惧的样子）一桶柴油和火？

利桑德罗斯 两桶柴油。

奥德修斯 （不停地向四周张望，很不安的样子）我好像听见了什么……别担心，你干完之前，我来应付他们……但你要小心，要、小、心……你能打开柴油桶吗？当心点燃的麻絮……你得先跳出来，然后再把麻絮扔进去。听见了吗？最后再扔点燃的麻絮！

利桑德罗斯 （此前所有的激动都不见了）我吗，上将先生？

奥德修斯 那还有谁，我吗？

利桑德罗斯 可为什么是我啊？

奥德修斯 那为什么是我呢？

利桑德罗斯 可我……

奥德修斯 我也是。

利桑德罗斯 啊、啊、啊，不能是我。

奥德修斯 得，那也不能是我。

---

① 希腊俗语，指仅有天神的祝福是不够的，自己的努力也很重要。

利桑德罗斯 （泄气地）听您的命令。我回来之前，请您帮我保管好我的本子。

奥德修斯 财务上你怎么样啊？（打开利桑德罗斯交给他的账本）

利桑德罗斯 一团糟。那些失踪的、走丢的和死了的人，该怎么办啊……？

奥德修斯 上帝饶恕他们……

利桑德罗斯 不是宗教上的，我的意思是，财务角度怎么办。你看看，情况是这样的：他们预支了大量的工资，然后他们战死了、失踪了，他们就这样把事情弄得一团糟，然后给财政留下一大摊子赤字。我既没有收据，也没有死亡证明……为了这些悬而未决的事，我会进监狱的。

奥德修斯 （猛地合上账本）这些人都是为了祖国而牺牲的，利桑德罗斯！而你，你在做什么？这是最不可原谅的财物悬案！

利桑德罗斯 听您的命令，上将先生。（向他行军礼，然后心情很不平静地离开）

奥德修斯 小心啊！

利桑德罗斯 您也当心。（小声地）他们来了！！！

［利桑德罗斯下。

［同伴们拿着武器上场，围住奥德修斯，但保持着一定的距离。奥德修斯装作看着利桑德罗斯留下的账本。人们不知道该如何开口，就都沉默着。珀吕克拉提斯把手中的一根绳子扔给埃尔皮诺拉斯，示意他去绑奥德修斯的手。奥德修斯把本子放下，伸出双手，准备让他们绑。埃尔皮诺拉斯开始捆绑奥德修斯。

珀吕克拉提斯 我是为了你好，你别试图做任何反抗。

奥德修斯 （很听话地）你们看到了，我并没有反抗。

皮罗斯 如果你保持理智的话，你就没有什么可害怕的[①]。

奥德修斯 有什么理由让我不保持理智呢？

---

① 意思是我们不会伤害你。

菲拉莱托斯　可要是你胆敢逃走，我就开枪崩了你。

奥德修斯　我不会逃走的。

［停顿。

珀吕克拉提斯　船员们起义了。

奥德修斯　好的。

珀吕克拉提斯　你有什么想说的吗？

奥德修斯　没有。

珀吕克拉提斯　为什么？你是哑巴吗？

奥德修斯　让我说什么呢？

珀吕克拉提斯　我说，船员们起义了。

奥德修斯　我听到了。

珀吕克拉提斯　那说话呀……

奥德修斯　你们到底想要我说什么？

珀吕克拉提斯　难道你要我们告诉你你该说些什么？

克里托斯　可你，上将先生，你一直是个说起话来滔滔不绝的人！你现在居然找不到话说啦？

奥德修斯　没话说，这不允许吗？

克里托斯　允不允许我们说了算。

奥德修斯　不管怎样，我没话可说。

［停顿。

珀吕克拉提斯　（生气地）你给我听着，你要是反抗的话……

奥德修斯　我跟你们说了，我一点儿都不会反抗的。

珀吕克拉提斯　为什么？

奥德修斯　什么为什么？

珀吕克拉提斯　你为什么一点儿都不想反抗？

奥德修斯　因为我不想。

珀吕克拉提斯　我们起义了，是兵变，是革命，难道你还没意识到吗？

奥德修斯　这个我们说过了。

珀吕克拉提斯　那么？

皮罗斯　那么，如果你表现得理智的话，你不会受到伤害……

奥德修斯　这些咱们都说过了，咱们完全达成了共识。

［停顿。奥德修斯搓了搓鼻子。

阿伽西阿斯　不许动。

奥德修斯　我挠鼻子呢。

阿伽西阿斯　不许再挠了！

奥德修斯　有苍蝇！这是夏天……

阿伽西阿斯　我说不许再挠了！你原来那套没用了。

［停顿。

菲拉莱托斯　说，你想什么呢？

奥德修斯　关于什么……？

菲拉莱托斯　什么关于什么？

奥德修斯　我没在想……

珀吕克拉提斯　（粗暴地）他简直把我气死了！

皮罗斯　也气死我了，这个奸诈的家伙。

珀吕克拉提斯　我知道你想干什么！你想让我们丧失意志。

奥德修斯　哪儿能啊……

珀吕克拉提斯　你不一直是这样的吗？

奥德修斯　我这可怜的人……

阿伽西阿斯　（粗暴地打断他）你才不是可怜的人，你是伟大的奥德修斯·拉埃尔提阿狄斯[①]！……

珀吕克拉提斯　来自伊萨卡岛的了不起的奥德修斯！

克里托斯　第二次特洛伊大战中的头号英雄！

菲拉莱托斯　打败了特洛伊人的希腊人。

埃尔皮诺拉斯　（瓮声瓮气地）那个奥德修斯！

---

① 拉埃尔提阿狄斯（Laertiades）：作者为奥德修斯自编的姓氏，取自奥德修斯父亲的名字——拉埃尔特斯（Laertes）。

奥德修斯 我现在什么也不是。

珀吕克拉提斯 （爆发地）不许再说“什么也不是”！如果你以为用这种装可怜的方式就可以让我们放下武器，那你可真是太不了解我们了！

奥德修斯 同意。

珀吕克拉提斯 你又同意啦？

奥德修斯 这不正是你们想要的吗？

珀吕克拉提斯 给我听着，他妈的！我们起义，是因为我们与你之间意见不合！这怎么突然我们又一致了？

奥德修斯 你自己不也说，起义是因为有不同意见。那么现在你应当高兴啊，咱们达成一致了。

［停顿。

珀吕克拉提斯 （向其他人）咱们肯定哪儿搞乱了……

阿里斯托斯 我要是你，就让埃尔皮诺拉斯揍他一顿。

埃尔皮诺拉斯 揍吗？

珀吕克拉提斯 我们是在闹起义！你现在处境危险！这你到底明白还是不明白？

奥德修斯 我怎么能不明白呢？咱们已经说过了啊。

珀吕克拉提斯 那你想做什么？

奥德修斯 咱们都已经达成一致了，还要我做什么？

［停顿。

珀吕克拉提斯 （向着同伴们，语气肯定地）就是在这儿搞乱了。

［停顿，大家有些不知所措。

奥德修斯 可否允许我帮一点点小忙？

［停顿。大家看着他，没做回答。

奥德修斯 我觉得你们把角色搞混了。是你们闹了起义！是不是这样？我是敌人，是被制服了的那个，失去了能力，被扫清了。你们是主动的，我是被动的。因此，该做点什么的是你们！而不是你们等着我来做什么。

皮罗斯　（小声地向其他人）他说得对……

珀吕克拉提斯　胡说八道！他这么说都是为了使我们丧失意志。他就是为了这个才装傻充愣，不然的话，他早就该以他的英雄气概进行反抗，并试图逃走了。他装作被动，目的就是想瓦解起义。

菲拉莱托斯　（向奥德修斯）赶紧坦白。

奥德修斯　能允许我说说吗？……珀吕克拉提斯的这番话，可以被认为是已经承认起义失败了。因为这好像是在暗示我，我应该做点儿什么，来帮助你们去做点儿什么！可我呢，我并没有义务去做任何事！不信你们去读一读《革命法》，问一问随便哪个宪法专家！你们会看到，我完全没有义务去做任何的反抗！因此，分析一下你们想从我这儿得到什么。你们是在要求我，就是说，要求我去做那些你们禁止我做的事……！[1]

珀吕克拉提斯　（向皮罗斯）他说什么呢？

阿里斯托斯　我还是认为，一顿暴揍比什么都有用。

埃尔皮诺拉斯　揍吗？

［传来汽车发动机的声音，吸引了大家的注意力，朝那个方向望去。

菲拉莱托斯　（指着那边）那不是汽车吗……？

［汽车发动机的声音越来越近了。

皮罗斯　是两辆汽车……！

珀吕克拉提斯　快躲起来。（向奥德修斯）走啊。

奥德修斯　别推……别推我。

珀吕克拉提斯　赶紧走……

奥德修斯　这样没用，他们已经看见咱们了！

珀吕克拉提斯　我说躲起来！

奥德修斯　大家待在这儿，他们是为咱们而来的。

---

① 这段话明显带有狡辩色彩。

皮罗斯 你怎么知道？

奥德修斯 是我通知他们的。

［同伴们停住脚步。汽车更近了。

克里托斯 他说的是真的，汽车正朝这儿开呢。

奥德修斯 把绳子解开。

珀吕克拉提斯 什么？

奥德修斯 这什么样子嘛？你们想让咱们在国际上成为笑话吗？

［珀吕克拉提斯示意埃尔皮诺拉斯，让他为奥德修斯的双手松绑。

奥德修斯 你们想拿着这些破步枪见人吗？

［同伴们把枪藏在身后，汽车的声音停了下来。

奥德修斯 你们没刮胡子，没洗澡，简直一塌糊涂！退后点儿……赶紧退后点儿……我说你们退后些。（同伴们走向舞台深处）再过去点儿……再来点儿……还得过去点儿……！

［奈菲丽急匆匆地、兴奋地上场。

奈菲丽 你瞧我们多快就来了啊……

奥德修斯 那位先生是谁？

奈菲丽 总理本人！……

［埃福安德罗斯和克丽奥上场。两位穿着便衣的警察站在稍远的地方。奥德修斯朝他们走过去，奈菲丽跟在后边。埃福安德罗斯和克丽奥看见奥德修斯感到很不知所措，停住脚步。

奈菲丽 上将先生，这位是政府的主席①。

奥德修斯 主席先生……

埃福安德罗斯 （依然显得不知所措，木然地与奥德修斯握手，并说）这位是公共关系处的克丽奥小姐。

奥德修斯 幸会！

埃福安德罗斯 （看着奥德修斯的同伴）您忠实的同伴们？

---

① 剧本开始介绍埃福安德罗斯是总理，但也用主席来称呼他。一般来讲，希腊政府的总理，同时也是执政党的主席，因此称埃福安德罗斯是主席也是合理的。

奥德修斯 珀吕克拉提斯、皮罗斯、克里托斯……

埃福安德罗斯 （猛然地）好了！我们回去！

奈菲丽 （非常失望地）主席先生……

埃福安德罗斯 我是多么的轻率，竟然把您的话当真了！……

奈菲丽 可，主席先生！……

埃福安德罗斯 （气得直发抖）您应该找警察来，而不是我！……

奥德修斯 这到底是怎么了？

埃福安德罗斯 骗子！

奈菲丽 克丽奥小姐……（与她耳语）

埃福安德罗斯 立刻通知警察，还有海岸巡警。

克丽奥 主席先生……（与他耳语。停顿）

埃福安德罗斯 您疯啦，克丽奥小姐？我怎么能相信这样的证据呢？

克丽奥 我已经问过第二办公室了，这是真的！

［停顿。

埃福安德罗斯 （向奥德修斯）您肚脐下边长了一颗黑色的痦子？

奥德修斯 这是谁告诉您的？（看向奈菲丽）

埃福安德罗斯 我能看看吗？

奥德修斯 这都什么情况……

埃福安德罗斯 简而言之，我的先生，我怀疑您是否是奥德修斯！有那么多人冒充奥德修斯，以至于我有充分的理由不相信……

奥德修斯 您借一步……

［奥德修斯转身背向观众，埃福安德罗斯凑过去，看那颗痦子。看到的那一刻他更加惊慌了，与之相反的是奈菲丽，她感到很高兴。

埃福安德罗斯 （向克丽奥）他是！……

奥德修斯 我是！……

埃福安德罗斯 您怎么这样不照会一声就来了？

奥德修斯 我感到很惊喜……这位女士告诉我，这里的人都很崇拜我！……

埃福安德罗斯 正因如此，我们本应有时间，做充分的准备！……

奥德修斯 这您不用担心，我是个非常简单低调的人……

埃福安德罗斯 您也许是一个简单的人，我也很简单的……可目前产生的情况却丝毫都不简单……我向您肯定，我的处境十分可怕……

奥德修斯 我如何可以帮到您？

埃福安德罗斯 恐怕什么都无济于事了。况且，您自己也正处于同样可怕的境地。

奥德修斯 我吗？

埃福安德罗斯 正常来讲，我本应该要求您立刻离开这里！尽可能地悄声离开！您这突然之间的造访应该被忘掉，就像从未发生过一样！只有这样，我们大家才能避免危险。

奥德修斯 危险？

埃福安德罗斯 是的。

奥德修斯 （失去了耐心）您听着，我的先生！……刚才您怀疑我是否是奥德修斯，可现在呢，轮到我怀疑您了，我怀疑您是否真的……真的是总理。

奈菲丽 这就是总理本人。

埃福安德罗斯 我就是这个国家的总理。我问您，您有什么权力不提前照会一声就来到这里？

奥德修斯 看来您并未明白我到底是谁。

埃福安德罗斯 您是奥德修斯·拉埃尔提阿狄斯，第二次特洛伊大战中的头号英雄，肚脐下边有颗痦子，要去、去、去往他挚爱的家乡伊萨卡，但又回不去。这些，我比您自己知道得还清楚。可是，现在您本人就在这里，活生生的，却是这副样子。您能告诉我，这是怎么回事？

奥德修斯 我还是没明白您的意思。

埃福安德罗斯 这很简单。刚才你们聚在一起站在那里，我还以为奥德修斯是那位高个子……（指着埃尔皮诺拉斯）

奥德修斯 埃尔皮……

埃尔皮诺拉斯 嗯？（向前走了一步）

埃福安德罗斯 您看到吗？就连我也误以为是他！……当然，我错了……但这并非出于无知，因为我是掌握了信息的。我出错，是由于习惯，由于成见……克丽奥小姐，请您告诉我，您第一次看向这里的时候，首先注意到的是谁？

克丽奥 您的这位同伴！他叫什么……？

奥德修斯 埃尔皮诺拉斯。

埃尔皮诺拉斯 （高声喊）到！

埃福安德罗斯 你看到吗？公共关系处的克丽奥小姐也是掌握了信息的！……可是但是，她也错了……

奈菲丽 这是埃尔皮诺拉斯，是个可怜的家伙……

埃福安德罗斯 这是另一码事。况且，我们既然不知道，所以也就不重要。而重要的是，我们的目光投向了哪里！投向了什么样的外在形象！

奥德修斯 这是个误会……

埃福安德罗斯 虽然只是个误会！但是，口头传说与民间想象、无知与距离，却像放大镜一样，具有巨大的冲击力。我只想对您说……尤其是民间的想象，简直就像下水道一样，是一个可以吞噬各种欲望的杂食怪物！……如果您完全是另外一种样子，那一切该是多么容易啊！……

奥德修斯 如果我是另外的样子了，我就不是我了……

埃福安德罗斯 这我同意，不过我们要谈论的是问题的本质……我们在谈论公众到底有什么需求。您本应该是个子更高一些的。难道不是这样吗，克丽奥小姐？

克丽奥 至少要高出三四十厘米！

埃福安德罗斯 更漂亮些，更强壮些……

克丽奥 还要更年轻些……

埃福安德罗斯 要足够年轻些……

克丽奥　年轻十五岁到二十岁吧！脸上应该更男性化一些，更英俊，并且还要同时有点儿野性……就是人们常说的那种神秘的雄性……

埃福安德罗斯　克丽奥小姐此时讲话像专家一样。对于此类课题，她是具有极其丰富的学识和经验的……

奈菲丽　但他还是非常有魅力的！我向您发誓，主席先生，他是我认识的最有魅力的男人。

埃福安德罗斯　论魅力，有室内魅力，就像室内音乐；也有广场魅力，就像市政府爱乐乐团演奏的音乐会。它们是完全不同的。不过我们别在这儿咬文嚼字了，我们最好还是来看看如何扭转局面吧。

克丽奥　他的这身衣服给他降了分……太过时了……如果他穿件更紧身一些的外套，多点儿垫肩，再来条更合身的裤子……（向奥德修斯）……请您转过点儿身来……

奥德修斯　（非常气愤地）不，我不转！这里发生的事简直也太……请您告诉我，您到底是政府的主席，还是个挣小钱儿的裁缝，或者缝裤子的？您到这儿来是为了迎接一位尊贵的客人，还是为了给他量背、量腰、量裤裆？我是否有一米六，是英俊小生还是丑八怪，是年轻力壮还是老年痴呆，都只关我自己的事！

埃福安德罗斯　这是唯一一件不仅仅关乎您自己的事的事！……

奥德修斯　我是奥德修斯·拉埃尔提阿狄斯，这才是本质，这对你们来说应当已经足够了……

埃福安德罗斯　不要再说什么本质和它的足够性了。您根本不知道那是怎么回事！您参加了战争，成为英雄，漂洋过海，却让这个叫作什么本质的婊子在那里折磨别人……我从政整整三十五年了，我亲爱的朋友，政治生涯让我的头发都白了，但我从未看明白这个所谓的本质到哪里才算结束，哪里又是它的延续……

奥德修斯　（非常气愤地）够了！……就算我从没来过，也从没踏上过这片缺德的土地，更没跟哪个住在这里的神经病说过话！（向同伴们）各就各位！我们立刻启航！……（向埃福安德罗斯）我会努力忘记您刚才说过的刻薄的话！但是我会回来的！您听见了吗？……我会回来，而且完全以我现在的这个样子！……

埃福安德罗斯 那么好啊，您走吧……这对我们大家都好！

奥德修斯 但我会回来的，您听见了吗？我会再回来的！……我重申一遍完全以我现在的这个样子！您回去吧，政府的主席先生。

埃福安德罗斯 最后我想补充一下，我是多么的难过……

奥德修斯 您先别急……我很快就会给您机会，让您难过得更厉害的。

[他们离开。

[奥德修斯转向他的同伴们。

奥德修斯 我跟你们说过上百次了，不要让这怪物走出船舱①！……（停顿）那个自负的家伙②，他用他叨逼叨的粗俗话语侮辱了你们。然而，你们并没有掺和进去，这很好。你们以这种方式展现出深深的尊重、信心和信任，这些都是在艰难时刻最必需的品质……你们都已经看出来了，我们必须马上离开……这里的这片土地上，很明显，居住着愚蠢的人，被流氓统治着……我们还是走吧，越快越好……我们在海上，总要比在这疯狂的陆地上更好些……（突然想起）利桑德罗斯呢……利桑德罗斯呢！……（大喊）利桑德罗斯……利桑德罗斯！……（欲向外跑去，但又停住，绝望地看着远处）

[同伴们从各自的位置上跳了起来。

大家在喊 火！……着火啦！……

我们的船！……

赶快到船上去！……

所有人都到船上去！……

---

① 指埃尔皮诺拉斯。

② 指埃福安德罗斯。

[所有人都向船跑去。传来爆炸的声音和杂乱可笑的噪音，仿佛垃圾桶在滚动和玻璃打碎的样子。

利桑德罗斯 （当其他人下场时，偷偷地走上来，站在奥德修斯面前，脸上带着兴奋的光芒，向他行了个军礼，说道）我光荣地向您报告，船已经彻底陷入火海了！……

[奥德修斯晕倒在利桑德罗斯身上，利桑德罗斯努力扶住他。

[噪音仍继续传来。

[收光。

[伴随着船上着火的声音，传来鼓掌声，以及人群在室内发出的吵闹声。[收光。后换景，中间没有间断，直接暗转至下一场景。

第二场

[一束光打向埃福安德罗斯。他站在一个看起来像议会似的演讲台上，身旁放着一杯水。埃福安德罗斯喝了一口水，继续发言。

埃福安德罗斯 ……截止至此，同僚先生们，今天早上发生的一切就算结束了。针对这一严峻的、特殊的形势，我们将实施一系列的措施。我希望，这些措施能够通过大家的审核。在我结束讲话之前，我认为，有必要提醒大家以下这些问题——而这些问题呢，大家也应当已经是有所认知的了：我荣幸地在诸位的支持下，成为党的领袖，继而又担任了总理一职，因此我也要面对一系列重大的国家问题。我们国民的信仰已经被颠覆了。政府的威信多年来缺失于民众，对于一个国家来说，这就好比人体缺失了性功能。我们，大家看到，很遗憾，这么多年来，我们仍未出现过任何军事上或者政治上的领军人物，没有谁曾经拥有具有冒险精神的、辉煌的历史，没有谁能激励大众，能以翻倍的能量调动起人民的想象力。民众，同僚先生们，民众永远是崇拜偶像的。他们热爱好战的人，热爱活跃的行动，民众是喜好壮观场面的。那些堂吉诃德式的、带有欺骗性的壮观的表象，总是可以成为民众的偶像，成为他们的大麻，从而使他们自然而然地，把自己的信仰，深深地嵌入进那些被叫作国家或者民族理想的理念之中去。在这种大麻的麻痹下，民众会毫无怨言地接受任何权力的统治！而我们，我们使用权力时却是具有高度的责任感的。但是，由于我们还未成就壮观的事业，所以我们的民众便认为我们的权力系统是压抑的、非人性的、强暴的，简而言之，就是一架随时可以吞噬他们的机器。于是，这种常年缺少领袖人物的状况，导致我们陷入了恶性的无政府主义状态中。所以，同僚先生们，我才有了利用奥德修斯的灵感。相比于偶像，他要高级得多。他就是一部历史，充满了可利用的元素：冒险、爱情、对故乡的挚爱。他并非本地人，却被公认为国际上最激动人心的爱国主义者，全世界知名的人物。于是我利用所有的宣传和推广手段，使他被我们的民众所认可，被他们所崇拜。我成功地使每一个公民都相信，他们自己内心深处也是一个奥德修斯，并把我们的土地视作那敬爱的伊萨卡。这天才的做法是如此之成功，以至于不少疯子都开着他们的破船在码头外边转弯儿，扮出无法归家的样子。我的辛苦和付出为我们的国家带来了安宁。可现在，这个混淆视听的家伙却出现了，把一切都摧毁了！（喝水）当然，这部神话的产生过程中，也会出现错误或者夸张的部分。有家报纸，属于严肃类的那种报纸，就曾毫不怀疑地报道奥德修斯的身高有两米四，还说他一拳就打翻了电车的杆子，还说没有一个女人成功地与他对视过四十五秒以上。我们曾不断地要求他们在这方面不要夸大其词，他们却回答我们说，若是没有八卦，报纸的发行量就会下降。然而，同僚先生们，民众与奥德修斯之间的关系，只是问题的一部分。问题还有另一部分，那就是你们都知道的：喀耳刻与奥德修斯。对于我们年轻的女王，我不仅是她的摄政顾问，也是她的监护人，负责她的教育。但遗憾的是，我们这位姑娘从未拥有任何理想和抱负，对于何谓美好、何谓优雅，也从未有过任何感受。她这辈子没读过半本书，对音乐也是一无所知。就有关什么是我们所说的“理想”这一概念，我向她阐述了数月之久，但她依然认为那是瓶香水儿！那么，难道她不应该拥有哪怕是一种“理想”吗？我们所有人，每个人多多少少都会有一些理想的。于是我想，我要帮助她去恋爱。一位专家曾教授她《奥德赛》，从早到晚的，以至于她都爱上了那位专家。我们看到了，赶紧让那专家走人了。以这样的方式，我们使她对奥德修斯燃起了那种大家都懂得的狂热的激情。借助于她所读到的，她开始放飞自己的想象，开始听音乐，看电影，甚至节食减肥。她整个变了一个人！（停顿，喝水）那么，如果她看到了我今天早上看到的景象，同僚先生们，结果又会是怎样呢？

我提醒大家注意，当我离开那个荒芜的海滩的时候，我以为奥德修斯会待在自己的船上，离开这里。但事情却另有发展：奥德修斯居然留了下来！我在此之前以为危险已经过去了，但不曾想危险却再一次出现了，而且表现得更加尖锐。因此，我唯一能做的，就是实施以下勇敢的设想。既然奥德修斯无可动摇地留在了这里，那就让我们接受他的到来！但是，他必须以我们需要的方式到来，以符合有关他的传说的方式到来！下边就是我建议采取的措施：

[哑剧表演讲话。

[热烈的鼓掌。

[哑剧表演讲话。

[鼓掌。

[哑剧表演讲话。

［鼓掌及人声。

［收光。

［转场中，会议厅里的人声继续，演出并未间断。

第三场

［喀耳刻的宫殿，场景由导演和舞美设计制定。奥德修斯的同伴珀吕克拉提斯、皮罗斯、菲拉莱托斯、阿伽西阿斯、阿里斯托斯正在着装，他们身穿上燕尾服，戴上高高的帽子。克丽奥小姐在一旁监督着。广播里不停地播放着新闻以及指南类的内容。

广播 “所有车辆的驾驶人员，请尽快驶离伊索门附近的街道。”

克丽奥 请大家快点儿，快点儿！

广播 “车行自卫城街和自来水厂街的十字路口，请驶向墨涅拉俄斯国王街、克诺索斯[①]街、织布厂街、战神[②]街和学院路等处。”

克丽奥 请大家赶紧弄完，市长还在城门口等着呢！

珀吕克拉提斯 让他等着……！

广播 “游行队伍将穿过女王阿格莱亚[③]大街、奥德修斯大街及美利坚援助大街，向木马门前进[④]。依然在职的陆军将领们，请到城门的右侧集合。“

克丽奥 请快点儿吧，你们不应该最后才到。

珀吕克拉提斯 我们愿意什么时候去，就什么时候去。

姑娘甲 （急匆匆地上）克丽奥小姐，我没有鼓掌的声音！

克丽奥 可我们已经弄了这么多来。

姑娘甲 所有的光盘都录的是人潮的声音，但是没有鼓掌的声音。

克丽奥 您给广播电台打个电话，让他们赶紧送来……！

姑娘甲 好的……（跑着下场，同时克丽奥也与同伴们一起下场）

---

① 克诺索斯（Knossos）：克里特岛米诺斯王朝的王宫。

② 战神（Ares）：阿瑞斯，希腊神话中的战神，罗马神话中的玛尔斯（Mars）。

③ 阿格莱亚（Aglaia）：美惠三女神之一的光辉女神。

④ 以上街名使人自然而然地联想起雅典的街道。

［广播的声音一直未间断。

广播 “现在我们再次连线现场播报。”（换了一位播报人员）“我在木马门现场向大家播报。广场、街道已融为一片旗帜的海洋，旗帜装点着这座城市的中心。政府内阁、外交使团、以及部队将领均已就位，恭候着我们尊贵的客人。市长及市政参议员们已站在观礼台之上，奥德修斯将在这里被授予城市金钥匙，以及荣誉市民称号。人行道上站满了民众，人们高喊着万岁。我已经可以看到，美利坚援助大街尽头，喀耳刻座驾前面打头阵的马队。而在杜鲁门总统雕像附近，欢呼的声音此起彼伏，我看到群情激奋的人潮在涌动……为奥德修斯领路的游行队伍从大街的尽头走了过来……人们从阳台上抛下的鲜花像倾盆的雨水，洒向一条条道路。同时，宪兵队和海军乐队演奏着乐曲……这真是激动人心的时刻……”

［人们的欢呼声和乐曲声渐高，盖住了播音员的声音。

［此时，利桑德罗斯小心地走上。他蹑手蹑脚地查看一圈四周，发现并没有人后，转回了刚才上场的地方，打手势示意。奥德修斯上，一副可怜兮兮的样子。他浑身肮脏，穿着一身破衣服，从下巴那里包了一条长布带，向上直系到头顶，在头顶打了个结。走起路来显得身体僵硬，而站住时好像也要费很大力气才能站稳。

奥德修斯 我会奋力斗争的！

利桑德罗斯 你先坐下，稳住啰，你现在可是太衰了，我可怜的人。

奥德修斯 我要奋力斗争！

利桑德罗斯 你要不要去看个医生，给你拍个 X 光片？

奥德修斯 我要奋力斗争！

利桑德罗斯 你可能是哪里骨折了。

奥德修斯 我要奋力斗争！

利桑德罗斯 你真该看看他们是如何把你打倒的，又是怎么集体一起上来揍你的。（哭起来）

奥德修斯 坚强些，利桑德罗斯……

利桑德罗斯 看到你现在这副糟糕的样子，你叫我怎么能坚强……

奥德修斯 我糟糕吗……？

利桑德罗斯 咱们离开这里吧，我的奥德修斯。

奥德修斯 你疯了吗？如果我们离开这里……不，我不离开这里！

利桑德罗斯 可我告诉你，这里的人都已经串通好了要反对你。那些强盗，咱们的同伴们，他们一定是投靠了政府，不然怎么胆敢这样动手打你。

奥德修斯 我要奋力斗争。

利桑德罗斯 咱们还是走吧。

奥德修斯 绝不！现在这些盗贼和他们的同伙就要到了，我必须在这里，以证明我是谁，看看他们又是什么人。

利桑德罗斯 可没有人会相信你的。

奥德修斯 我会奋力斗争的！

利桑德罗斯 那些人，我亲爱的，他们只会关注他们的利益。

奥德修斯 我也会关注我的。

利桑德罗斯 上将先生，你对他们来说没有价值。

奥德修斯 给我拿把刷子来，再拿条干净的毛巾、一把梳子、一面镜子，我要让你看看！

利桑德罗斯 我去哪儿弄这些东西？

奥德修斯 你去问奈菲丽要。

利桑德罗斯 她说让我们待在这里别动。

奥德修斯 可你他妈凭什么觉得他们不会相信我？我到底是不是奥德修斯？

利桑德罗斯 你是。但是，那些人只期待着一位奥德修斯，现在突然出现了两位，他们选择了比较好的那个，这不也很自然吗？

奥德修斯 那个就更好了吗？

历桑德罗斯 反正他们选择的是另一个，是不是呢？

奥德修斯 赶紧让我洗漱。

利桑德罗斯 你就听我一次吧，这里是个狡诈的地方，咱们走。

奥德修斯　我要奋力斗争。

[利桑德罗斯在某处坐下，他扶着奥德修斯，让他坐在自己的腿上，像对一个孩子似的。

利桑德罗斯　你哪里疼啊？

奥德修斯　哪儿都疼！

利桑德罗斯　还要不要片阿司匹林？

奥德修斯　我要奋力斗争。

利桑德罗斯　他们还会打你的。

奥德修斯　（思考地）那一刻我有一丝感动。

利桑德罗斯　什么时候？

奥德修斯　他们用脚踩踏我之前。他们向我高喊“万岁！万岁”，我还以为他们是认真的。这使我记起了过去的好时光，那时候欢呼万岁的声音还很让我惊奇……

利桑德罗斯　人们向你高呼过多少万岁啊！

[远处传来欢呼的声音。

奥德修斯　那时我是靠我的功绩赢得的欢呼，那欢呼是来之不易的。我曾经很恐慌，我怀疑自己是否配得上这些赞美。我浑身冷汗，眼神迷离，好像看到人们在黄色的光影中漂浮。

[再次传来欢呼的声音。

奥德修斯　我似乎又听到了那种声音！……我似乎看到了像山峰一样高举的双手，兴奋地挥舞着，渴望触碰到那伟大的英雄。从那时到现在，已经过了上千年了吧……

利桑德罗斯　你为什么不再吃片儿阿司匹林呢？

奥德修斯　别告诉任何人我要对你说的话：我累了！

利桑德罗斯　连你也老了，我可怜的朋友，今天我才第一次发现。

奥德修斯　是啊，但是刚才我说的话你不要告诉任何人！好吗？

[欢呼声更近了。

利桑德罗斯　我们都成了两个可怜的老家伙了。我们用了一生的时间，去寻找伊萨卡，直到如今还在各种经纬度中迷茫地四处游荡，被遗忘在上帝的悲悯之中。

奥德修斯 （追忆地）我经常听到早年间的那些“万岁”声，它们来了又去，就像一阵阵突然间吹来的飘忽不定的微风。你还记得吗？

利桑德罗斯 我怎么记得，我连半句这样的话都没听到过。我能有什么办法呢！但至少别让我摊上财政上的那些亏空啊。

奥德修斯 到底是因为什么呢，利桑德罗斯？

利桑德罗斯 都是因为预支。

［欢呼声更近了。

利桑德罗斯 （跳起来）这些欢呼声就在外边了。（跑去向外边张望）他们来了！

奥德修斯 （尽量保持良好的状态等待着）我这样子还好吧？

利桑德罗斯 过来，咱们去那后边躲起来。

奥德修斯 你去吧。

［利桑德罗斯害怕地躲了起来，奥德修斯挑衅地站在大厅中间。外边传来欢呼的声音，之后乐队演奏进行曲的声音，同时可以听到军队的口令声。一阵静默之后，传来扩音器里边播放的致辞，回响很大，以至于有些听不清致辞的内容。

扩音器 “尊敬的阁下，我谨带着无限的感动，无限的荣幸，无限的骄傲，在此时此刻，向您表达：欢迎您的到来。您的到访，是我们的荣耀，也充分证实了我们两国之间坚不可摧的紧密关系。对于您本人，我谨向您以及您领导下的勇敢的人民，致以亲切的问候，我祝愿……祝愿……祝愿……祝愿……祝愿……祝愿……祝愿。

［姑娘乙慌张地上场，向奥德修斯问话。

姑娘乙 您知道控制台在哪里吗？

奥德修斯 什么控制台？

姑娘乙 调音台，音控室……您没听到吗？致辞被卡住了。

奥德修斯 致辞……？

[姑娘离开。

[“祝愿——祝愿”的声音停止了，传来乐队演奏舞曲的声音。舞台深处，奥德修斯的同伴们走了出来，还有埃福安德罗斯、克丽奥，以及其他宾客。奥德修斯站在远处看着他们。

[喀耳刻和埃尔皮诺拉斯走进来，奥德修斯也藏了起来。舞台深处聚集的人们开始散去，直到所有人都离开。

喀耳刻 这些游行啊授桂冠啊什么的，可真是累人。总的来讲，那些社会关系都很烦人。您不同意吗？

埃尔皮诺拉斯 嗯！……

喀耳刻 您弹钢琴吗？很遗憾，我不会，尽管我是懂得欣赏钢琴的。钢琴是个美妙的乐器。总的来讲，音乐也是这样。我觉得，在钢琴被发明之前，人类一定是生活在一种半野蛮状态中的。生活在一个没有音乐，没有其他乐器的时代，真是太可怕了……

埃尔皮诺拉斯 嗯！

喀耳刻 我希望您会玩儿孔坎纸牌①，我们这儿每天都玩儿。也就是说，每天晚上，一年四季，春夏秋冬都玩儿。孔坎纸牌的好处是它从无变化，这么多年一直是同样一种玩法。咱们能一起玩儿吗？

埃尔皮诺拉斯 其他人都去哪儿了？

喀耳刻 其他人当然也玩儿啦，孔坎就是得大家一起玩儿的。您想象一下啊，人类曾经没有钢琴，没有纸牌，没有香水！我是指，人类住在山洞里的时候，他们赤身裸体地走在街上，吃的只有罐头食品。那时什么其他的东西都没有，没有农业，没有餐厅，也没有家具。

埃尔皮诺拉斯 嗯！……

喀耳刻 您别害怕，没有人听咱们说话，政府已经替咱们都安排好了。总理下了命令，咱们的谈话不做备案。只要我们向报纸发表一份联合声明，让人们可以读到就可以了。如果您连这个也不希望有的话，那

---

① 孔坎纸牌（Koum—kan）：一种希腊纸牌，以凑搭子为方法，很受家庭妇女的喜爱。

就不做。您千万别担心，在我们这里，我们想做什么都可以。

埃尔皮诺拉斯 （高兴地笑起来）

喀耳刻 总的来讲，我们在这里过得很愉快，您会亲眼看到的。我们的人民很幸福，每一个家庭都拥有自己的家具！家具产业发展迅速，几乎每个月我都得去参加一家新家具厂的开幕典礼。政府非常看好家具制造，给予了很大的支持！发放贷款，减免税收，每年有五百位家具制造商靠政府津贴前往国外。

埃尔皮诺拉斯 嗯！……

喀耳刻 家具对于一个国家来说至关重要。我相信，当一个国家拥有了和谐与友爱，一切就都会往好的方向发展。而钢琴、孔坎牌和家具被发明之前，人类是多么的痛苦啊。过去，世界上充满了不幸。战前，房屋都是空的，既没有门，也没有窗……人们根本无法在穿堂风中驻足。战前时期的大风似乎没完没了，不停地吹。您看，那时的气象服务还没有现在这样的设备。此外，当然啦，那时候人们走在街上，也不用香水，人人看起来都那么的可怜……幸好，社会进步了，现在人们可以好好地坐在自己的家里，玩儿着纸牌。

埃尔皮诺拉斯 他们吃饭，他们还在里面吃饭……！

喀耳刻 我们吃得很好，我们这里的烹饪非常棒。食物是最大的幸福。我们有专门的节日和比赛，看谁吃得最多，我们还给他颁奖。当然，我呢，我在节食，但我也吃东西！而在其他地方呢，不是所有人都有吃的，只有一半的人可以吃上饭。相反，在我们这里人人都有饭吃，因为我们不希望有富人和穷人之分。在伊萨卡有穷人吗？

埃尔皮诺拉斯 伊萨卡……？唔……有冰激凌……还有船……！

喀耳刻 每个地方都有自己的习惯，就是医生们所说的道德与习俗。也许在伊萨卡穷人们是好人，但在我们这里，他们都曾经是恶棍，无论男人还是女人。他们想把我们杀光。一开始，大家把那些穷人全都关进了牢房。后来，一位哲学教授说，最好把他们都赶到其他地方去！于是，我们就把他们赶走了。就这样，负面的东西得到了整治。

您有自己关注的社会问题吗？

埃尔皮诺拉斯 呃，啊……？

喀耳刻 我们都有，所有的人都得有，这是必须的。政府说，我应当做出表率，因此我开始关注民间足球。作为表率，这是很有益处的，它可以使我降下身段，与民众处于同一层面。人们都说，在战争之前，足球发展得可没有现在这么好。

埃尔皮诺拉斯 （显出不安的样子）

喀耳刻 您别害怕，这儿就咱们自己。总理认为，我的内心有您的影子。这一点上，全体内阁都很认同。夜里我无法入睡，我感到燥热不安，有个声音在对我说……他来了……他来了……！

埃尔皮诺拉斯 （挠痒痒）

喀耳刻 因此，我一看到您，便喊道："他来了。"我突然觉得自己赤身裸体的，越是看着您，就越觉得自己赤裸着！我希望您不要误会，况且我现在是穿着衣服的。

埃尔皮诺拉斯 嗯……

喀耳刻 （闭上眼睛）您要知道，当两国的政治关系落到如此地步，我感到多么的羞愧。但我也是一个女人，我有权利去生活。也只有这样，闭着眼睛，我才可能与您谈话。我等了你多少年啊……！

［奥德修斯从藏身之处出来，靠近喀耳刻。埃尔皮诺拉斯惊恐地看着他，奥德修斯示意他走开。

奥德修斯 多少年……你的意思是在我寻找你的这么多年里？

喀耳刻 是的。

奥德修斯 我就是要到这里来呢。

［奥德修斯亲吻她，喀耳刻欲睁开眼睛。

奥德修斯 别，别睁开你的眼睛。

喀耳刻 我想看着你亲吻我。

奥德修斯 先别，先别……（再次亲吻她）你确信是谁在亲吻你吗？

喀耳刻 是奥德修斯……！

奥德修斯　我的爱人。（悄声向埃尔皮诺拉斯）出去！！！（向喀耳刻）你没有出卖过我吧？你从未背叛过我吧？

喀耳刻　从来没有！

奥德修斯　我的宝贝！那你也绝不会出卖我，永远不会拒绝我吧？

喀耳刻　永远不会，永远不会！

奥德修斯　原来这一切都是为了你！……那些罢工、利诱、特洛伊的毁灭、对梦的追逐，还有把我抛向了你的怀抱的那场海上风暴？

［威胁性地向埃尔皮诺拉斯示意，让他离开。

喀耳刻　您写诗吗？

奥德修斯　写很多呢……我的可人儿！再告诉我一遍我是谁？

喀耳刻　奥德修斯！你是我的奥德修斯！……

奥德修斯　再说一遍！……

喀耳刻　我的奥德修斯，我的奥德修斯，我的奥德修斯！……

奥德修斯　现在你发誓，说你睁着眼睛也要这样叫我……

喀耳刻　我永远会！……现在让我再看看你吧。

奥德修斯　别，你先别急！你有的是时间尽情享用我呢。但首先注意听我要对你说的话　在我身上，发生了一些奇怪的事。闭着眼睛，人们可以轻易地找到我，可一旦睁开，便会失去我。

喀耳刻　我不要失去你。

奥德修斯　这可完全取决于你自己……既然你不是瞎子，你也不可能永远闭着眼睛，因此你得好好消化消化我刚才说的话……

喀耳刻　我永远不会失去你的！

奥德修斯　真相在睁眼时看到的是虚假的，而闭眼时，又是迷醉的！……

喀耳刻　我不能再不睁眼看看了……

奥德修斯　现在睁开吧，但是要小心睁开你那美丽的双眼哦……

喀耳刻　（睁开眼睛。有些错乱，看着奥德修斯，问埃尔皮诺拉斯）这位是谁？

奥德修斯　我还是他？

喀耳刻　（向埃尔皮诺拉斯）这位是谁？

奥德修斯 我是跟你说话的人，是亲吻你的那个人……

喀耳刻 亲我的人是奥德修斯。

奥德修斯 我就是奥德修斯。

喀耳刻 （大叫）谁让这个丑八怪进来的？

奥德修斯 快闭上你的眼睛，你会失去我的！……

喀耳刻 你是谁？

奥德修斯 奥德修斯。

喀耳刻 救命啊！那他又是谁？

奥德修斯 假的，流浪汉，无政府主义者。你等着瞧吧，看他们什么下场。（去揍埃尔皮诺拉斯）

喀耳刻 救命啊！……

奥德修斯 （向喀耳刻）我提醒过你……！

利桑德罗斯 （跑上）这没有用，你看到了，咱们走吧。

奥德修斯 大声说，我是谁？

利桑德罗斯 奥德修斯·拉埃尔提阿狄斯，第二次特洛伊大战的头号英雄，木马计的发明者。

奥德修斯 （向喀耳刻）我还有其他证人，我也有证明，有证据。我有你喀耳刻，还有我给了你的亲吻。（向埃尔皮诺拉斯）你去亲亲她，让她感受一下不同！

喀耳刻 救命啊！……（向外跑去，但又中途站住，因为埃福安德罗斯、奥德修斯的同伴们和其他人过来了……）

埃福安德罗斯 发生了什么事？

喀耳刻 （指着奥德修斯）这个人……

埃福安德罗斯 他是怎么进来的……？谁让这个……这个……这个（突然想到）这个疯子进到这里来的？（向喀耳刻）他袭击您了吗，陛下？

喀耳刻 他是谁？

埃福安德罗斯 别害怕，陛下，他不会伤人的。这就是个可怜的疯子，但是毫无杀伤力！

喀耳刻 他说他是奥德修斯。

埃福安德罗斯 我知道，他很多年都是这么说的。

奥德修斯 我就是，而且我会证明的！

埃福安德罗斯 当然，当然！……

喀耳刻 吓死我了！……

奥德修斯 谁要是肚脐下边长了颗痦子，把它亮出来！……（开始解扣子）

喀耳刻 （刚才的恐惧过后，发自内心地笑了起来。其他人也哈哈大笑起来）

埃福安德罗斯 赶紧帮他一下，把他从这儿带走……他可是有本事把自己脱个精光呢……

喀耳刻 这可怜的家伙。你们干吗不把他送医院去呢？

埃福安德罗斯 他就是从那儿跑出来的……

喀耳刻 他怎么了？

埃福安德罗斯 狂想型精神分裂症。

喀耳刻 如果他不具危险性，就让我们把他留在这里吧。他挺惹人喜欢的。

埃福安德罗斯 这种狂想型精神分裂症最近非常猖狂！克丽奥小姐……？

克丽奥 在市中心的医院我们已遇到十二起病例，在郊区有七起。

喀耳刻 这是什么意思？

埃福安德罗斯 医生们认为，这是由自我无限膨大与自卑感之间的冲突引起的。其结果是导致他们产生一种理念，以为自己是拿破仑、恺撒、希特勒、斯大林。这位可怜虫就以为自己是奥德修斯。（向埃尔皮诺拉斯）尊敬的阁下，我认为我们应当对这类事情表示接受。您看，您连疯子都拥有了。这是个划时代的时刻。从此，您将走向永生。奥德修斯万岁！

众人 万岁！……

奥德修斯 难道我不是奥德修斯吗？我的身份证在哪儿呢？（在身上寻找）他们居然把我的身份证也偷走了！……（向喀耳刻）但我依然是有铁的证据……（把手伸进兜里，拿出一只像儿童玩具一样的小马）你看到这匹小马了？我们就是靠它赢得了战争……你就这样拨弄这个弹簧，这样，这样，这样……（跪下身子）然后奇迹就要发生了。（把小马放在地上，让它奔跑，自己四肢匍匐在地上跟着小马，说道）你看到了吗？现在它要停了……它肚子下的一个小门儿即将打开，希腊人会从那里出来……看到了吗？这是我的作品，这就是木马计。正是因为有了它，我们现在才可能玩儿着纸牌，拥有家具和钢琴。现在你确信了吗？（转身看向大家。人们围成一圈，喀耳刻站在中间，因此奥德修斯只能看见他们的背部。他们说着话，听起来嗡嗡的）这么说我不再是奥德修斯了？那请问我到底是谁……？我能知道我是谁吗？

［人们继续谈着话，笑着，走开了。

利桑德罗斯　我们完了，上将先生。

奥德修斯　别说了……

利桑德罗斯　他们不相信你……

奥德修斯　别说了……我需要思考。语言没用，证据也没用，都是垃圾，破纸，烟雾……

利桑德罗斯　说好的他们对你的崇拜在哪儿呢？

奥德修斯　别说了，我需要思考……！

利桑德罗斯　现在我们可怎么回去啊？

奥德修斯　他们认为我是疯子？

利桑德罗斯　这正是让我感到惧怕的，因为要是你有了这样的名声……

奥德修斯　说我疯了容易，但是要想取代我，是不可能的。

利桑德罗斯　可人家已经造出了自己的奥德修斯了啊……！

奥德修斯　我跟你说别说了！我在思考！

利桑德罗斯　咱们走吧。

奥德修斯　他是一个奥德修斯，我是另一个，一共有俩。你还没明白我不能离开这里吗？

［两位摄影师跑上。

摄影师们 他在哪儿……？奥德修斯在哪儿？

利桑德罗斯 （指着舞台深处）在那儿。

[在摄影师离开之前，奥德修斯扑向利桑德罗斯，一把勒住他的脖子。

奥德修斯 奥德修斯在哪儿？嗯？你这个不忠诚的、不光荣的叛徒，奥德修斯在哪里？

利桑德罗斯 在这儿……这里……这里……

奈菲丽 （上场）别呀，你会勒死他的！

[奥德修斯放开利桑德罗斯。

奥德修斯 你看到了吧，你这个叛徒，这就是我为什么不能离开这里！只要我一走，就连你也会背叛我！

奈菲丽 现在你就是想走也走不了了。我来是要告诉你，他们给卫兵下了死命令，哪怕是窗户边都不允许你出现。

奥德修斯 一个疯子，还被禁足了……！！

奈菲丽 我猜想，他们还要对你做更坏的事。我听说他们要召开一次国际性的会议，承认另一位的身份。

奥德修斯 你不会听错了吧，不可能发生这样的骗局。

利桑德罗斯 怎么不可能，太可能了！难道这样的骗局你参加得还少吗？你们没把白天说成黑夜，把黑夜说成白天？上将先生，你完蛋了！（哭了起来）

奥德修斯 不，利桑德罗斯，不会的，我的朋友，我亲爱的利桑德罗斯。我告诉你为什么……！奈菲丽，你也听着……！听着，利桑德罗斯……！第一：我并没有完蛋，就是因为，很简单，我没有完蛋。第二：我是否完蛋了，这个问题只有我自己才是有可能知道答案的人。第三：既然头一个奥德修斯不招他们喜欢，于是他们按照自己的喜好造了第二个。那么同样，我也要按照我的喜好再造出第三个来。这样的话，我就拥有了两个奥德修斯，而他们只有一个！第四：我现在比以往任何时候都更有奥德修斯的自我感觉。第五：我们已经跌入低谷，情况不可能再糟了，我甚至已经听到了胜利的脚步。而他们呢，他们这些新手儿，还在虚幻的泡沫里飘着呢。第六：利桑德罗斯！

利桑德罗斯　（既神往又担忧地）下命令吧，上将先生！

奥德修斯　见你的鬼，赶紧相信我！

利桑德罗斯　我还能做什么别的吗？

奥德修斯　奈菲丽……

奈菲丽　（佩服地）这是什么样的口才啊！

奥德修斯　相信我吧！

［埃福安德罗斯上场。

埃福安德罗斯　请让我们单独待一会儿。（奈菲丽和利桑德罗斯离开，埃福安德罗斯靠近奥德修斯）这真是艰难而又令人疲惫的一天啊。（递给奥德修斯一支烟）您抽烟吗？（奥德修斯接过烟，埃福安德罗斯递过火去）喀耳刻正和奥德修斯一起准备晚上的庆典。我不说您也知道，那畜生赢得了所有人的喜爱，人们认为他就是他们期待的那个样子。您的同伴们像野兽一样大吃大喝过后，现在正在瓜分那些因背叛而获得的银币。现在是我唯一可以喘口气的时候，终于能安安静静地抽根烟了。

奥德修斯　（激情地）您听我说……

埃福安德罗斯　别，够了！今天您已经把我折腾得够痛苦的了。

奥德修斯　您痛苦？为了我？

埃福安德罗斯　比任何人都多！……

奥德修斯　但是是您首先……

埃福安德罗斯　是我首先扛起了这个重担，而且还一直扛着。

奥德修斯　是您首先拒绝我的。

埃福安德罗斯　那您想让我怎么做？

奥德修斯　您还把我定性为疯子。

埃福安德罗斯　一件事引发了另一件事。

奥德修斯　可要我说，一件事引发了另一件事；另一件事还会引发很多其他的。

埃福安德罗斯　阁下，我是位哲学博士。我的人生是从最高贵、最精彩的梦想开始的——然而但是——正如您今天早上所说的那样——我却像个挣小钱的裁缝似的，去处理您的身高和裤裆。您希望我对您诚实，或者说，您希望我帮助您。可我要是有这个本事，我早就用在我自己身上了。

奥德修斯　您来是想对我说……

埃福安德罗斯　我来，是因为您是奥德修斯。我至今从未有过如此的荣幸，能亲眼见到您，还与您谈话。但是您不明白，我们所需要的，其实和您本人并没有多大关系。尊敬的阁下，您必须去适应，用平静的眼光看待事物，而且是远观。您所真正拥有的东西，和您之所以为您，其实完全是两码事。您真正能拥有的东西并不多，比如您的苦恼、您的罪恶、您的祈祷。诸如此类。就我个人而言，我认为真正属于我的东西，是那些诗作，那些当我厌烦了其他的工作时，所创作出来的诗作。我想说的意思是，既然您的故事不由您所把控，您就不用为它负责。所以，它也就不再是您的了，它成为公众产物。因此您也就没必要再对它抱有多大的期待值。干吗还要痛苦呢？远远地欣赏着就可以了。这就像一个孩子，用石头在海面上打出水漂，然后看着水圈越来越大，越来越大，越来越大。那石头，曾经是属于孩子的，但水圈，却从不属于他。

奥德修斯　那么水圈是属于谁的呢？

埃福安德罗斯　谁都不属于，或者说，是大海的。

奥德修斯　您到底是诗人，还是行刑的刽子手？

［*克丽奥手里拿着文件上，身后跟着两位摄影师。*

克丽奥　我可以打断您一下吗，主席先生？

埃福安德罗斯　很急吗？

克丽奥　想请您过目一下庆典的流程。

埃福安德罗斯　您念一下。

克丽奥　（读）第一部分：大批民众自发地在大广场聚集。喀耳刻与奥德修斯自王宫阳台现身，并向人群致意。群众回以震天的欢呼，喀耳刻落泪。

埃福安德罗斯　非常精彩。

奥德修斯　精彩啊……

埃福安德罗斯　其实呢，这一切本都是为了您而准备的。

克丽奥　自议会大厦、国家银行、宙斯大酒店楼顶燃放烟花。第二部分：授勋仪式及外交使团表演。

高中女生朗诵、《特洛伊妇女》表演。

退伍老兵协会火炬游行。民间舞蹈团体自发地组成游行队伍，人民欢快的庆典持续到天明。

埃福安德罗斯　太精彩了，克丽奥小姐。

奥德修斯　精彩。

克丽奥　摄影师们等着呢。

埃福安德罗斯　（向摄影师）请你们过来。

奥德修斯　他们来做什么？

克丽奥　我们需要您的照片。

［摄影师们不停地从各个角度为奥德修斯拍摄照片，奥德修斯试图躲避他们。

埃福安德罗斯　您不用担心，照片配的文字说明会很清楚，而且很奏效的。

奥德修斯　什么意思？

埃福安德罗斯　文字会解释清楚，您是不具危险性的。这样对我们会有帮助，比如要是您哪天逃跑了的话。而且对您也会有帮助，比如要是您落入了愤怒的人群之中的话。

奥德修斯　这些都会发表吗？

［突然，扩音器里传来一组女孩子们朗读《奥德赛》的声音，声音听起来很单调，毫无生气，完全是学校式的背诵……

“请为我叙说，缪斯啊，那位机敏的英雄，
在摧毁特洛伊的神圣城堡后又到处漂泊，
见识过不少种族的城邦和他们的思想；
他在广阔的大海上身受无数的苦难，
为保全自己的性命，使同伴们返回家园。”①

埃福安德罗斯 人们为您写出过如此精彩的诗句，您还有什么其他可求的呢！

姑娘甲 （向埃福安德罗斯）对不起，主席先生，我们在调试扩音器。

埃福安德罗斯 非常棒！但是请你们注意……我要求达到最完美的效果。

姑娘甲 大厅坐满人后，效果会更好的，因为那样会有吸音。您听一下鼓掌的声音。（向里面喊）好了。

［扩音器里传来很难听的、嘈杂的鼓掌声。

埃福安德罗斯 （不满意地皱了一下脸）有点儿不对，但我也不知道该怎么形容。

姑娘甲 我们将与现场的鼓掌做混音。

埃福安德罗斯 我委任您来负责这件事！（匆忙地离开，姑娘甲、克丽奥及摄影师们紧随其后）

［奥德修斯独自一人留在舞台上，目光注视了那些人一会儿。尼基阿斯突然上场，吓了奥德修斯一跳。尼基阿斯充满敬意地问候奥德修斯。

尼基阿斯 晚上好，尊敬的阁下！我等了很久，才等到您单独一人。

奥德修斯 你是谁？

尼基阿斯 我叫尼基阿斯，我在宫里做事，在无名战士广场喂鸽子。

奥德修斯 你干什么关我什么事？

尼基阿斯 我很清楚您是谁，这总关您的事了吧。

奥德修斯 你很清楚我是谁？

尼基阿斯 非常清楚！

---

① 此段诗句引用《奥德赛》中文译本。（第一卷 1—5，王焕生译，人民文学出版社 1997 年版 1997 年版）

[停顿。

奥德修斯 （换了一种语气）那么你以为我是谁？

尼基阿斯 向您致敬，您是奥德修斯·拉埃尔提阿狄斯。

奥德修斯 错！我是“想是谁就是谁”先生。

尼基阿斯 你认真看着我的眼睛。你可知道你都让我想起了什么……！

奥德修斯 是里面的人派你来的？

尼基阿斯 我是萨摩斯岛[①]的尼基阿斯。打仗的时候，我是一名志愿军，去了特洛伊。我就是在那里认识你的。

奥德修斯 我无法记住所有的人。

尼基阿斯 那时你是奥德修斯啊！而我呢，只是个人群中的无名小辈。

奥德修斯 这样反而更好。一个人到了那么高的地位，却得被赝品取代。你看我现在还剩什么了，一个伟大的什么都不是。

尼基阿斯 一个令人震撼的什么都不是。

奥德修斯 感谢你的好意！

尼基阿斯 你不需要我的好意。

奥德修斯 你看起来是个诚实的人。

尼基阿斯 我尽可能做到。

奥德修斯 你一定已经知道都发生什么了！

尼基阿斯 知道。

奥德修斯 这帮混蛋。你曾在特洛伊战斗过，你胜利了，为他们确保了安好的和平，但你得到的感谢又是什么呢？他们让你去喂鸽子！而我呢，他们居然给我定性为疯子！

尼基阿斯 我就是为这个来的，来问问你是否能帮到你。

奥德修斯 让我握握你的手吧。当一切扭转过来以后，你会看到我将给你委派什么职务的。

尼基阿斯 我什么都不要。

---

① 萨摩斯岛（Samos）：爱琴海东部的一座岛屿，与土耳其隔海相望。

奥德修斯 别固执。

尼基阿斯 我什么也不缺。

奥德修斯 你还记得被我们烧毁的特洛伊吗?

尼基阿斯 主要是你……

奥德修斯 我们在特洛伊焚烧，烧的首先是我们自己啊。你是后备军官吗?

尼基阿斯 只是个普通士兵，在服役三年后被授予中士。

奥德修斯 是陆军海战队的?

尼基阿斯 第三工程营。曾经有一天，我去找你，请求拜见。

奥德修斯 我召见你了?

尼基阿斯 我带了些图纸给你看……

奥德修斯 （被触动地）图纸?

尼基阿斯 还有一个小模型……一个这么大小的小马……

［奥德修斯后退。

尼基阿斯 那是一个有关木马的主意。你一看到，就很中意，告诉我十天之后再来见你，说这期间你会向军事参谋部介绍这个想法。可还没等十天过去，我就被发配到利姆诺斯岛[1]做海警去了。

［停顿。

奥德修斯 ……你听我解释……

尼基阿斯 我并不是在发泄不满……

［停顿。

奥德修斯 （好像有什么在让他窒息）我不是贼……我这么做是为了我们大家好！我必须这样做！

尼基阿斯 那是自然……那是自然……

奥德修斯 如果我说出那主意出自一个普通的士兵，没人会认真对待它的！你嘛，当然，你现在可以说："但是奥德修斯先生，如果你在成功地运用了这个主意并取得了胜利之后，把真相说出来，那么大家

---

① 利姆诺斯岛（Lemnos）：又译莱姆诺斯岛，爱琴海北部岛屿，与土耳其隔海相望，尤其近特洛伊地区。

都会对那个普通的士兵表示尊敬的。”对，没错。但是已经晚了，所有的人都已经相信了木马是我的想法。我是领导，真相会使整个领导层的声望遭到动摇，而那时，战争还尚未结束。

尼基阿斯　我没有不满，我们的目的是取得胜利。木马的荣耀归给了一位将军，而不是一个中士，这并不重要，况且这也是常态。不管怎样，我把欢喜埋藏在心底，我知道那是我的作品，而且成功了。你看，就像现在，你知道你是奥德修斯，而那一位，是个天大的谎言。

奥德修斯　好痛心啊！那么你现在是来帮我的？

尼基阿斯　如果我不帮你，谁又会帮你呢？

奥德修斯　可我曾偷过你……！

尼基阿斯　话是这么说。但是，人们总是在盗取他人，而人生呢，人生总是在不断的盗取中度过的。

［奥德修斯的同伴们踉踉跄跄地走上。他们佩戴着勋章，喝得半醉，手里拿着威士忌的酒瓶，嘴里还唱着“蒂珀雷里”[1]的曲子。

“去往伊萨卡道路漫长
你走上那，遥远的征途
此一起啊彼一伏
你走啊走啊不再回头
此一起啊彼一伏
你走啊走啊不再回头”

［他们从奥德修斯身边经过，但根本没有理会他就走开了。奥德修斯感到气愤和抱怨，靠在尼基阿斯身上。

奥德修斯　盗取一个老人的英雄传说，这就是犯罪……我盗你的时候你还年轻！你的面前还有大把的时光！可是我现在老了，我没有时间再从头开始了。而伟大的传说不是靠做慈善就能创造的。你要把灵魂交给魔鬼，可灵魂却无法赎回，一旦你交了出去，就再也收不

---

① 蒂珀雷里（Tipperary）：引自“二战”期间的英国军歌《蒂珀雷里路漫漫》（*It's a Long Way to Tipperary*），蒂珀雷里为爱尔兰的一个郡。

回来！再说我也不是生来就有两个灵魂的，我只有一个啊。

尼基阿斯 唉，我太理解你的感受了……

奥德修斯 这一切，我的兄弟，一切都是从那个被诅咒的特洛伊开始的！第一次的成功之后，我就必须再成功再成功再成功！我的荣耀如同一只怪兽，我必须不停地喂养它。而后，在没有得到我的允许的情况下，所有的人都开始喂养它！星期日的早上你逛过动物园的，你看到过那些热爱动物的游客们，一簇一簇地给动物喂食，直到它们撑死为止吗？他们也是这么对待我的荣耀的。他们喂养它，直到它的嘴里像仓库一样塞满了东西。而现在呢，我迷失在了我自己喂养的怪物的口中，它已经准备好了随时要把我吞噬掉，然后把我消化掉，再把我拉出去，排泄掉。

尼基阿斯 你不要害怕！无论他们怎么做，你还是那怪兽的灵魂，如果它吞噬你，它也会死的。

奥德修斯 （脑海中突然涌现出一个想法）那为什么不让它死呢？为什么不让它发出恶臭，以至于所有的人都捂住鼻子躲开呢？

尼基阿斯 （搓着双手）你一点儿都没变！接下来你计划怎么办？

奥德修斯 就让我的灵魂随着偷盗者和傻瓜们一同死去吧！

尼基阿斯 你行吗？

奥德修斯 （沉浸在疯狂的喜悦中）怎么不行……！

尼基阿斯 咱们还是好好想想吧！

奥德修斯 高潮马上就要开始了。烟火、火炬游行、舞蹈、电影、有关我的生活和我的功绩的演讲、民众的觉醒！哈哈哈！民众将涌上街道和广场。我们就到那里去，在这些烟火和音乐中，把一切的真相都告诉给他们。而且不用花一分钱，都是公家的开销。

[这时，外边开始传来人声、音乐声、口哨声和烟花燃放的声音。这些声音一直持续到本场结束。奥德修斯极度兴奋，走到利桑德罗斯和奈菲丽下场的那一边，不停地呼喊他们。

尼基阿斯 他们知道什么？他们能说什么？

奥德修斯　很多！（奈菲丽和利桑德罗斯上。向尼基阿斯）你第一个开始！你们都听着……谁是木马真正的发明者？

尼基阿斯　我！

奥德修斯　那我是什么？

尼基阿斯　（闭嘴不语）

奥德修斯　我是什么？

尼基阿斯　贼！

奥德修斯　贼！

利桑德罗斯　上将先生！

奥德修斯　贼。

利桑德罗斯　不可能！……

奥德修斯　（向利桑德罗斯）今天早上，是谁把我们的船烧毁的？

利桑德罗斯　……

奥德修斯　今天早上，是谁把我们的船烧毁的？

利桑德罗斯　我！

奥德修斯　是谁派你去烧的？

利桑德罗斯　你。

奥德修斯　我为什么要派你去烧船？

利桑德罗斯　为了不让我们离开。

奥德修斯　（向奈菲丽）在此之前，我是不是与你确认过，我在这里会过得很好？

奈菲丽　是……

奥德修斯　你们听见了？

利桑德罗斯　撒谎！……

奥德修斯　（向奈菲丽）当你刚跟我开口说话的时候，我怎么以为来着？

奈菲丽　你以为你回到了伊萨卡。

奥德修斯　那我做什么了？快说我都干了什么？

奈菲丽　你惊慌失措，汗毛竖起。

奥德修斯　我跟你说我不回伊萨卡去？

奈菲丽 你从没想过要回伊萨卡去。

奥德修斯 你们听到了，我从未想过要回去。

尼基阿斯 天大的笑话啊，我的上帝，什么样的骗局啊……

利桑德罗斯 上将先生……你这个叛徒、卑鄙、恶心！

[利桑德罗斯伤心地哭起来。

奥德修斯 你们看到了吗？还有哪个奥德修斯能有这么多指控他的证人？我是最厉害的那一个，不是吗？

幕间休息

第二幕

第四场

[一束光再次打向埃福安德罗斯，他站在议会的讲台上讲话。

埃福安德罗斯

……至此为止，同僚先生们，无论这可怕的一晚发生了什么，一切都结束了。为了应对这一非理性的状态，我们将实施一系列的措施。我希望，这些措施能够通过大家的审核……

[抗议的声音。

请安静……安静！……

[喊声。

请允许我继续！这已经是你们第二十次打断我了……！

[喊声。

不，我不下去……我还要继续讲，你们也要继续听我说……你们可以去演讲名录上报名登记，然后等着轮到自己再发言……

[喊声。

我要请求议长先生，让警卫离开大厅……同僚先生，您说什么？……我是骗子……？……这个请记录在案，并且，我要求您收回您的话……！

［喊声。

同僚先生们，我呼吁大家……（喊声）……我呼吁大家……如果你们仍继续喊叫……如果你们仍继续喊叫……如果你们仍继续喊叫……你们这是在投不信任票吗？……我非常乐意接受……这届政府辞职了！！！！！辞职了！！！！！（喊声）辞职了！！！！！

［喊声渐小。

即便如此，但我们设想，如果政府再一次做出牺牲，不去辞职……但是，同僚先生们，如果你们继续以这种卑劣的方式攻击政府，政府将申请解散议会，并在四十五天内举行大选。到那时候，可就是大难临头各自飞啦！请你们选择吧，同僚先生们……

［大厅里一片死寂。

我内阁的部长们和我自己，被指责没有能力处理这一状况。事后评判总是容易的。但是我想问问大家：有谁曾想到，事情居然会发展到如此的这个地步？我们把他定性为疯子，目的是为了捣毁他的个人价值。这是一种策略。这样，如果某个时刻我们又需要他了，我们可以对他说“对不起，我们搞错了”，然后再把他放回原来的位置！但是谁曾想，同僚先生们，这个职业英雄、这个贩卖自己荣耀的人、四处兜售勋章的推销商，谁曾想他竟然就这样突然之间把一个价值连城的神话给颠覆了？

最糟糕的是：谁能想到，我们的民众，他们曾经期望他是个两米四的大汉，英俊如好莱坞的明星，强健如美国健美先生。谁能想到，同僚先生们，这个身材矮小的家伙就这么出现了，声称自己是“悔过自新的奥德修斯”——我再重申一次，谁能想到啊——人们竟一反常态地拜倒在他的脚下，把他奉为新时代的先知？当然啦，这一切都显示出人民对圣人的渴望！但是我们政治家又有什么错？这是我唯一没有许下过的诺言！我既没有在竞选宣言中承诺，也没有在政府规划中承诺！圣人，我们从未许愿给民众带来圣人！因此，对于这种不合理的要求，民众应当负全责！而我们看到，对于一个健全的政治领导阶层，团结一致是十分必要的：因为，现在国家所面临的危险已经比内战还要具有破坏性！内战之中，人民是分成两派的。因此我们总能找到办法，使其中一个阵营站在我们的一方！而今日，全体的人民——同僚先生们——全体人民联合在一起反对我们，如一团无边无形的红尘！我请求大家，接受我们为了扼制这种“传染病”而采取的措施。

[喊声。

是的，我说这是“传染病”！大家再想一想，如果我们不果断采取行动，“传染病”便会跨过边境，“病毒”便会被传播到世界其余的地方。到那时，不仅是我们的国家将被毁于这种该诅咒的疾病，而且我们还要对这种向国际范围延伸的灾难承担问责。在我从政治层面去分析这次危机之前，我恳请大家仔细聆听公共健康部总长的讲话……

[喊声。

同僚先生们……

[喊声。

同僚先生们，我们讲了这么久，难道大家没明白吗……？

[喊声。

同僚先生们……同僚先生们！

[收光。

第五场

[议会里的叫喊声逐渐被城市的嘈杂声所覆盖——汽车、鸣笛的声音等——慢慢地，广播里一位女播音员的声音显了出来。舞台灯光起。

广播 现在发布公共健康通告第三号令。全体人员请尽快前往就近的学校或卫生站，接受天花疫苗注射和再次疫苗注射。第一：如有人员出现发热或皮疹等症状，请立刻就医，接受体检。第二：出现症状人员使用过的一切物品，必须经过消毒处理，包括内衣和其他衣物。第三：病患居住的房间须使用福尔马林进行消毒。第四：凡与天花病患发生接触者，必须立刻接受隔离，并交由医护人员观察……国家公共健康部，特此通告。

[灯光照亮某酒店的一座露台，舞台深处可以看见酒店大楼的窗玻璃和

窗户上的遮阳伞。除了舞台深处设置的大楼入口，人们还可以从左右两侧自室外的入口进入露台。露台上摆放着颜色鲜艳的桌椅、阳伞等，典型的旅游胜地的风格。

［外交官坐在其中的一张桌前，认真地听着公共健康部的通告，手里紧紧地拿着一只黑色的大公文包。克丽奥小姐急匆匆地自外边的入口走进来，又急匆匆地向舞台深处走去。在大楼入口处，她险些撞到正拿着托盘走出来的服务生。服务生举着托盘准备给客人送咖啡。外交官很有涵养地看着这一切。

克丽奥　记者们已经来了，他们在里面吗？

服务生　不知道。

克丽奥　他们把有关天花疫情的海报带来了吗？

服务生　不知道。

克丽奥　主席先生还在这里，还是已经走了？

服务生　不知道。克丽奥小姐，您去问问前台。

［克丽奥自舞台深处下，服务生举着托盘来到外交官身边。

服务生　您的咖啡。

外交官　如果我可以问的话，她是谁？

服务生　那是克丽奥小姐，总理得力的助手。

外交官　请您告诉我：这个传染病天花，已经有很多感染者了吗？

服务生　屈指可数。

外交官　什么意思？

服务生　都是道听途说，没人看见。肯定是有人暗中操纵的。你是外国人？

外交官　外国人。

服务生　卖走私货的？

外交官　（惊慌地）您说什么？

服务生　卖走私货的？

外交官　您怎么可以这样说？

服务生　你怎么了？

外交官 我怎么了？首先，你这样不对我使用尊称说话，太过分了！其次，你不知道你这样直截了当地问别人是不是卖走私货的，这也太……

服务生 你什么时候来的？

外交官 今天。

服务生 嗯，那你慢慢会习惯的。

外交官 习惯什么？

服务生 在这里，人们说话都很自由，想说什么就说什么，从不遮遮掩掩的。人们说的都是心里想的。

外交官 （停顿）一直都是这样的吗？

服务生 从上个星期二开始的。

外交官 这是怎么回事？就这么突然之间？

服务生 啊，原来您什么都不知道。您没听说过奥德修斯的事？

外交官 听说了，但是不了解细节……

服务生 您看看这个……（从兜里掏出一本小册子，读上面的标题）：《五块钱[①]看奥德修斯的可耻行径》……您拿去吧。您看，我们误会了这个人！他既不是英雄，也不是巨人！他就是个普通的人！

外交官 你从哪儿得出的这个结论？

服务生 他自己说的。你知道吗，木马计是别人的想法，是他从人家那儿偷来的？

外交官 （慌乱地）请你小点声！

服务生 干吗小点儿声？我说的这些，是个人都知道[②]！……

外交官 这太不像话了！

服务生 你可知道，库克洛普斯[③]是位老实的商人，是奥德修斯欺骗了他，毁掉了他？

---

① 原文为“一块塔里罗“，希腊加入欧元区之前使用本国货币“德拉克马”。5德拉克马俗称1塔里罗。

② 原文为“母鸡都知道”，母鸡在希腊俗语里比喻胆小的人。

③ 库克洛普斯（Cyclops）：希腊神话中的独目巨人。《奥德赛》中奥德修斯与同伴们曾落入他的山洞，奥德修斯用“无人”的谎言瞒过他，带领同伴逃出魔掌。

外交官 是他自己揭露这一切的？

服务生 他自己跑到街道上和广场里大声说出来的，说得异常真诚。而那时，天空中正绽放着节日的烟花。你真应当在场，亲眼看看都发生了什么。人们一开始吓傻了，死寂一般地沉默着，只有军人的乐队还在奏着进行曲。忽然之间，人们都开始大声地坦白，交代出各自一生中所犯下的恶行。这是一次如地震般的意识的震颤，一直持续到第二天清晨。天亮的时候，由于大量震天的呼喊和释放了那么多的罪恶，空中积满了云，还下起了倾盆大雨！

外交官 简直不可思议！……

服务生 至于另一位奥德修斯嘛，那个可怜的高个子，他们把他藏了起来，以免人们未经审判就弄死他。

外交官 也就是说，人们更喜欢那个自己承认是盗贼、骗子和衰人的人？

服务生 我们赞美他……

［靠路边的那一侧传来卖报人的叫卖声……“特刊……十点钟特刊……最新爆料，最新细节，特刊……特刊，十点钟特刊……”……外交官支起耳朵倾听。

外交官 新的爆料……！（向服务生）他们还允许他继续说啊……？

服务生 他该说的都说了，其他的就是人们的想象了，还有解读啊，研究啊什么的！……

外交官 （停顿）你到底是做什么的？

服务生 打工的大学生。

外交官 我懂了。你跟我说说，既然大家现在都说实话……

服务生 不只是说实话，还有很多人因为太过热衷于说实话，而说了假话！

外交官 怎么又说假话了？

服务生 是的，不过是另外一种方式。诚实的人，打个比方，诚实的人不用什么理由即可承认自己是坏人、恶棍，是虚伪的。而现在与以往却有着极大的不同：人们说假话并不是为了要隐藏什么，而是因为无法控制揭露事实的欲望。

外交官　多么歇斯底里啊！……

服务生　的确！这是一种压抑已久的爆发，我们一直期待着呢。

外交官　你们期待着？

服务生　我们年轻人真是翘首以待呢，我们早已厌倦了旧日传承给我们的遗产！时代需要新的思想，生活必须重新展开！

外交官　这个恶魔都做了些什么啊！

服务生　我相信，如果哪天突然要我们都去接受法庭的审判，那被告席一定会成为黑市上的紧缺货了呢。

外交官　所以你们的监狱人满为患了？

服务生　空着呢，连个人影儿都见不到。

外交官　气死我啦，你们不是都叫喊着自己是盗贼、恶棍、混账的吗！

服务生　是啊，可是有谁又会真正去关心身旁的人呢？你去找警察，跟他说："我有罪！""没有谁是无罪的"，他这样回答你，眼里噙着泪水，然后，然后就不再理你了。

外交官　警察？

服务生　是的，警察。他们中大多数都在大街小巷中奔跑哀求，"我们呢，难道没有人来逮捕我们吗？"这就是警察。

外交官　这可真是一种前所未有过的疯狂。

服务生　这是一个新的时代。

［埃福安德罗斯急匆匆地从外边的入口上。

埃福安德罗斯　记者们到了吗？

服务生　不知道。

埃福安德罗斯　你们怎么不把广播打开，里面正播放很有意思的讲话呢。

服务生　不知道。

埃福安德罗斯　又在逆反，哪儿哪儿都在逆反。（向深处走去）

服务生　我们的总理！！！

外交官　谁？（像是要跟着他跑过去似的，但忽而又改变了主意——向服务生）那政府在做什么，政府是如何面对这一切的？

服务生　政府每隔一段时间就罢上三五个小时的工。但有谁在乎呢！更别说我们还发现，当政府罢工的时候，国家机器反而运转得特正常。

外交官　胡说八道！我想，政府是不会也感染上这种诚实病毒[①]的！

服务生　我们可随时恭候着呢。不然的话，它就会完全失去民众的信任。如果它不赶紧改变形象，把自己的丑闻公之于众，那么，在两个月后即将举行的大选中，它必将面临落选的危险。反之，如果政府可以公布它过度消费的所有细节，那么它获得多数票的可能性一定会高达百分之九十九。

外交官　这一切哪怕是听听都让人觉得无法忍受。

[奥德修斯的同伴克里托斯、皮罗斯、菲拉莱托斯、珀吕克拉提斯、阿伽西阿斯、阿里斯托斯从外边进来，随后走向舞台深处。他们身穿燕尾服，手里拿着黑色的公文包。他们走过的时候，广播里传来另一份公共健康通告。

广播　……第四：所有政府部门、银行、以及公共安全机构，需依照命令无限期放假。第五：建议民众滞留家中，尽量避免参加社交活动，如婚礼、洗礼、生日会、命名日庆典，直至疫情缓解。国家公共健康部，特此通告。

服务生　（向外交官）他们是奥德修斯的同伴们，您知道，他们现在正在与政府合作。

外交官　幸好这样。

服务生　这帮畜生。

外交官　奥德修斯在哪里？

服务生　他一会儿就会下来喝他的牛奶。这些天他起得很晚，他们说他睡得很安静，很香。

外交官　他行动还自由吗？

服务生　（指着前方）您看见那些在花园里放飞思想的先生们了？他们是秘密

---

① 原文为“诚实炎症”，这是作者自己造的一个联合词，把“诚实”与“XX炎”叠加起来。

警察组织的。

外交官 为了防止他逃跑？

服务生 这也是原因之一。不过，有很多狂热的极端分子想杀死他。

外交官 什么叫“极端分子”，气死我了。你管有头脑讲道理的、有正常逻辑的人叫极端分子？整个人生和历史都是建立在妥协和退让之上的。可你们这些歇斯底里的人们，现在却想来颠覆那些已经被公认的、被大众所接受了的原则？哪条道德标准给了你们这个权利？

服务生 我有说过道德吗？我相信，所有发生的这一切，都是因为无聊而引起的。

外交官 无聊和我们所说的这些有什么关系？

服务生 我不知道你们村儿里是怎样的，反正我们这里，无论是社会、政治，还是道德、历史，总的来讲都无可救药地无聊。

［奥德修斯从里面出来。他还是穿着原来的衣服，但是更加破旧了，而且也没有了肩章。利桑德罗斯跟在他身后，腋下总是夹着账本。

奥德修斯 大家早上好……

服务生 早上好……

奥德修斯 （向外交官）您早上好……

外交官 早上……

奥德修斯 我能要一下我的牛奶吗？

服务生 马上。

奥德修斯 再多给些面包干，我饿了。

服务生 知道。（走向里面）

奥德修斯 （嘴里哼着歌，一边寻找在哪张桌子边坐下好）

利桑德罗斯 坐这里吧，这里有阴凉。

奥德修斯 （现在才注意到他）你怎么又在这儿？

利桑德罗斯 我该去哪儿？

奥德修斯 你干吗不去找其他的人？他们给了他们那么多钱！这里的人们或许既没有神庙，也没有教堂，但是他们有的是钱。

利桑德罗斯　我做不到……！我梦想的可不是那样，上将先生！

奥德修斯　那样的话你便可以填上赤字，兴许还能给你自己剩下一些呢！

利桑德罗斯　我不要。当我们顺利地回到伊萨卡，上帝会显灵的……（忧郁地从外边的楼梯出去）

外交官　这么说，您要回伊萨卡去？

奥德修斯　我是伊萨卡人，那可真是个好地方。您去过吗？

外交官　我知道那个地方。您离开很多年了，嗯？

奥德修斯　很多年了。

外交官　现在您想回去了？

奥德修斯　是时候了……！

［舞台深处的入口处，悄声走出一位年迈的妇女，还有她的儿子，大约十六岁的样子。他们在深处的一张桌子旁坐下。

外交官　你在那里有家室吗？

奥德修斯　家人、房子，一切……

外交官　我想问您几个问题。

奥德修斯　非常非常乐意接受。

外交官　如此的话，我便有很多的问题。

奥德修斯　问多少都行。每天早上十点到一点我都坐在这儿，回答各种问题。您不知道，回答问题让我感到多么的释放和松快！

外交官　我可以想象。

奥德修斯　您想问什么就问什么吧。听着……您问的问题越大胆越好。

外交官　您到底遇到了什么事，使您决定揭露这些真相？

奥德修斯　当时我必须自卫。他们要剥夺我的名字，还要霸占我的全部——我的荣耀。他们过着我的生活，却把我定性为疯子。而我呢，也给他们凭空弄出这么一个奥德修斯作为回敬，于是他们立刻就把偷我的东西还了回来。（笑）

外交官　那么现在您是谁？

奥德修斯　现在，我这辈子第一次成了真正的奥德修斯。而另一个呢，那个被人们所崇拜的奥德修斯，我没见过，别人也一定没见过，因为他根本就不存在。也许会有另一个奥德修斯，但那反正不是我！

外交官 你在说什么啊，胡言乱语的，你在说什么啊，你这个危险的人？

奥德修斯 你想让我怎么做？他们以他们的喜好来想象我，那是为了他们的方便。但也得替我想想吧，总不能把我说成是疯子呀。于是我狠狠地给了他们一个回击，让他们从舒适的云端，直接掉入泥潭。而我早就从天上回到地上，站在人行道上等着他们，兴致勃勃。

外交官 兴致！！！你不再当英雄，就是因为一个兴致！你知道后果是什么吗？你不再是英雄了！！！

奥德修斯 不是，我不再是了。原因很简单，因为我从来就没是过！

外交官 （严厉地）你曾经是。

奥德修斯 我不是。

外交官 （威胁地）你曾经是。

奥德修斯 谁更知道，我还是你？

外交官 你以为你曾经可以，或者说你现在可以成为你想成为的人？快打消这个念头吧。无论是过去还是将来，你都只能是条件需要你去成为的那个人。

奥德修斯 我没有权利选择吗？

外交官 当你第一次接受掌声和“万岁”的欢呼声的那天，你就失去这种权利了。那些愉悦和荣耀是对应着某些责任的。但你并没有尊重这些责任，所以只好由别人替你来尊重。

奥德修斯 可是，这是唯一一次我终于有些像英雄了！

外交官 那伊萨卡呢，你这个叛徒，你从未想过伊萨卡和你的家人。难道你一刻也没有想过，你把他们都丢进了什么样的泥潭？

奥德修斯 （不安地期盼着）这事在伊萨卡也传开了？

外交官 那里永远不会知道这些事！

奥德修斯 不可能不会知道啊……

外交官 你在这里说过的话，这里曾经发生的事，都会过去，也会在这里被遗忘掉！不会有任何事情传出去。一切都将被封锁进一个密封的铁盒子里。

奥德修斯　你怎么能如此确定？你是什么人？

外交官　我才是提问的，不是你。

奥德修斯　我在这里说过的话，在伊萨卡我也会说，我从没有想过要隐瞒什么。

外交官　那么……你要知道，你就再也别想回伊萨卡去了。

奥德修斯　谁会来阻止我？

外交官　伊萨卡会！它会筑起一道通天的高墙，阻止你过去……

奥德修斯　胡扯！

外交官　它会在四周燃起火焰……开凿出沟渠，如同深深的悬崖！

奥德修斯　你简直是个疯子！

外交官　海水将淹没战壕，整个岛屿将被通了电的铁丝网所覆盖。

奥德修斯　你这个挨千刀的疯子！

外交官　（停顿）真遗憾！那边的太太和她的儿子希望近距离地看看您，可以吗？

奥德修斯　（转身，看着他们）你们到底都是谁？

外交官　反对派。很简单，就是反对派。

［那位女士与儿子走近，围着奥德修斯绕了一圈，哀伤地看着他。

服务生　（举着一只大托盘上）

外交官　够了！咱们走吧。（向女士）你们现在去逛商场，还是下午去？

女士　最好还是下午吧。

外交官　你们看过自己的房间了吗？

女士　孩子的那间一点儿阳光都没有。

［他们向舞台深处走去。

奥德修斯　（向服务生）他们是谁，你知道吗？

服务生　他们今天刚到的，一定是乡下人！

奥德修斯　吓死我了。

服务生 过来吃饭吧……

奥德修斯 我回不去，他说，他说我回不去伊萨卡了，伊萨卡会阻止我……

服务生 （密谋地）他们很快就会失望的，很快！

奥德修斯 有什么进展？

服务生 一切都准备好了，我们半个小时后出发。快吃吧！

奥德修斯 通知他们了？

服务生 快吃！渔船已经到了，汽车从洗衣店到这儿也就二十五分钟。你还记得该做什么吗？

奥德修斯 全都记得。

服务生 咱们再重复一遍，你边吃边说……

奥德修斯 我装作回房间的样子，我进去，然后马上再出来。我走到走廊尽头，员工电梯那里。那儿会有两个客房女服务员，正在往电梯里装脏床单。我钻进电梯，服务员把我藏在脏床单里。

服务生 很好！然后呢？……赶紧吃啊。

奥德修斯 电梯下来，洗衣店的员工接上我，把我装进汽车。

服务生 然后汽车不会开去洗衣店，而是抵达一处荒无人烟的海滩。不错。唯一不好的是，渔船是偷来的，而我们的朋友中，没有一个是水手。他们中一个是会计，一个是麻醉师，而我是法学院的大学生。但是，由你来担任船长，我希望我们能成功。你带着地图呢，对吧？

奥德修斯 （不安地）你们没有找到地图？

服务生 我跟你说过的，他们把所有地图都收走了，商店里一张也没留下。你有一张地图的啊，在哪儿呢？

奥德修斯 （把手伸进兜里）这儿呢……但这上边没有伊萨卡啊。所以我告诉你们去找另一张地图来。

[服务生从他手中拿过地图，打开。

奥德修斯 你找找吧，也许你会更幸运。

服务生 它应当在哪儿？

奥德修斯 在爱奥尼亚[①]海域这块儿。

服务生 那这是怎么回事，它怎么会没有了？

奥德修斯 这简直是个谜。

服务生 你真记得以前它是在上边的？还是你们根本就没把它印上去？

奥德修斯 我记得非常清楚。

服务生 你看到过它，在这儿，在这个位置？

奥德修斯 多少年了我一直看到它，我们就是凭着这张地图去的特洛伊，你看啊：《伊萨卡国家制图局——批准使用》，等等，等等……

服务生 你什么时候发现它没了的？

奥德修斯 不少年了。

服务生 那你都怎么办来着？

奥德修斯 事实上，我很害怕，我尽量避免去想这件事。

服务生 真奇怪，一点儿痕迹都没留。你怎么解释呢？

奥德修斯 也许是油墨掉了，或是被蛀虫啃了，掉在柜子里了？我实在是都搞不明白。

服务生 一定不是被蛀虫啃了。要是那样的话，连纸一块儿也得给啃了，可现在纸好好的。

奥德修斯 太可怕了，啊？咱们现在怎么办？

服务生 无论如何，咱们现在必须离开，一切都准备好了。

奥德修斯 咱们当然要走。况且伊萨卡，真实的伊萨卡，它依然在它的位置上，在爱奥尼亚海上！

［奥德修斯看到那位女士和她的儿子走过来，便终止了谈话。两人又围着奥德修斯转了一圈，忧伤地看着他。然后他们从外边的楼梯下场。

奥德修斯 这些人真奇怪……

服务生 （看看手表）我们还有十三分钟。

［埃福安德罗斯、克丽奥以及奥德修斯的同伴们抽着雪茄烟从舞台深处

---

① 爱奥尼亚海（Ionian Sea）：地中海的支海，希腊以西、西西里岛以东及意大利东南海。

走来。同伴们站在稍靠后的地方，埃福安德罗斯和克丽奥走近奥德修斯，服务生拉开一些距离。

埃福安德罗斯　让我们开门见山吧。媒体的代表们再一次聚在里边，等着您呢。

奥德修斯　让他们走开！

埃福安德罗斯　这么说您没有改变主意！

奥德修斯　您改变了吗？

埃福安德罗斯　我提醒您，这个机会不会持续太久的。

奥德修斯　我憎恨机会，它们让我联想起打折和廉价的兜售。

埃福安德罗斯　我建议您再想想。如果您推翻您说过的话，如果您能驳回——且让我这么用词——驳回那些可恶的揭露，以一种忏悔的方式，表明您所公之于众的那些事情，都是一种心灵的、灵魂的修炼……（停住）总之，我们会找到一种合适的说法的。我们将恢复您的自由，您将再次成为最初的那位奥德修斯，我们还要帮您回到伊萨卡去……

奥德修斯　我会用我自己的方式回到伊萨卡去的！

埃福安德罗斯　我恳请您认识到形势的严重性。

奥德修斯　形势什么时候没严重过？我来之前，形势就已经严重了！难道不是吗？

埃福安德罗斯　很严重。

奥德修斯　那我来的时候，又是严重的？

埃福安德罗斯　悲剧般严重！

奥德修斯　现在又是严重的！

埃福安德罗斯　无可救药的严重。

奥德修斯　您看到了？形势它喜欢严重。可对我们来说，却意味着死亡。所以，我从此就不再严肃了[①]！我既然已经超脱，就绝不会再回到从前。

---

① 希腊语中，“严重”和“严肃”是同一个词，也有“认真”的意思。作者这里针对“严峻的形势”及“人物的个性”刻意使用了同一个词，以达到讽刺性的喜剧效果。

埃福安德罗斯　（大声地）您太顽固了！当时我们说您是疯子，您要死要活的，那般悲伤。而现在呢，您竟把这种疯狂当成了旗帜。

奥德修斯　您不感到高兴吗？您当时临时把我从我的位置上推了下去，我现在却永远地辞职啦！

埃福安德罗斯　我也拒绝再继续这荒谬的谈话，我已经无法再与您沟通了。

［同伴们靠近奥德修斯。

克里托斯　那么，你到底在计划什么，上将先生？

皮罗斯　你以为，上将先生，你以为从特洛伊回来的那些人，都会一五一十地说出他们在特洛伊干了些什么，又在回去的路上干过些什么吗？

珀吕克拉提斯　上将先生，看着我的眼睛！你想让我告诉你其他那些将领们都是怎么做的吗？让我们从那只老狐狸涅斯托耳[①]开始吧……

埃福安德罗斯　这些我们都知道，都知道，没有必要再多说了。况且，历史并不是由那么多细节写成的，它也不会在乎我们身上有什么弱点。历史由概述书写而成，只关注我们正面的形象。

奥德修斯　哦，我的天啊！难道连祈祷也要带有政治色彩吗？

埃福安德罗斯　社会不会因我们的祈祷而被煽动，但却会被路上的传言所蛊惑。而您呢，您跑到路上、跑到广场上去做您的祈祷！

奥德修斯　是您导致我去的！

埃福安德罗斯　您浪费了我全部的生命，我把一生都用在了您的身上。我现在必须挽救这个崩溃的国家，为我的人民再次找到可以依托的信仰，他们已不再信任任何东西。克丽奥小姐……

克丽奥　人们参观英雄的雕像，怀疑地看着它们，为雕像的脑袋做头部测试，一边阅读着犯罪心理学和龙勃罗梭[②]的著作。

埃福安德罗斯　如果您仔细思考一下，您就会发现，您的坚持根本就是不值

---

① 涅斯托耳（Nestor）：希腊伯罗奔尼撒半岛西南部地区皮洛斯（Pylos）的国王。《奥德赛》中形容他擅长驯马，“精通古事……智谋一向最出众”。（《奥德赛》，王焕生译，人民文学出版社）

② 龙勃罗梭（Cesare Lombroso）：意大利犯罪学家，精神病学家。

得的。您揭露自己，说自己曾经一直是个非常不道德的人。可您决定道出真相，并不是因为需要赎罪，而是为了复仇。由此可见，一切都是出于一个简单的动机。那么为什么还要缠着这件事不放，还把自己装成什么改革者的样子呢？

奥德修斯 您说得有道理，事情就是这么发生的。都是巧合！在正常情况下，这种事情永远不会发生，我也永远不会有勇气那么干。可现在事情已经发生了，我要是把它毁了就太可惜了。我老了，没有余地和时间再浪费了……

珀吕克拉提斯 可你从来都是嘴上说一套，行动做另一套的啊……行了，赶紧顺应形势，我们一起回家去吧。

阿伽西阿斯 咱们一起出的发，一起受的罪，也让咱们一起回到伊萨卡去吧……

奥德修斯 如果我们说的是同一个伊萨卡，大家就该想一想我们是如何离开的。那时我们还年轻，生活在我们面前展开，未来如鲜花般绽放。舰队上彩旗高悬，伊萨卡全民出动，从码头到堤坝，到处是涌动的人流，口中高喊着“英雄，英雄！……”当我们驶出大海，再回头望向我们已经远离的故土。它是那么的美丽，沐浴在阳光之下，让我们为之倾倒。你们还记得吗？那一刻，有人说：“伊萨卡不会在乎特洛伊，伊萨卡在乎的是我们。我们要为了伊萨卡前往特洛伊。我们将在特洛伊战斗，但心中为了伊萨卡。我们的生命、我们的思想、我们的呼吸，一切都将是为了伊萨卡。伊萨卡是我们的庄严，是我们的神圣。伊萨卡让我们离开，是为了使我们归来时成为更好的自己。”你们还记得吗？那我们怎么可以像现在这样狼狈地回去呢？我们成了盗贼、骗子、不敬神的人，我们把灵魂出卖给了魔鬼……我们欺骗了我们所经过的所有的国家和人民，难道我们还要去欺骗伊萨卡吗？伊萨卡在等待一个完美的奥德修斯，而我已在离开时便被耗尽……丢掉的远远超过所剩的。伊萨卡会向我索要我的那些辉煌的功绩，我却只能用谎言来掩盖！这就是我这么多年来四处游荡，不断给自己增添各种更多的谎言的原因，也是唯一的原因。因为我既不想欺骗伊萨卡，也没有勇气说出真相。但是现在我可以了，我已经找到了勇气。我要回去，当然不是以更好的自己，但至少不会是虚伪的，不会去欺骗伊萨卡。之后呢，他们总应当知道，他们派我们去的那个特洛伊到底意味着什么。一个对那里发生了什么一无所知的伊萨卡，还不知有多少新的特洛伊在吸引着它呢！可是你们，你们期待回到怎样的伊萨卡去呢？一个舒适的、我们容易糊弄的伊萨卡，然后把我们的时光悠闲地消耗在报摊和咖啡馆里[①]？还是一个精明的伊萨卡，与我们同心同德，共同度过美好的生活？别傻了，悲剧啊，没有这样的伊萨卡。只有我描述的那个伊萨卡是存在的。

［埃福安德罗斯在这段时间，一直入迷地听着他讲话。同伴们多多少少也是这个状态。埃福安德罗斯靠近奥德修斯，想对他说什么，但又没说出口，然后转向克丽奥。

埃福安德罗斯 请您告诉记者们，让他们别等了。

克丽奥 好的……（走向舞台深处）

埃福安德罗斯 （向同伴们）你们明天再来吧……

［同伴们慢慢走向舞台深处。

奥德修斯 （看着放在椅子上的地图，拿起它，小心地叠起来，放进兜里）谢谢您。

［奥德修斯欲走向舞台深处，但看见那位女士和她的儿子从外边的楼梯进来。他们注视着奥德修斯。奥德修斯停住脚步，也看了一会儿他们，然后继续走开了。女士和她的儿子走到舞台中央。

儿子 你想坐会儿吗，妈妈？

女士 坐会儿吧，但别再吃冰激凌了，你都吃了两个了。

儿子 行，妈妈，你感觉怎么样，好些了吗？

---

① 比喻无所事事。在希腊，报摊和小咖啡馆（不同于现代化的咖啡厅）是人们尤其是老年男子消磨时光的地方。

女士　我感到有点儿气闷，但不碍事，会过去的，我已经吃了两片儿药了。

儿子　你觉得他察觉到什么了吗？

女士　我想他没有。你的好奇心满足了？

儿子　谢谢你，妈妈！

女士　故事就这样结束了，现在你该专心学你的功课了。

儿子　好的，妈妈。

［*克丽奥从舞台深处上，走向埃福安德罗斯。*

克丽奥　记者们走了。

埃福安德罗斯　好的。

克里奥　外国秘密机构的代表们一定要在今天下午见见您。

埃福安德罗斯　好的。

克丽奥　因为天花疫情，七架飞机、两艘国际航线的轮船都宣布更改了行程。

埃福安德罗斯　好的。

克丽奥　昨天的测试表明，事态的严峻度已下降了 0.07%。

埃福安德罗斯　好的。

克丽奥　奥德修斯已经离开，回到了他的房间。他告诉前台，不要打扰他，因为他需要休息。

埃福安德罗斯　太好了！

［*外交官从舞台深处慌张地走出来，来到埃福安德罗斯身旁。*

外交官　主席先生，您的密探们简直是在睁着眼睡觉。赶紧派他们去把他抓住……

埃福安德罗斯　（*无动于衷地*）您冷静点！……

外交官　他跟着装脏床单的电梯逃走了。

［*女士和她的儿子很不安的样子。路上传来警车上警笛的声音。*

埃福安德罗斯　请您都冷静些……

外交官　您听懂我跟您说什么了吗？奥德修斯走了，逃走了！他裹着那些脏床单，消失了……

埃福安德罗斯　我知道的……

外交官　赶紧派您的人去抓他啊！叫那些坐在长条椅上发呆的人去抓他！

埃福安德罗斯　他们是负责看守这一边的。

外交官　是啊，可是他是从后边逃跑的。

埃福安德罗斯　还有别的人在看管后面。

外交官　他们看不见他的。这是一个周密的计划，他把自己藏起来了，躲在脏床单里消失了。[①]

埃福安德罗斯　我们全都知道的。

外交官　主席先生，我认为您是要负责任的！

埃福安德罗斯　几分钟后他就会再回到这里来的。您是谁？

外交官　伊萨卡外交部的。（急促地打开公文包，拿出一封文件袋，递给埃福安德罗斯）我奉我们政府之命，前来与您会晤。

埃福安德罗斯　（从文件袋中取出信，阅读过后）终于见到您了，我们从前天起就在恭候您了。

外交官　很遗憾，没能提早见到您，因为我必须进行一些必要的谈话。

埃福安德罗斯　您什么时候到的？

外交官　我们一个小时之前刚刚抵达。我们是秘密前来的，因此有意避免立刻与您见面。（边说着这些，边看向女士和她的儿子）当然，你们还不认识呢吧？

埃福安德罗斯　不认识。

外交官　佩涅洛佩和忒勒马科斯。

埃福安德罗斯　我的夫人。（快速并热切地与他们问候）我很遗憾，您到这里来的原因并不是那么令人愉快。这位是公共关系处的克丽奥小姐。

［大家热烈地相互握手。

埃福安德罗斯　我们必须好好替您安顿一下……克丽奥小姐……

女士　别担心，一切都安排好了，我们安顿得非常好！

---

① 这里使人想起《奥德赛》中，描写奥德修斯藏在羊肚子底下从独目巨人的山洞里逃身。

埃福安德罗斯 我希望，那不愉快的消息不要传到伊萨卡去。

外交官 还没有。我们对通信是要检查的，也对邮局进行拦截。可这又能维持到什么时候呢？

埃福安德罗斯 到什么时候！我们采取了更加严格的措施，唯一允许报道的新闻只能是有关严重的天花疫情的。

外交官 那根本不存在的天花疫情。

埃福安德罗斯 疫情当然不存在。但以这个由头，我们阻止了那些想离开这里的人，也挡住了那些想到这里来的人。

外交官 （向佩涅洛佩和忒勒马科斯）你们意识到他都制造出了什么吗？

佩涅洛佩 （悲伤地点头）

埃福安德罗斯 因此，我们必须达成一致，做出共同的决定。

外交官 我认为这不是问题。

埃福安德罗斯 但愿如此。因为抛开其他原因，这样的动荡也意味着无可预估的经济损失……

克丽奥 天花疫情每天耗资约一百万美元。

外交官 大家想一想，如果危险不被解除，伊萨卡将面对的是什么……

佩涅洛佩 十一点半了，请大家原谅我们，孩子吃饭吃得早。

埃福安德罗斯 那么我们一会儿餐厅见。克丽奥小姐……

克丽奥 我带您去……

［三个人一同走向舞台深处。

外交官 （向埃福安德罗斯）我得到的命令是，不带任何感情色彩地进行谈判。我们希望提议判处他终身监禁！我的意思是把他关在一个尽可能偏远的、无法被人发现的监狱。在那里，他必定终老至死。

埃福安德罗斯 终老至死……？

外交官 不言而喻，这一切都必须处理得当，并且在严格保密的情况下执行。

埃福安德罗斯 我们将如何公示他的消失，他这永久性的消失？

［外交官打开他的公文包，拿出一封文件袋，交给埃福安德罗斯。

外交官 这个文件袋里的研究报告中，已经把一切都预测好了。

埃福安德罗斯　（念文件袋上的备注）《机密》……（打开文件袋）

外交官　多年来，我们的机构已经预备好了应对一切情况。

埃福安德罗斯　（从文件袋中取出研究报告）

外交官　请您仔细阅读第三章，抬头是《奥德修斯从未来过》。

埃福安德罗斯　可是，成千上万的人看到过他，听到过他，我们还把他当作了光辉的榜样！

外交官　在伊萨卡我们认为，这种情况的解决方法，就是打开民众的想象，让他们找到新的地平线。

埃福安德罗斯　您的意思是？

外交官　请您仔细阅读第五章，抬头是《戴着奥德修斯式假面的外国秘密机构与外国干涉》①。

埃福安德罗斯　什么……？

外交官　我们凡是在遇到国内不好处置的状况时，就给它们附上份“外国护照”。我们在伊萨卡已屡试不爽，完全成功。

埃福安德罗斯　（几乎被伊萨卡的这些方式吓到）……我明白了……

外交官　因此，我们得出结论，奥德修斯应当被关进一座无人知晓的、完全安全的监狱，他将终生不再具有危害性。而有关他的英雄传说，将被自由地传颂。这些神话传说，很遗憾，我们依然是需要它们的。

［从街道方向传来人群的喊声。

外交官　这是什么？

埃福安德罗斯　他们把他带来了。

外交官　从大路上吗？这可不在计划中啊！

埃福安德罗斯　没关系……反正这也是他能听到的最后的欢呼声了。他见过他的妻子和孩子了吗？

外交官　没有，他们到这儿来不是为了让他见到。他们到这儿来，只是为了见到他。

---

① 隐喻希腊近代史中，尤其是“二战”之后西方国家对希腊内政的干涉。

埃福安德罗斯 您见到他了吗？

外交官 见到了。

［外边的声音渐强，大家不停地、有节奏地喊着“奥德修斯—奥德修斯”。

埃福安德罗斯 您和他说过话了吗？

外交官 说了，但没有告诉他我是谁。

埃福安德罗斯 您要告诉他您是谁，并告诉他伊萨卡是如何为他的终结打算的吗？

外交官 我非常愿意。

埃福安德罗斯 不要！这太没有人性了！

外交官 他是一个危险的机会主义者，从未安过什么好心，也从未对伊萨卡有过任何付出。

［欢呼声更近了。

埃福安德罗斯 可是，他信仰的是那个高尚的、神圣的、纯洁的、无瑕的伊萨卡，一个让他感到有愧的伊萨卡，这种罪恶感和负罪感对他来说至关重要，是一种纯粹的情感……

外交官 您听着！伊萨卡在他离开的时候的确是纯洁和无瑕的。然而，正像奥德修斯这些年都在外边干他的事儿，伊萨卡也在干自己的。感谢它那传奇般的儿子，伊萨卡获得了商业和旅游业的发展。因此，财政预算已经多年达到了收支平衡。这样稳定的经济环境是不能被牺牲掉的。一个以破坏国家经济为代价去揭露自己罪行的奥德修斯，更应当让某个部委花很少的秘密经费把他给解决了。更何况，这整个的故事都是愚蠢的。之前他曾拒绝回到那个真实存在的、富裕的、发展中的伊萨卡，现在他又坚持要回到一个纯洁的、无瑕的、可并不存在的伊萨卡。最后，我唯一能为他做的，就是承认他是一个不幸的疯子。

埃福安德罗斯 看来，人类就是这样用泥、用疯狂、用苦难，和着希望被捏出来的。咱们还是去餐厅吧。

[外边的声音越来越近了。

外交官 先等等，最好还是先把一切结束了。

[他们转向外边的入口。两位秘密警察把奥德修斯带了进来。奥德修斯好像失去知觉似的，他们几乎是把他拖进来的。他们把他带到舞台的中央。鼓声传来，同时，奥德修斯的同伴们、佩涅洛佩、忒勒马科斯、摄影师们以及其他一些人从舞台深处走了过来。两位秘密警察搬来一个雕像底座，埃福安德罗斯和外交官架住奥德修斯的腋下，把他抬到底座上。他们让他面向广场，像装潢师们摆弄商店橱窗前的人偶一样摆弄着他。他们把他的身体弄直，抬起他的头，把他的右手伸直，指向远方。又把他的左手背后，靠在腰上，然后把他的右腿伸出。当这种英雄的姿势摆放完毕之后，克丽奥拿来一只黄金制成的月桂花圈。礼炮齐鸣。埃福安德罗斯恭敬地将花圈放在底座座基上，乐队奏响乐曲，气氛严肃且充满胜利的喜悦。四周的灯光渐暗，灯光仅打在雕塑似的奥德修斯身上。人们摘下帽子，一动不动地站在那里，显出庄重的神情。

[剧终。

LETTER OF CONSENT

I, as sole heir of the copyright of works of Iakovos Kambanellis, hereby declare in form and content, that I give my full consent to Mrs LUO TONG to translate and stage the play *THE COURTYARD OF MIRACLES* written by Iakovos Kambanellis. I also declare that I will not demand any fees.

Athens 8/12/2016

KATERINA KAMBANELLI

LETTER OF CONSENT

I, Katerina Kambanellis, as the sole daughter of Iakovos Kambanellis and also sole heir of the copyright of his works, I authorize CHINA THEATRE PUBLICATIONS of SHANGHAI THEATRE ACADEMY to publish Mrs Luo Tong's translations of the following plays of my father:

- *The courtyard of miracles*
- *The supper*
- *Odysseus, come home*

I will give up the publishing copyright royalty and publishing income.

ATHENS, 9/12/2019

Katerina Kambanellis